D1642090

ZÜBEYİR KINDIRA

ŞEYTANIN İMAMLARI

KIRIK COP

"Fetullah'ın Copları"nın yazarından...

Şeytanın İmamları
Kırık Cop
Zübeyir Kındıra

© 2017. Bu kitabın tüm yayın hakları Siyah Beyaz Yayınları'na aittir. Tanıtım amacıyla, kaynak göstermek şartıyla yapılacak kısa alıntılar dışında, yayıncının yazılı izni olmaksızın hiçbir elektronik veya mekanik araçla çoğaltılamaz.

Yayın Yönetmeni Murat Kaplan
Editör Funda Ünal
Sayfa Tasarımı Ayhan Aslan
Kapak Tasarımı Sinan Acıoğlu

Yayınevi Sertifika No 14813
1. Baskı Şubat 2017, İstanbul

Baskı ve Cilt
Gülmat Matbaacılık Yay. San. ve Tic. Ltd. Şti.
Maltepe Mah. Fazılpaşa Cad. No: 8/4
Topkapı - Zeytinburnu / İstanbul
Tel: 0212 577 79 77
Matbaa Sertifika No: 34712

Siyah Beyaz Kitap
Kayışdağı Mah. Baykal Sok.
No: 50/3 Ataşehir / İstanbul
Tel: 0216 660 10 53

www.siyahbeyazyayinlari.com
"Okuma alışkanlığınıza renk katmak için..."

www.kulturperest.com.tr
İnternetteki kültür adresiniz...

ZÜBEYİR KINDIRA

ŞEYTANIN İMAMLARI

KIRIK COP

"Fetullah'ın Copları"nın yazarından...

İÇİNDEKİLER

15 Temmuz, Kındıra'nın susturulduğu gün başladı...

En sonda ifade edilmesi gerekeni başta belirtmeliyim:

Bu devlet, Zübeyir Kındıra'nın 1999 yılında işaret ettiği polis şeflerini, vaktiyle mercek altına alıp izini sürse, 15 Temmuz'daki darbe teşebbüsü gerçekleşmezdi.

Kındıra *"Fethullah'ın Copları"*nı 1979 yılında, Gaziantepli karayağız bir genç olarak adım attığı Polis Koleji ve Polis Akademisi'nde tanıdı. Aynı sıraları paylaştığı kimi yoksul çocuklar, Kolej ve Akademi'deki 'Abiler' tarafından Ankara'daki Işıkevlerine götürülürken; Zülfü Livaneli dinlediği ve Cumhuriyet Gazetesi okuduğu için Kındıra'nın payına hortumla dayak yemek düştü.

Yalnızca Kındıra değil, Cemaat'in 'şakirde' dönüştüremediği Atatürkçü komiser adayları falakaya yatırıldı, yüzüne kolonya dökülerek, dövülerek uykusundan uyandırıldı. Okulda başlayan bu yıldırma, baskı kurma politikaları, tüm meslek yaşantıları boyunca sürdü.

Kındıra, 1986 yılında okuldan atılınca gazeteciliğe yöneldi. O tarihten itibaren, 'Abilerin' tezgâhından geçirilen arkadaşlarının komiser ve emniyet müdürü olduğunu, her geçen gün yükseldiğini gördü. Gördü ve yaşadıklarını 1999 yılında *"Fethullah'ın Copları"* adıyla kitaplaştırdı. Gülen'in deyimiyle; Cemaat'in "Anayasal müesseselerin bütün kılcal damarlarına" sızdığını ve bu polis ordusunun devleti ele geçirdiğini ilan etti.

Zübeyir Kındıra

Erken öten horoz olmak, Kındıra'ya ağır ödetildi. İşsiz bıraktırıldı, arabası kundaklandı, yargılandı, ölümle tehdit edildi ve medeni ölüme mahkûm edildi. Kındıra teknesiyle Ege'nin bir koyuna sığınmak zorunda bırakılırken, devletin koynunda semirtilen 'Cemaat'in Copları' ise 2007 yılından sonra bürokrasiyi kuşattı. İktidar yandaşlarının "Heykeli dikilecek" dediği emniyet müdürleri, Ergenekon ve Balyoz davaları ile halka pusu kurdu. HSYK'daki değişiklikle yargıyı ele geçirerek, militanlarına savcı ve hâkim cübbesi giydirdi. Nihayet iktidarın ve liberal suç ortaklarının sevinç çığlıkları eşliğinde; Türk Silahlı Kuvvetleri'ni tek kurşun bile atmadan esir aldı. "Fethullah'ın Copları" 15 Temmuz'da "Fethullah'ın Tankları"na dönüştü.

15 Temmuz, o gece saat 22'de değil, Kındıra'nın "erken öten horoz" diye susturulduğu gün başladı.

Vurgulamak gerekir ki Türkiye, bu faşist darbe teşebbüsünü; Kındıra gibi demokrasi ve laikliğe inanmış aydınları, bütün baskılara rağmen hâlâ var olduğu için, püskürtmeyi başardı.

"Şeytanın İmamları" ile Kındıra, yalnızca bir kitap yazmış olmuyor.

Bir daha, kerameti kendinden menkul bir meczubun müritleri, arkalarına iktidarı alarak, topluma pusu ve devlete kumpas kurmasın diye; demokrasi ve laiklik barikatına bir tuğla daha koyuyor.

Ne mutlu o barikatın ardında, Kındıra ile omuz omuza mücadele edenlere...

İsmail Saymaz
Gazeteci-Yazar

İLKSÖZ

Gülen örgütlenmesine ilişkin bu ülkede basılan ilk kitap olan Fetullah'ın Copları'nı 1999 tarihinde yazdım. Bugün, Hürriyet Jürisi tarafından bu alanda yazılmış kitaplar listesinin bir numarasına oturtulan o kitapta; devleti ve kamuoyunu, Gülen yapılanmasının tehlikeli bir terör örgütlenmesi olduğu konusunda uyardım. Cop adını verdiğim, Polisteki İmam ve şakirtlerinin de büyük bölümünü deşifre ettim.

Ama yaptığım uyarıların hemen hiçbiri devletin yetkili birimlerince dikkate alınmadı. Adını verdiğim Coplar da Emniyet Teşkilatı'nın en üst birimlerine kadar tırmandı.

Oysa o tarihte bile, emekleme dönemini tamamlayıp kamuda yapılanma safhasına geçmiş olan bu örgüt hakkında, devletin istihbarat birimlerinde yeterli bilgi, belge ve raporlar mevcuttu. Faaliyetleri yakından izlense; örgütlenmesi, bu örgütlenmenin temel amacı, arkasındaki emperyalist güçler, istihbarat örgütleri (üst akıl) belirlenebilirdi. Büyük çoğunluğu suç unsuru taşıyan eylemleri de engellenebilirdi.

Benden sonra birçok yazar ve gazeteci de örgütü anlattı. Polis içinde soruşturmalar ve müfettiş raporları ile uyarılar da oldu. DGM'de dava bile açıldı. Bunların tümü, yine Cemaat'in kumpasları ile boşa çıkartıldı. Uyaranlar da Cemaat'in hışmına uğradı. Uyarıların hiçbiri devlet erkini kullananlarca dikkate alınmadı, devletin harekete geçmesini sağlayamadı.

Peki, devletin kendini koruma refleksi neden harekete geçemedi?

Yanıt ülkenin siyasi ve kültürel iklimidir. Bu yanıt tümüyle bir kitap konusu olabilir. Ülkenin siyasi ikliminin bu örgütlenmeye nasıl yol verdiğinin de anlatılması gerek. Bu kitabın temel amacı bu olmasa da, bazı bölümlerde ve satır aralarında zaman zaman bu konuya da değineceğiz.

Fetullah'ın Copları, yayınlandığı tarihten bu yana, değişik yayınevlerinden 100'e yakın baskı yaptı. Yüzbinlerce satış rakamına ulaştı. Maddi anlamda bana bir faydası olmadı. Dahası iş ve özel hayatımı da olumsuz ve derinden etkiledi.

Ancak 17 yıl sonra kitabın hakkı verildi.

Uyarılarımın ve yazdıklarımın gerçekliği anlaşıldı.

Keşke daha önce anlaşılabilseydi. Keşke bugün cesaret gösterisi sergileyenler, o tarihlerde bildiklerini Türk Halkı ile paylaşma cesaretini gösterebilseydi.

Şimdi yeni uyarılar yapmak zamanı.

Devlet uyanmış gibi görünüyor. Mücadele kanlı bir şekilde sürüyor. Ama yeterli mi? Gerçekten temizlik yapılabiliyor mu? Kırk yılda ilmek ilmek işlenerek yapılandırılan bu örgüt ağı çözülebiliyor mu? Kriptolar yerini koruyor mu? Devletin kılcal damarlarına kadar her noktasına yerleşen bu örgütün şakirtlerinden boşaltılan yerlere kimler geliyor? Örgüt yeni taktik mi uyguluyor? Örgütün içinden yeni bir örgüt mü çıkıyor?

Bu soruların yanıtlanması gerekiyor.

Ayrıca geçmişe dönük ciddi bir sorgulama yapılmalı ve işlenen suçların hesabı sorulmalı. Adalet sağlanmalı. Devletin arşivi ve hafızası da bu örgütün elemanlarının elindeydi. Şimdi bu hafıza olmadan ve çarpıtılmış bir arşiv ile mücadele yapılıyor. Bu nedenle hafızaların yinelenmesi gerek. Örgütün geçmişten bu yana yaptıklarının anımsatılması, suça katılan isimlerin yeniden gündeme getirilmesi ve dahası sadece görevden el çektirilmek cezası ile kurtulan birçok suçlunun yargı önüne çıkartılması için uyarılar yapmak gerek. Alt tabakadaki isimlerden çok beyin takımının ve suçluların peşine düşmek gerek.

Erdoğan tarafından "Allah'ın lütfu" olarak nitelendirilen, 15 Temmuz sonrasında kabul ettirilen OHAL ile kendisine hukuki zemin elde eden hükümet, binlerce insanı elekten geçirdi. Biz kitabı yazarken, tam 103 bin 850 kişi bu örgüt üyesi olmak şüphesi ile istihbarat, polis sorgusu ve adli işlemden geçmişti. Bunlardan 41 bin 326'sı tutuklandı.

Tabloya bakar mısınız?

Sadece Bylock kullananlar ilk aşamada 63 bin kişi olarak belirlendi. Bu sayı sonra 200 binin üzerine çıktı. Bank Asya Mudileri, Zaman Gazetesi başta örgütün yayın organlarına abone olanlar, örgütün şirket, vakıf, dernek gibi kuruluşlarında görevli olanlar, Cemaat'in kontrolündeki dershanelere çocuklarını gönderenler 'Potansiyel Cemaatçi' olarak soruşturuluyor. MİT ve Emniyet temizlik yaparken bu bağlantılar üzerinden hareketle Cemaat üyesi kişiler saptandı. Bu isimleri bulmak o kadar zor bir olay da değildi. Sonra KHK'ler eliyle bu kişiler görevden el çektirildi ve soruşturma konusu yapıldı.

Ne var ki devlet arşivi ve hafızası son 30 yıldır Cemaat şakirtlerine teslim edildiği için; tespit edilen kişilerin içinde suça bulaşmış, kumpasa karışmış, yasa dışı işler yapmış İmamların-şakirtlerin ayıklanması o kadar kolay olmadı, olmayacak...

Örnek:

Şu anda Merkez Emniyet Müdürü olan Necmettin Emre ile ilgili olarak "KÖZcüdür." dedim. Benim de eski sınıf komiserlerimden biri olan Emre ile ilgili; Fetullah'ın Copları'nda Cemaat şakirti yani COP olduğunu ve listelerde adı bulunduğunu yazmıştım. Emre, 15 Temmuz sonrasında bana ulaştı. Kendisinin Cemaat'le hiçbir bağının olmadığını ileri sürdü. O sırada Teftiş Kurulu Başkanı ve Emniyet Genel Müdür Yardımcısıydı.

Zübeyir Kındıra

Makamına öğle yemeğine çağırdı. Gittim. Uzun uzun kendisinin 'Cop olmadığını' anlatmaya çabaladı. Örnekler sıraladı. "Cemaat son dönemde il müdürlüğüne kendisinden olmayanları oturtmadı. Sen, Cemaat'in etkin olduğu dönemde, birkaç ilde müdürlük yaptın. Bu nasıl oldu?" diye sordum. Bu illerin 'küçük iller' olduğunu gerekçe gösterdi. 'Çatı İddianamesi' Savcısına gönderdiği yazıyı ve bu yazıda yer alan, KÖZ Grubu'nun emniyeti ele geçirmeye çalıştığı, KOZ-KÖZ çatışması olduğu ile ilgili bölümü göstererek, aslında Cemaat'le mücadele içinde olduğunu anlattı.

Ben de kendisine bu mücadeleyi nasıl yaptıklarını sordum. Dahası bir isim vererek, tanıyıp tanımadığını, tanıyorsa ne tür bir işlem yaptıklarını anlatmasını istedim. Verdiğim isim Bayram Özbek'ti. Teftiş Kurulu Başkanı bu ismi bilmiyordu. Hemen araştırma yaptı ve bana "Biz bu adamı meslekten çıkartmışız." dedi. "Kim bu kişi, niye çıkarttınız ve ne tür suçları var biliyor musunuz?" diye sordum. Bilmiyordu. Ben anlattım:

"Bayram Özbek, DGM eski Başsavcısı Nuh Mete Yüksel'e kaset komplosu olarak bilinen, Cemaat operasyonunun içinde etkin rol oynayan bir isimdi. Bu komplo sonucunda Gülen ile ilgili açılan dava akamete uğradı. Daha 1999 yılında, bu Cemaat'in devlet tarafından engellenmesi, bu dava ile sağlanabilirdi. Özbek ve birlikte çalıştığı Coplar, İmamlar bu davayı bertaraf etmek için suç işlediler. Şimdi siz, sadece meslekten çıkartıp bu adamı unutuyorsunuz. Sizin unuttuğunuz bu Özbek, Taşhiye soruşturmasında Ali Fuat Yılmazer ve Recep Güven'in A Takımında yer alan isimler arasında sayıldı ve 22 yılla yargılanıyor. Ama eski suçları ile ilgili sizin birimin arşivinden çıkartacağınız belgelerle olayı derinleştirmeniz gerek..."

Bir gün sonra görevden alındı, yerine benim de sınıf arkadaşım olan Fenni Gürsel oturdu. Umarım Gürsel, Emre gibi çalışmaz.

Belgeler aksini söylese de Emre "Cop değilim." diyordu. Copsa, zaten mücadele baştan zafiyet içindeydi. Değilse bile mücadele için yeterli hafızaya ve bilgiye sahip değildi.

Şeytanın İmamları

Arşiv derseniz, zaten Coplar tarafından darmadağın edilmişti. Bilgisayarlardaki bilgiler silinmiş, log kayıtları imha edilmiş durumda. Polis bu ortam içinde mücadele ediyor. Dahası yıllarca İstihbarat, Kaçakçılık ve Organize Suçlarla Mücadele Dairesi (KOM) ve Terörle Mücadele Dairesi gibi kritik birimlere sokulmayan polisler, şimdi bu şubelerde, bu şubelerin imkânlarını kullanarak, Copların peşine düşmek zorunda.

İşleri zor!

Hafızalarını tazelemek ve iz sürmelerini kolaylaştırmak gerek. Bu nedenle kim ne biliyorsa gün ışığına çıkartmalı.

Ben de bunu yapabilmek için bu kitabı yazdım.

Kitabı ikiye ayırdım:

İlk bölümde örgütü ve liderini anlattım. Tarihçe ve yapıyı irdeledim. İmamları tanıtmaya çalıştım.

Bazı yerlerde zorunlu olarak örgütün lideri Fetullah Gülen'in; Ermeni, Yahudi ya da Kürt kimliğine dair bilgilere değinmemiz gerekti. Bunun nedeni, emperyalizmin istihbarat örgütlerinin bu kadar önem verdiği proje için neden Fetullah Gülen'i seçtiklerini anlaşılır kılmak. Bu satırların ırkçı bir yaklaşım olarak değerlendirilmemesini isterim. Unutulmamalıdır ki kimsenin etnik veya dinsel kökenini seçme hakkı yoktur ve doğuştan kazanılan bu kimliklere dayalı olarak hiç kimse hakkında şahsi bir yargıda da bulunulmamalıdır.

İkinci bölümü Coplara ayırdım. Copları anlatırken Cemaat'in yaptığı operasyonları, Copların görevlerini ve katıldıkları eylemleri temel almaya çalıştım.

İnsanların dini, ırkı ya da siyasi düşüncesi ne olursa olsun polis olabileceği, devlet içinde her türlü göreve gelebileceği inancındayım. Eleştirel bir dille anlattığım Coplardan söz ederken bir inanışa bağlı olup olmadıklarından çok inanış çerçevesinde örgütlenmeleri, üst amirleri ya da yasalardan emir almak yerine, inanç temelli örgütlerinden emir alıp almadıklarını temel hareket noktası yaptım. Cop ya da değil, polislerden söz ederken kullandığım bu yöndeki sıfatların, sadece öyküyü netleştirmek için olduğu göz önünde bulundurulmalı.

Kitapta yer alan bilgilerin büyük çoğunluğu açık kaynaklardan. Bunların büyük kısmı iddianameler. Onbinlerce sayfalık iddianameler içinden bilgileri süzüp, derlemeye çalıştım. Bu alanda yazılmış kitap, makale, gazete haberleri arasından en sağlıklı bilgileri derlemeye çabaladım.

Bu kadar çok kaynak içinden amacıma uygun bilgileri süzüp kaleme almak durumunda kaldığım için kitabın yazım süresi de hedeflediğimden uzun sürdü. Dahası bilgileri teyit etmem için yüzlerce kişi ile görüşmem de gerekiyordu.

Tüm bunlara rağmen kitapta eksik ya da hatalı noktalar olabileceğini peşinen kabul ediyorum. Onbinlerce isim, yüzbinlerce bilgi kırıntısı arasında dolaşıyorsanız, bunun makul karşılanması, ayrıca kaynak kişilerin bazılarının 'abartılı' olabileceğinin de unutulmaması gerek.

Hatalar benim.

Doğrular ise kaynakların ve arşivlerin.

Kitabın düzeltmelerinde emeğini esirgemeyen dostum ve Avukatım Mustafa Hüseyin Buzoğlu'na özel olarak teşekkür ederim. Katkıları olmasa bu kitap olmazdı.

Kitaba önsöz yazarak bana güç katan Meslek duayenimiz Uğur Dündar ve Gazeteci dostum İsmail Saymaz'a da teşekkürler.

İsimlerini sayamasam da başta polis içindeki ve devlet görevlisi kaynaklarıma da özel teşekkür borçluyum. Onlar kendilerini biliyor.

Şeytanın İmamları

Hâlâ korkan, ikbal beklentisinde olan, geçmişteki suçluluğu nedeniyle konuşamayanlara da bir notum var. Onlar da kendilerini biliyor. Bu kulluğa mahkûm olmuşları ve korkularını da anlıyorum. Kırgın değilim.

Büyük bir kaos ortamına sürüklenen, tarihin gördüğü en tehlikeli terör örgütü ile karşı karşıya olan ve büyük tuzaklarla boğuşan bu ülkenin geleceğini kurtarmak için harekete geçmek gerek. Bu ortamda olaylara ideolojik taraftarlıkla bakmak kadar büyük bir günahtır, susmak. Kişisel ikbal için susmak ise günahların en büyüğüdür.

Susmadığı için korkmadığı için can verenler bile var.

Necip Hablemitoğlu onlardan biri.

Bu kitabı, Mustafa Kemal'in bu korkusuz Askerine ithaf ediyorum...

Ocak 2017

KİTAP 1

ŞEYTANIN İMAMLARI

İKLİM

Emperyalizmin Büyük Oyunu

Fetullah Gülen; NATO'cu, Kontrgerilla, Yahudi biri tarafından keşfedildi. Herbiri Safarad Yahudisi ve ajan olan askerler, valiler, müdürler, bürokratlar, siyasiler tarafından korunarak büyütüldü. CIA tarafından devşirilip, eğitilip, yönlendirildi. Masonlara katıldı. Papa ile sırdaş oldu. MİT de dâhil hemen tüm istihbarat örgütlerince kullanıldı ve kendisi de onları kullandı. İslam dinini çıkarı için kullandı. Devleti, ülkeyi ele geçirmek için örgüt kurup, 50 yıl bu örgütü yönetti. Türkiye'de darbe yapacak kadar emperyalizmin hizmetinde, kökeni ve ruhu karışık biridir.

Sadece günahkâr bir vatan haini değil; bu dünyanın şeytanı, öbür dünyanın zebanisidir...

Fetullah'ın Örgütü *(Fetö)*, Amerika Birleşik Devletleri'nin *(ABD)* Türkiye'yi kontrol etmek için kurduğu bir örgüttür.

Bu örgüt, Laik Türkiye Cumhuriyeti'ni yıkmak, demokratik hukuk devletini ortadan kaldırmak amacıyla kurulmuş geniş ve en büyük katılımlı, silahlı terör örgütlenmesidir. Amaçlarını gerçekleştirmek için diğer silahlı terör örgütlerini kullanabilen-kiralayan, devletin silahlı unsurlarını emelleri için kullanan, devlet kademelerindeki silahlı güçler aracılığı ile operasyonel sonuçlar elde edebilen bir örgütlenmedir. Sabırla ilmek ilmek işlenen ve devletin içine sızmanın ötesine geçip, tümüyle ele geçiren bir yapıdır.

Öyle kolayca yıkılmasını, pes etmesini beklemek saflık olur. Made in ABD'dir. Yabancıdır. Sahibi CIA'dir. MOSSAD başta birçok emperyalist istihbarat biriminin güdümü ve etkisindedir. Kökü, kuruluşu, felsefesi, amacı, organizasyon biçimi, çalışma yöntemi emperyalist zihniyetin ürünüdür.

Kullandığı dindir. Çünkü dinle kontrol en kolay ve en ucuz yoldur. Maşa olarak kullanılan kişiler bu topraklardan çıkmış olsa da; onlar da kökeni karışık ve Türk düşmanlığı ile beslenmiş kişilerdir.

Bu örgüte kanıp şakirt/şakirde olan ve bugün birçoğu günah keçisi olarak mahkûm edilen Türkler ise; cehaletlerinin ve kişisel zaaflarının kurbanı zavallılardır. Ve ancak bu durum onların vatan haini olduğu gerçeğini ortadan kaldırmadığı gibi suçlarını, günahlarını da hafifletemez. Moda olduğu üzere "Kandırıldık" deseler de günahkârlardır.

Emperyalizmin maşası Fetö, Fetö'nün maşası da dindir. Fetö dini, çıkarları için istediği gibi eğip büker. Yalanı, 'Takiyye-Tedbir' diye kullanır. Şantaj, baskı, hırsızlık, hile ve cinayet hedefe ulaşmak için en sık başvurduğu yöntemlerdir. Yöntemlerini, dini argümanlar ile meşru göstermekten çekinmez.

Koşullara göre kendini değiştiren ve gizleyen bir yapıdır. Şeffaflık yanına yaklaşmamış, hep gizliliğin, bir sır perdesinin arkasına saklanmıştır. Devlet onun için düşmandır, ele geçirilmesi gereken kaledir. Sinsice, devletin boş bıraktığı alanları kullanıp, izlerini de silerek devletin en kılcal damarlarına kadar nüfuz eden bir yapıdır. Bir istihbarat örgütü gibi hareket eden, karanlık bir suç örgütüdür.

Devletin istihbarat birimlerine sızıp, en gizli bilgileri çalıp, amacı için kullandı ve hâlâ kullanmaya devam ediyor. Örgütlenmesinde 'kod isimler, özel haberleşme kanalları, kaynağı bilinmeyen paralar, hücreler, Ağabeylik-İmamlık Sistemi' gibi bir gizli yapılanmanın tüm unsurları yer alır.

Hiçbir zaman hesap vermedi. Hesap sorulduğunda hep kaçtı. Yargı konusu olduğunda da yalan ve hile ile hukuku çiğnemekten çekinmedi.

15 Temmuz öncesi-sonrası tüm üst yöneticileri ülke dışına kaçtı. Gülen ve diğer yöneticiler, yurtdışında ve yabancı birçok ülke istihbaratına teslim olmuş durumdadır. Türkiye'nin, hem maddi ve insan gücünü hem de gizli sırlarını satan bir casusluk şebekesidir. Kendilerine 'Hizmet Hareketi' adını veren bu Cemaat, kurucuları ve sahipleri olan emperyalistlere büyük 'hizmet' verdi ve vermeye devam ediyor.

Emperyalist güçler ve onun en büyük temsilcisi ABD'nin stratejistleri, emperyalist oyun kurucular; Türk toplumunu en kolay biçimde din ile aldatabileceğini, dini kullanarak bu toplumu bölüp-parçalayıp, yönetebileceğini çok önceden saptadı. Ve planlarını din üzerinden kurguladı. Bu nedenle bu casusluk ve terör örgütü kuruldu, desteklendi.

Yobazlık Cehalet Hainlik

Emperyalist güçler, Kurtuluş Savaşı'nın hemen ertesinde, ülke içinde dini referans alan kişi ve grupları, ajanları vasıtasıyla kışkırtarak yeni Türk devletini kontrol altında tutmaya çalıştı. Şeyh Said gibi kişileri maşa olarak kullandı. Said-i Nursi gibi meczupların hezeyanlarına ve saçmalıklarına kanacak kadar cahil olan halkı kışkırttı. Genç Cumhuriyet, dahi lideri Mustafa Kemal Atatürk ve silah arkadaşları sayesinde bu kalkışmaları bertaraf etti.

Bu kez çok daha uzun vadeli planlar yaptılar. Ülkeyi içten ele geçirmek için hain yobazları, içimizdeki kırma hainleri harekete geçirdiler:

NATO üzerinden Türk Silahlı Kuvvetleri'ni *(TSK)* yönlendiren ve darbeler eliyle ülkeyi biçimlendiren ABD ve emperyalizmin diğer patronları, 1962'den sonra geniş bir ajan kadrosuyla ülkemizi adeta işgal etti. Ajanları ile cehaleti, yobazlığı, din tüccarlığını destekleyen ve ülke idealizmini yıpratan ABD, bu yobaz ve hain güruhunu cemaat görüntüsüyle örgütlendirdi. Başta TSK, devletin kurumları içinde satın aldığı ajanları ile de bu yıkıcı hain çetelerin önünü açtı. Cemaat görünümlü hain çeteleri oluşturmak ve örgütlemek için gladyoyu, CIA'i devreye soktu. Barış Gönüllüleri gibi açık, Masonluk gibi yarı açık ve birçoğunun kimliği hâlâ bilinmeyen, kapalı ajanlarını kullandı.

Ajanlar Türkiye'de

ABD, 1952 yılında NATO üyesi olan Türkiye ile askeri alanda yoğun bir ilişkiye başladı. Marshall Yardımı kanalı ile ekonomik bağı da tamamlayan Amerika, Bloklar arasındaki Soğuk Savaş yalanını bahane ederek, SSCB ve Komünizm tehdidine karşı, NATO örgütü vasıtasıyla, üye ülkelerde bir takım legal ve legal olmayan dernekler kurdurdu, faaliyetler yürüttü. Komünizmle Mücadele Dernekleri ve Barış Gönüllüleri'nin faaliyetleri bu çalışmanın ilk adımlarıdır.

ABD ile Türkiye arasında yapılan özel bir anlaşma ile 1962 yılında Barış Gönüllüleri Türkiye'ye girdi. Barış Gönüllüleri temel olarak ABD'nin diğer ülkelerde çıkarını korumak amacıyla kurulmuş bir ajanlar ordusudur. Görünen amacı: "Barış Gönüllüleri'nin faaliyet gösterdiği ülkelere teknik yardım sağlamak, ABD kültürünü yaymak, ABD'nin diğer ülkelerin kültürünü anlamasına katkı sağlamak." olarak belirtildi. 'Demokrasi Misyonerleri' gibi çalışan bu gönüllüler, 1961 yılından bu yana 139 ayrı ülkede faaliyet yürüttü. Bugün sayıları 200 binin üzerinde.

Bu yapılanmanın felsefi ve örgütlenme temeli 1952'de atıldı. O tarihte bu yapı, gayri resmi bir dille, 'Genç Amerikalılar Ordusu' olarak tanımlandı. Çevre ve yarı çevre ülkelerde yükselen devrimci ruhu köreltmek ve o ülkelerde oluşan bağımsız davranma biçimlerini sekteye uğratmak temel hedefti. Birçok ülkede bunu başardılar. Afrika ve Asya ülkelerindeki bazı sömürge ülkelerde, kaba faşist darbelerle sonuç aldılar. Ancak nisbeten daha gelişmiş ülkelerde uzun vadeli planlamalar gerekiyordu. Türkiye, her iki yöntemin de denendiği bir alan oldu.

Ajanlar, Türkiye'nin her bölgesine girdi. En ücra köşelere kadar yayıldı. Öğretmen görüntülü bu ajanlar, ülkemizin röntgenini çekti, zaaflarını saptadı. En büyük zaafının din, en zayıf noktasının softalar olduğunu belirledi ve planını bunun üzerine kurdu. Kültürel ve dini açıdan cahil olan halkın, "Allah rızası için" diyene kandığını, iki damla gözyaşı döken softalara elindeki avucundaki her şeyi verdiğini ve bu yolla her kapının açıldığını gördüler.

Demokrasiyle yeni tanışmış ve geçmişinin 'kirli' dini bağnazlıklarından kurtulamamış halkı, 'Dini Yobazlığı' körükleyerek kandırdılar. Köy Enstitüleri'ni kapatıp, cemaatlere yol veren bağnaz yönetici ve siyasetçilerin aymazlığı da bu planı cilaladı. Ajanları eliyle kurduğu, cemaat görünümlü hain örgütler de emperyalistlerin en büyük maşası oldu. Tabii bunların en başında bizim konumuz olan Fetullah Gülen Terör Örgütü var...

Gülen'in Cemaat'i kurduğu tarihin, Barış Gönüllüleri'nin Türkiye'ye gelmesinden birkaç yıl sonraya denk gelmesi rastlantı değildir.

Gülen'in Keşfi

Fetullah Gülen işte bu yıllarda keşfedildi. 1954'te İzmir'de açılan Komünizmle Mücadele Dernekleri'nin ikinci şubesi, Barış Gönüllüleri'nin ülkeye girmesinden 1 yıl sonra, 1963 yılında Fetullah Gülen'in memleketi Erzurum'da açıldı. Ve tabii ki Fethullah Gülen dernek şubesinin kurucuları arasında yer aldı. Hem de askerden raporlu olarak geldiği bir sırada.

Emperyalistlerce daha çok küçükken -8 yaşında- seçilen; eğitimi sırasında bile gözlenen hatta kollanan Gülen, ajanlar tarafından izlendi, yoklandı ve 'deliğe süpürülmesi yerine, kullanılabilir' olduğu anlaşılıp, kadroya alındı. Sonunda İzmir'de, 1966 yılında resmi olarak devşirilip örgütsel faaliyetleri başlatıldı.

Devşirilmesi sırasında Özel Harp Dairesi'ne mensup isimler -ki bunlar ABD güdümündeydi- MİT içindeki ajanlar da kullanıldı. Ve böylece Gülen'in CIA bağlantısı fluşlaştırıldı. 1999 yılında *Fetullah'ın Copları* kitabımda bu bağlantıyı adeta bağırarak söylememe, Gülen'in ABD'de CIA'in kontrolünde ve korumasında yaşadığı bilinmesine karşın; Türkiye'de 2009 yılına kadar hâlâ 'makbul ve masum din âlimi' olarak algılanması, devletin en üst makamı tarafından, "Gel Hocam, bitsin bu vuslat." diye itibarla anılması, beni üzdü ama şaşırtmadı.

Çünkü ilişkilerini, kontaklarını, çalışma yöntemlerini, gizemini ve yalanlarını görmüştüm. Çünkü ülkemin insanlarının nasıl kandığını, inandığını ve aymadığını farketmiştim. O yüzden üzüldüm ama şaşırmadım.

Gülen; yalanı, sahteciliği, kendini gizlemeyi, herkesi ve her şeyi kullanmayı çok iyi bilen biriydi. Gülen'in, sorgulama dürtüsü olmayan herkesi ama herkesi kandırabileceğini biliyordum. Ben 14 yaşımda Polis Koleji'nde ve 1999 yılında gazeteciliğimin ilk yıllarında görmüştüm, bunu. O; devleti, devletin istihbaratını, devleti yönetenleri ve geniş halk kitlelerini de kandırabilecek kadar yalancıydı. Çünkü ruhunda vardı. Dahası, istihbarat örgütlerinden iyi bir yalancılık-sahtecilik dersi alarak bu yönünü geliştirmişti.

Kanmayanlar vardı elbet. Ama onları dinlemesi gerekenler de ya cehalete ya yobazlığa ya da emperyalizme teslim olmuştu. Dahası çoğu zaman iktidardakiler ve etkin makamdaki bürokratlar, bu Cemaat'in yandaşı, elemanı veya ortağıydı.

Ve hâlâ aynı aymazlık sürüyor...

GÜLEN

Sahte Karışık Karanlık

Fetullah Gülen, Erzurum'un Pasinler ilçesi Korucuk köyünde 27 Nisan 1942'de dünyaya geldi. Doğum tarihi 27.04.1942 iken vaiz sıfatıyla memur olmaya yaşı yeterli gelmediğinden, nüfus kayıtlarında 1941 olarak düzeltildi. Devlet belgelerinde yaptığı ilk sahtecilik buydu.

Sahteciliğinin yanı sıra bu konuda yalanı da var:

Bir dönem en yakınında yer alan, örgütün iki numaralı ismiyken bugün itirafçı olan Nurettin Veren'in anlatımıyla, "Atatürk İslamı zayıflattı. Ben, Müslümanların kurtarıcısıyım." mesajını vermek için, çevresindekilere, "Ben 1938 doğumluyum. Atatürk'ün öldüğü gün ve saatte doğdum." diye sık sık propaganda yapar.

Anne adı Refia *(Kızlık soyadı: Top)* olarak kayıtlı. İddiaya göre Gülen'in pasaportunda anne adı hanesinin karşısında Rabin yazıyor. Anne tarafı İspanya'dan Edirne'ye göç etmiş Safarad yahudisidir.

Babası Bitlis kökenli bir Kürt-Ermeni melezidir. Hristiyandır ve bu nedenle çocuklarından birinin adı Mesih'tir. "Öyle bir oğul terbiye ediyorum ki onları kendi dinleriyle vuracak." sözüyle tanımladığı oğlu Fetullah; anne tarafından etkilenip o yöndeki bağlantılarından çok fazla yararlandığı gibi babasının bu kökeninden de etkilendi ve yararlandı.

Daha örgütlenmesini kurmadan önce, 1965 yılında Ermeni Patriği Şinork Kalustyan'a bir mektup yazarak, "1915 yılında Ermenilere yapılan büyük soykırımı lanetle yadetmekten geçemeyeceğim. Katledilen insanları derin bir hassasiyetle, saygıyla anıyorum." dedi.

Fetullah Gülen'in çocukluk dönemine damga vuran kişilerden biri de ona 'Fetullah' ismini veren dedesidir.

Dede, başarısız bir 'Babi' ayaklanması sonrasında canını kurtarmak için İran'dan kaçarak gelen bir Arap-Kürt melezidir. Torununa layık gördüğü isim, dedenin geçmişinden kalma bir teröristin ismidir.

Türk Şahı Nasiruddin'i vuran Babi teröristinin 'Fetullah' ismi, dedesi tarafından torununa verildi. Ve bu torun, dedesi tarafından Müslüman Türklerden intikam alınmasına ilişkin öykülerle büyütüldü.

İlginç olan, Gülen Örgütü liderinin adını aldığı Babi terörist ve suikastçı Fetullah, yakalandığı zaman kendisini Nur fedaisi olarak tanıtıp, "Her bir Nur fedaisinin yaşadığı binlerce Işıkevi ve binlerce fedai var." demişti. Bu cümlede geçen Işık Fedaileri ve Işıkevleri, Fetullah Gülen'in ileride çok kullanacağı sözcükler oldu. Ve bu Babi isyancılarının çile öyküleri de Gülen'in vaazlarında değiştirilerek, ortamın ve dinleyenlerin yapısına göre yalanlarla süslenerek aktarıldı. Bu öyküler kimi zaman kendi örgütüne mensup bir şakirdin öyküsü oldu, kimi zaman örtülü anlatımlar ile sanki bir sahabenin öyküsü gibi yansıtıldı.

Aslında bu öykülerini dinlediği ve sonra da yalanlarla süsleyip kitaplarına, vaazlarına aktardığı isyancılar; bir İngiliz projesiydi. Babilik, İngiliz Yahudilerinin uydurduğu yeni ortak din olarak tanımlanıyordu. Gülen'in İbrani dinler dediği, dört büyük dini birleştirip tek din yapma düşüncesi de yıllar sonra dinler- arası diyalog projesinin bilinçaltı nüvesi de burada atıldı.

Laik okulları 'kâfirlerin okulu' diye nitelendiren bir ailenin öğretileri ile yetişen Fetullah, istihbarat örgütlerinin tam da aradığı bir kişilik oldu. Babilikte yer alan batıni yani gizli ilimlere inanış ve İsmaili yani kendini gizleme ilkeleri de daha küçük yaşlarda Gülen'e sirayet etti. İngiliz ve ABD kaynaklarında Gülen'in ailesine ilişkin bilgiler bulunduğu da gözönüne alındığında; Fetullah Gülen'in çok küçük yaşlarda seçilip, eğitilip, yetiştirildiğini söylemek hiç de yanıltıcı bir yorum olmaz.

İlkokulda Tökezleyen Kâinat İmamı

Dedesinden dinlediği öykülerle hikâyecilik yönü gelişen Fetullah Gülen, okul hayatında hiç de başarılı olamadı. İlköğretimde tökezledi. İlkokulda üst üste sınıfta kaldı ve okuldan ayrıldı. İlkokulu dışarıdan girdiği imtihanlarla yaşı geçtikten sonra tamamlayıp ilkokul diplomasını alabildi. Böyle birinin, ileride 'Kâinat İmamı' rütbesi alması, binlerce profesörü, valiyi, generali peşine takması oldukça ilginç.

Babası ile birlikte Alvar Köyü'ne giden Fetullah Gülen, bir süre Alvarlı Efe Hoca'dan ve ardılı torunlarından dini konularda eğitim aldı. Ezber kabiliyeti kuvvetli ve hitabeti etkili vaizlerden biri haline geldi. Yani asıl işi; ezberlediği bir kaç Arapça sözcük ve bunları akıl karıştıracak şekilde kullanmak, gerçekliği tartışmalı hikâyeler ile insanları etkilemekti. Din ve Kur'an bilgisi yok denecek kadar azdı ama dedesinden dinlediği sahabe öykülerini ezberlemişti. Etrafındakileri de bu hikâyelerle ve ağlayarak etkiliyordu.

İlk vaazlarını Alvarlı Köyü'nde verdi. Henüz 14 yaşındayken vaaz veren, din âlimi gibi kabul gören bir konumdaydı. Egosu burada kabardı. Daha sonra Erzurum'a gitti. Sıtkı Efendi isimli bir hocadan ders aldı. Muratpaşa Medresesi'nde kurs görerek ve camîlerde hocalardan ders alarak, bilgi ve görgüsünü geliştirdi.

17 yaşında Erzurum'a geldi. Burada, Mehmet Kırkıncı'nın davetlisi olarak Erzurum'a gelen Sait Nursi'nin talebeleri ile tanıştı ve Nur Cemaati'ne girdi. Nur Cemaaati'ne katılmasına katkı yapan isimler arasında oldukça ilginç biri de var: Esat Keşşafoğlu.

Fetullah Gülen'i Erzurum'da keşfedip, Nur Cemaati'ne katılmasına katkı yapan Keşşafoğlu o tarihte TSK'da subay. ABD'de CIA destekli eğitim görmüş bir isim. Said Çekmegil'in kardeşi ve kendisi de bir Nurcu, Yahudi ve ajan.

Terzi Mehmet Şergil'in dükkânında; Esat Keşşafoğlu ile tanıştığında 1957 yılıydı ve Gülen henüz 16 yaşındaydı. O gün orada Mehmet Kırkıncı, Mehmet Şevket Eygi gibi isimler de vardı. Gülen bu görüşmeyi ve Keşşafoğlu ile tanışmayı, 'hayatının dönüm noktası' olarak tanımladı.

Vaizliği de Zayıf

Nur Cemaati'ne giren Fetullah Gülen, Kurşunlu Medresesi'nde bir süre risaleler üzerinden ders aldı. Ancak bu medreseden atıldığı için bir süre Erzurum'da bir camiîde öğrenimine devam etmek zorunda kaldı. 1959 yılının ilkbaharında dayısı Hüseyin Top'un himayesinde Edirne'ye gitti. Artık anne tarafının etkisinde bir yaşam süreci başladı. Yani Yahudi mantalitesinde.

Edirne Üç Şerefeli Camiî'nde 6 Ağustos 1959 tarihinde, yani daha 17 yaşındayken, vaiz olarak görev yapmaya başladı. Dayısı kendi evine almadığı için, bir evde tek başına kalıyordu. Utangaç, kadınlardan uzak duran ve daha sonraki yıllarda öğrencilerine "Kadın şeytandır." telkininde bulunan Gülen, komşu kızlarının kendisiyle şakalaşmaları üzerine şiltesini toplayıp, camiîye taşındı. Bu sıralarda ömrü boyunca yaşayacağı, kaşınma problemi de başgösterdi.

Gülen, tıpkı ilkokulda olduğu gibi vaizlik sınavında da başarısız oldu. İslam dini ile ilgili bilgilerinin yetersiz olduğu doğrudan Diyanet İşleri Başkanlığı ve ilgili sınav kurulu tarafından saptandı. Buna karşın; araya yine torpil sokarak, vaiz oldu.

İtikata aid

(1) hayat, ilim, semi, basar, irade,

Kelam, tekvin. Bu meckur 8 sıfat, sıfatı filiyedir

Vücud, kıdem, beka, vahdaniyet, Muhalifetün lil havadis

8 Mezkur sıfatsı fatı zatiye,

Halk, ibda, inşa, ihya, imate terzik bu altı

sıfatı filiye, sıfat zatın ikitizası olursa sübutiyeti

Taalluk itibarile dursa filiyedir.

(2) şeri hüküm dörttür kitap, sünnet

icmai ümmet, 5 kıyası fukaha, itikatta mezheb

sahibleri ikidir ebu mansuru matürudi, ebul hasen

eşeri Hatünidi haz. hanefi itikat imamı tkcribe

şafii itikat imamı,

İbadet aid   C (1) Cuma namazının sıhhatı ve eda

olmak üzere 12 şartı vardır, şarti edası vardır

Mısır veya finası sultan veya Memurun biri

Hükim zükur hür eminlik daievakti hutbeden

Önce en az aseh karle olub adem mestnaz

üç kişi ve Müslim olmaktır

C (2) c.s.h. 5 şeydir her arkşi kırşan duhule

Hascid selat tarat Hass kur'an, vaciz asar

iki kısımdır galiez, hafife, galiez ise hem mikasi

Latife olkışmın dair aer hatanin Tenzis Hanidir

Fetullah Gülen'n Vaizlik sınav kâğıdı.

DİN İŞLERİ YÜKSEK(KURULU)

BAŞKANLIĞI

Konu: Fetullah Gülen'in Risâlesi   Ankara

Ek.   ....../....../196..

Karar NO: 57

. Yüksek Başkanlıkca 25/3/1966 tarih ve 21820 sayı ile Kurulu muza havâle buyurulan Kırklareli vaiz adayı Fetullah Gülen'in Risâlesi hakkında ki yazı incelendi:

Bu evrakın müzakeresinde Kurul Başkanı Ali Rıza Haksee, Üyelerden H.Bülent Erdem, M.Şehit Oral, İsmail Ezherli, İbrahim Eken, Dr.Esat Kılıçer, Ahmed Baltacı, Hasan Ege hazır bulunmuşlardır.

Adı geçen vaiz adayının gönderdiği Risâle tamime uygun bir şekilde olmadığı, mevzuuile alâkalı âyeti Kerime ve Hadis Şerifleri Risâlesine almadığı gibi konu ile ilgisi bulunmayan sözleri de zikrettiği cihetle İlmî kifayetini belirtecek mahiyette bulunmadığından adaylığı müddeti sona kadar tamime uygun bir Risâle göndermesinin kendisine bildirilmesi uygun olacağına karar verildi. 20/4/1966

BAŞKAN

Ali Rıza Haksee

Üye   Üye   Üye   Üye

H.Bülent Erdem   M.Şehit Oral   İsmail Ezherli   İbrahim Eken

Üye   Üye   Üye   Üye

Dr.Esat Kılıçer   Lütfi Doğan   Ahmed Baltacı   Hasan Ege

Üye

Dr.Ali Arslan Aydın

(İzinli)

ASLI GİBİDİR.

Konuyla ilgisi bile yok!

T. C.
DİYANET İŞLERİ REİSLİĞİ
Müşavere ve Dini Eserler
İnceleme Heyeti
Sayı: H.
U. 176

Ankara

Hulâsa:
Vaizlik İmtihanına giren Fethullah
Gülen H.

İşari:

Yüksek riyasetten aldığı imtihana giriş belgesiyle Mayıs 999
ayının ilk Pazartesi günü Merkezde yapılan Vaizlik İmtihanına iş-
tirak eden Pasinler'den Ramiz oğlu 941 doğumlu Fethullah Gülen'in
imtihan evrakı incelendi :

Âyetikerime	6
Hadisişerif	8
Kelâm	5
Fıkıh	8
Takrir	6
Yekûn	33 (Otuzüç)

Adı geçenin, verilen sorulara yazdığı cevaplara elli tam
numaraya karşı Otuzüç numara takdir olunduğundan Vaizliğe elve-
rişli bulunduğu mütalaa edilmiştir.

Keyfiyetin yüksek riyasete arzına karar verildi. 25/5/999

Aza   Aza   Aza   Aza   Aza

Uygundur.
Reis

Kurul kararı ile sınavı başarısız.

Bırakmazlar Hocam

Edirne'de görev yaparken, Erzurum'daki Medreseden hocası haber gönderdi; "Geri gel. Medreseye katıl, sana burs verelim, eğitimini tamamlayalım." Önerisinde bulunan hocasına Gülen;"Hocam, ben burada öyle insanlarla tanıştım ve irtibata geçtim ki istesem de gelemem. Onlar beni bırakmaz." yanıtını verdi.

Gülen daha bu tarihte ajanlara teslim olmuştu. Dahası dönemin Edirne Valisi Sabri Sarp, Safarad Yahudisiydi. Gülen'i hem korumaya almış hem de istihbarat elemanı olarak kullanmaya başlamıştı. Valinin, İl Emniyet Müdürü olarak seçtiği kişi de aynı kökendeydi ve o da Gülen'i kollayanlardan biri oldu.

Özel Asker Gülen

10 Kasım 1961 tarihinde askere gittti. Acemi eğitimini Ankara Mamak'ta, usta birliğini ise İskenderun'da tamamladı. Ya da tamamlamış gibi göründü. Çünkü o tarihte 24 ay olan askerlik süresi, Gülen için 17 aya indi. Gülen'e 8 ay kadar izin verildi. Askerliğini Erzurum'da vaazlar vererek tamamladı. Bu kayırmacada kimlerin eli, kimlerin torpili vardı? Açıkça yazalım: Özel Harp Dairesi'nin gücüydü bu ve Keşşafoğlu kanalıyla temin edilmiş bir güçtü. Yani arkasında daha o tarihte ABD (Gladyo) desteği vardı.

Gülen, 'rahat bir askerlik yaptığını' övünerek anlattı. Kendisini koruyup kollayanlar olduğunu da çekinmeden açıkladı. Askerliğinin acemilik süresini yine Yahudi kökenli bir Albay, Reşat Taylan'ın yanında yapması tesadüf değildi. Usta birliği tayininin İskenderun'da Safarad Yahudisi Orgeneral Cemal Tural'ın yanına çıkması ve onun himayesinde askerlik yapması da bir rastlantı değildi. Her ikisi de Özel Harp Dairesi üyesiydi ve ABD tezgâhından, CIA eğitiminden geçmişti. Tıpkı Keşşafoğlu gibi.

Askerlik görevini yaparken bile yolu açılan, üniformanın üzerine cübbe giyip İskenderun'da camiîlerde vaaz veren Gülen, şikâyet edildi. 10 gün disiplin cezası aldı. 'bir gün bile cezaevinde kalmaya tahammülü olmadığını' daha sonraki yıllarda da dile getiren Gülen, bu 10 günlük 'disco' cezası sonrası '"Hastayım" diyerek hava değişimi alıp Erzurum'a gitti. Tezkeresini aldıktan sonra Edirne'ye hemen dönmedi ve bir süre ailesiyle birlikte Erzurum'da kaldı.

Gladyo'ya İlk Hizmeti

Erzurum'da kaldığı bu süre içinde ajanların etkisi ve yönlendirmesi ile ABD'nin politikalarına hizmet etmeye başlamıştı bile. Aslında Türkiye'de somut ve büyük bir Komünizm tehlikesi yoktu ama nedense Komünizmle Mücadele Dernekleri kurulmaya başlanmıştı. Ve Gülen, 1962 yılında Erzurum Komünizmle Mücadele Derneği'nin kurucuları arasında yer aldı. Erzurum'da olmayan Komünistlerle mücadele eden Gülen, bu derneğin aktif üyesiydi. Dahası halkı galeyana getirip sinema basıp, tahrip etmelerini sağlamıştı.

Bu derneğin kuruluşu sırasında askerdi. İzinli olarak geldiği bir dönemde dernek kuruluşunu gerçekleştirdi ve sonrasında birliğine döndü. Ancak geç gelmişti. Birliğine gitmeden önce İncirlik'e uğradı. Burada ABD askerleri tarafından İskenderun'a özel bir ciple götürülüp, birliğine teslim edildi. Ve geciktiği için hiç bir sorun yaşamadı.

Erzurum'daki 'işleri' bitince, Edirne'ye 1964 Temmuz ayı içerisinde tekrar döndü. Dar'ül Hadis Camiî'nde Kur'an kursu öğretmenliği ve fahri imam olarak göreve başladı. İstihbarat eğitimini de burada aldı.

Edirne'de bulunduğu dönemde 1964-1965 yıllarında, dönemin Edirne Müftüsü olup sonra Sakarya Üniversitesi Öğretim

Üyeliğine kadar yükselen Suat Yıldırım ile aynı evde kaldı. Suat Yıldırım, Gülen için önemli bir kişilikti. Vaizlik sınavında başarısız olduğunda, Yıldırım Gülen'in torpili oldu. O tarihlerde birlikte aynı evde kalıyorlardı. Tunagör ile tanıştırdı ve resmi vaiz olmasını sağladı.

Gülen, başta TSK İmamı Adil Öksüz ve Polis İmamı Kemalettin Özdemir olmak üzere birçok İmamını Suat Yıldırım'a yakın tuttu. Her iki isim de Yıldırım'ın mesai arkadaşı oldu. Gülen ile Yıldırım'ın Edirne'de 50 yıl önce başlayan ev arkadaşlığı, ömür boyu süren bir dostluğun temelinin atılmasına neden olmuştu. 15 Temmuz kalkışmasında da ABD'de Pensilvanya'da Gülen'in yanında olan Yıldırım, örgütün iki numaralı kurucusu, Nurettin Veren'in de 'Ahret Kardeşi' olarak ilan edildi.

Ahiret Kardeşliği, Gülen'in eski ve yeni isimleri kaynaştırmak için uyguladığı bir yöntem. Kurucu Çekirdek Kadro, gizli toplantılar yaparken, örgüte sonradan katılan ve Abi statüsüne de gelen bazı etkin isimler, bu gizli toplantılara katılmadıkları için sitemkârlardı. Bunu tehlike olarak gören Gülen, 1992 yılında Altunizade'deki binaya eski ve yeni isimleri birlikte çağırdı. Yemin ettirildi ve eskilerle yeniler harmanlandı. Gülen'in takkesinin içine isimler yazıldı. Kura çekildi ve her eski isim, bir yeni isimle eşleştirildi. Bunlar 'Ahiret Kardeşi' ilan edildi. Eski-yeni ayrımı ortadan kalktı ve herkes çekirdek kadroya dâhil edilip, gizli toplantıların bir üyesi haline geldi.

Konumuza dönelim. Gülen yaklaşık bir yıl Edirne'de çalıştıktan sonra 1965 yılı içerisinde Kırklareli Merkez Vaizliği'ne tayin edildi. 1966 Mart ayında İzmir Merkez Vaizliğine atandı. İzmir'de Kestanepazarı Derneği Kur'an Kursu'nda gönüllü öğreticilik ve belletmenlik yaptı. Bu görev de yine Safarad Yahudisi ve Mason olduğu bilinen Dernek Başkanı Ali Rıza Güven tarafından Gülen'e İkram edildi. Kendi eğitimi de gizli gizli sürüyordu. İstihbarat ve örgüt yöneticiliği eğitimiydi bu ve bir kaynağa göre; gerektiğinde sopa ile öğretiliyordu...

İstibarat Örgütleri İle Bağı

Gülen kendi örgütünü de fiilen İzmir Kestanepazarı Kur'an Kursu hocalığı yaptığı bu dönemde kurdu. Örgütün kuruluşu sırasında hem CIA hem de MİT ile kontağı oldu. Buna ilişkin bir bilgi de Kadir Mısırlıoğlu tarafından gündeme getirildi. Mısırlıoğlu, MİT kontağını "Daha önce bana gelen MİTçileri, Gülen ile görüşürken yakaladım." diyerek deşifre etti.

Bu bilgiden hareketle; Gülen hem CIA hem MİT tarafından kontrol ediliyor, yönlendiriliyor yorumu yapılabilir. En azından daha o tarihte MİT'in radarındaydı ve her adımı da biliniyordu. Gülen'in 'çift taraflı' hareket ettiği, MİT'i kullandığı sonucuna da ulaşılabilir. Aslında daha doğru bir yorum olarak; o tarihte MİT ile CIA'in birlikteliğinden söz edilmeli. Ve unutulmamalı ki bir istihbarat birimine bulaşan kişi, diğer istihbarat birimlerinin de radarına girer ve çoğunlukla onlar tarafından da kullanılır.

1966-1971 yılları arasında MİT Müsteşarlığı yapan Fuat Doğu'nun Fetullah Gülen'i koruyup kolladığı, istihbarat kaynaklarınca aktarılan bir bilgi. Eski milletvekili ve işadamı Aydın Boylak'ın, Vehbi Koç'un evinde düzenlediği bir toplantıda; MİT Müsteşarı Fuat Doğu, Yaşar Tunagör ve Fetullah Gülen'in bir araya gelerek, çok özel bir görüşme yaptığı da kayıtlarda yer aldı. Bu görüşmede örgüt modelinin temellerinin atıldığı da iddialar arasında.

Tunagör, oldukça karanlık ilişkileri olan ve hakkında TBMM'de 'zararlı ilişkileri'ni ortaya çıkartmak için komisyon kurulmuş bir isimdi. Tunagör, Gülen'in 'Vaiz Abisi' olarak kayıtlara geçti. Tunagör ile Gülen'in tanışması Kırklareli'ndeyken oldu. Tanıştıran isim ise o dönem evinde birlikte kaldığı Edirne Müftüsü ve daha sonra Sakarya Üniversitesi'nde İlahiyat Profesörü olan Suat Yıldırım'dı. Tunagör o tarihten sonra Gülen ile hep yakından ilgilendi. Daha o yıllarda Gülen'e, bugünkü örgüt yapısına dönük telkinlerde bulunuyor, bu yönde fikirler aşılıyordu. Onu geleceğe hazırlayan isimlerden biri oldu. Tunagör sonraki yıllarda, "Gülen'i ben keşfettim." dedi.

Tunagör bir Yahudi, Mason ve ajandı. Tapu Kadostro memuru iken Diyanet'e geçti ve Diyanet İşleri Başkan Yardımcılığı'na kadar yükseldi. Arkasındaki koruması ve destekçisi çoktu ama en ünlüsü, hakkında masonik iddialar da bulunan Süleyman Demirel'di. Tunagör İzmir'de vaizlik yaparken, cemaatine, "Yerime çok bilgili, âlim birini getireceğim." diyerek Edirne'den bu yana ilişki içinde olduğu Gülen'i takdim etti. Gülen'in İzmir'de üslenmesini, çevre edinmesini sağladı. Resmi vaiz olması için de torpil yaptı.

Fuat Doğu'nun meslekte üstadı ve eğiticisi olan kişi ise CIA'in ünlü ismi Reinhard Gehlen'di. Komünizme karşı casusluk anlayışı, Gehlen yönlendirmesi ile MİT'e yerleşmişti. Gehlen Almanya'da ABD paralel devletini kuran ve bu örgütü dönüştürerek, Alman İstihbarat Örgütü *(BND)* haline getiren önemli bir isimdi. Fuat Doğu ve elemanları, üstadları Gehlen'den aldıkları paralel yapılanma modelini Gülen'e aktarmış olmalılar. Zaten CIA'in kontrolünde olan ve eğitiminden geçen Gülen'in ilişkileri, bu dönemde derinleşmeye başladı.

CIA ve MİT desteğiyle örgütünü ve gücünü büyüten Gülen'in, Sovyetler Birliği'nin dağılması ertesinde, nisbeten millileşen TSK'nın baskısı karşısında devlet tarafından gözden çıkartılmış gibi gösterilmesi ve MİT'in korumayı kaldırması ile asıl sahibine yani ABD'ye sığınması da bu bilgiler ışığında anlamlandırılabilir.

Şunu da hatırda tutmak gerek: 1999 tarihinde Gülen'e "Git" diyenin dönemin Başbakanı Bülent Ecevit olduğu ortaya çıktı. Ecevit'in, Kasım Gülek tarafından kendisine takdim edilen Gülen'e 'meftun' olduğu biliniyor. Devletin, Gülen'e olan desteğinin bittiğini Ecevit'in tespit edip, Gülen'e aktarması da pek mümkün.

Fetullah Gülen'in birinden mahkûm olduğu iki dava, Bülent Ecevit'in Başbakanlığı döneminde çıkarttığı iki af kanunu ile ortadan kaldırıldı. Ecevit, biri 'Rahşan Affı' olarak bilinen iki af kanunu çıkarttı ve her ikisinde de Fetullah Gülen tesadüfen yararlandı. O da Bülent Ecevit'i, rüyada da olsa, "Elinden tutup cennete koydu."

Gülek bağlantısı da ilginç:

ABD'nin Kore'de kurduğu Moon tarikatının Türkiye temsilcisi olarak bilinir Gülek. 1975 yılında referans olarak Gülen'i Mason

Locası'na kaydettiren de Gülek'tir. Rockefeller bursu ile okuyup CHP'ye Genel Sekreterlik de yapan ve Ecevit'in en yakınındaki isimlerden biri olan Kasım Gülek, Fetullah Gülen'i Bülent Ecevit'e tanıştıran ve sevdiren kişidir.

Gülen Örgütünün, Moon Tarikatı örgütlenmesinden de esinlendiğini burada bir kez daha anımsatmak yerinde olur.

Şunları akılda tutarak, Gülen'i tanımlamayı sürdürelim:

Gülen'i ilk devşiren, muhtemelen Keşşafoğlu'nun takdimiyle, CIA ajanları. O tarihte MİT demek, CIA demekti ve adeta ortaktılar. MİT'in yapılanması ve ajanların eğitimi CIA eliyle yapılıyordu. ABD, NATO üzerinden TSK'ya nüfuz etmiş ve Amerikancı bir ordu yapısı oluşturulmuştu. Özel Harp Dairesi yani Gladyo kanalıyla, legal olmayan birçok faaliyet yürütülüyordu. Aslında Özel Harp Dairesi'ne mensup Keşşafoğlu gibi birçok ismin, kime hizmet ettiği de bilinemiyordu. Türkiye'ye mi? ABD'ye mi? Çalıştığı muğlak bu tür isimler, ülkeyi adeta örümcek ağı gibi sarmıştı. Demokrat Parti iktidarı ile başlayan ve sonrasındaki yapılar ile siyaset de ABD güdümünde yürüyordu.

Dulles Kardeşlerin 'Yeşil Kuşak' kurarak, Sovyetler Birliği'ni çevreleme stratejisi, 'Cemaati cemaatle bölme' ve sistemin yoksul halkı 'Cemaat ve tarikatlarla kontrol' hedefleri birlikte değerlendirildiğinde; siyasi iktidarların yol vermesiyle nasıl olup da Gülen üzerinde hem CIA ve hem de MİT'in birlikte hareket ettikleri, sermayesi ve devletin tüm katmanlarıyla kurulan ilişkiler ağı ve dış bağlantıları daha net anlaşılabilir.

CIA Hep Yanında

Ve Gülen bu arada ilginç irtibatlar kurdu. Gehlen ve Fuat Doğu bağlantısı; bu yıllarda Gülen'e nüfuz etmiş durumdaydı. Kaşşafoğlu kanalıyla kurduğu ve büyüttüğü asker içindeki bağlantıları da sürüyordu. Edirne Valisi Sarp ve o dönemin Edirne

Emniyet Müdürü Reşat Bey, Suat Yıldırım gibi isimler ile bürokraside de kontaklarını geliştiriyordu.

Gülen'in ömrü boyunca kendisine koruma kalkanı olacak, önemli bir isim de bu dönemde hayatına girdi. 1964 yılında ABD'nin Ankara Büyükelçiliği'nde görevlendirilen ve daha sonra CIA Başkan yardımcılığı da yapan Graham Fuller. Bu isim, Gülen'i hep korudu. Demirel ve Özal'a Gülen'i emanet eden de 'Yeşil Kart' problemi olduğunda referans olan da Fuller'di. Ardılı Morton Abromowich gibi isimlere de Gülen'i teslim eden kişidir. ABD'de yakın dostluk kurup ajanlar ve Yahudilerle kontağını kuran da Fuller'di. Rant düşünce kuruluşunun danışmanı ve CIA eski Yakın ve Güney Asya Bölgesi İstihbarat Şefi Graham Fuller, Gülen'in her zaman yanında oldu. *Siyasi İslam'ın Geleceği* isimli kitabında, Gülen'i "Dinlerarası Diyaloğun Türkiye'deki en güçlü aktivistlerinden, liberal ve reformist İslamcı. Desteklenmeli." diye lanse etti. Fuller, diğer kitaplarında da benzer övgülerde bulundu. Hemen her platformda Gülen'in yanında yer aldı.

Ama bununla kalmıyor. Gülen, ilerleyen yıllarda daha da ilginç ittifaklar kurdu. MİT ve CIA tarafından kullanıldığı için MOSSAD'ın da dikkatini çeken Gülen, Safarad Yahudiliğinin sağladığı kontaklara da yöneldi. Ali Rıza Güven, Yaşar Tunagör ve Ishak Alaton bunlardan sadece en bilinenleridir. Yahudi Lideri Davut Oseya ile çok yakın ilişkide oldukları, özel ve gizli birçok iş yaptıkları da biliniyor. Artık gelinen noktada; ABD Başkan adayları ile yakın ve özel irtibat kurabiliyor, müritleri bile ABD Başkan Yardımcısı Biden ile Beyaz Saray'da samimi pozlar verebiliyor. Ahmet Sait Yayla gibi İmamı, ABD Senatosunda konuşup, "Darbe girişimini Gülen değil Erdoğan yaptı." diyebiliyor.

15 Temmuz sonrası paniklese de ABD yönetiminden destek aldığı için Türkiye'yi ve Erdoğan'ı tehdit etmekten vazgeçmeyen Gülen, herhalde bu ilişkilerinden kaynaklanan bir güvenle hareket ediyordu. Hillary Clinton'a yakın duran Gülen, Donald Trump'un seçilmesi ile yeni bir manevraya başladı. CIA içindeki kontakları aracılığıyla yeni Başkan'a bir mektup gönderdi. Mek-

tup, Eski Ankara Büyükelçileri Morton Abramowitz ve Eric Edelman ile 15 Temmuz'da İstanbul Büyükada'da bulunan CIA Free Lance Ajanı Henry Barkey tarafından Trump'a ulaştırıldı. Gülen'in mektupta, " Okullar üzerinden ABD yönetimiyle tüm dünyada birlikte çalıştıklarını, Türkiye'ye iade edilmesi halinde bu konuda bildiklerini açıklayacağını, kalırsa birlikte ve daha sıkı bir şekilde çalışacaklarını..." yazdığı gelen bilgiler arasında.

Daima Amerikancı

Özü hep ABD ve CIA oldu. Daha Kestanepazarı yıllarında Komünizmle Mücadele Derneği'ne götürdüğü ilk yol arkadaşlarına, burada Amerikan propagandası yapıyordu. Kestel Caddesinde bulunan 'Baha Kitapçısı' aynı zamanda bu derneğin merkeziydi. Dava arkadaşlarını sık sık buraya götürür ve Amerikan propagandası yapardı. Nurettin Veren'in deyimiyle, ABD'yi sevdirmek için "Rusya ve Çin ayakta kıtır kıtır keser ama Amerika narkoz verip keser. Ehven-i şerdir. O yüzden Amerika'ya yakın durmalıyız." derdi.

ABD hayranı Gülen'in bu ülkeye ilk gidişi 1992 yılında oldu. Bu gidişin iki temel nedeni vardı:

Birincisi; o tarihte polis içindeki kadrolaşması deşifre oldu.

Ayrıntılarını *Fetullah'ın Copları* isimli kitabımda anlattığım, 1991 yılında Polis Akademisi'nde hileli kura çekimi olayı yaşanmıştı. Dönemin Emniyet Genel Müdürü Ünal Erkan ve yardımcısı Ümit Erdal, Copların çift torba ile yeni mezun Copları özel yerlere atama operasyonunu bastılar. Failler suçüstü yakalandı. Ve hukuki işlem başlatıldı.

Yine aynı yıl, Polis Akademisi öğrencisi Rafet Yılmaz isimli bir itirafçının ifadelerinden yola çıkılarak; Teftiş Kurulu 91/312-12 esas sayılı dosya ile İmamları da isim isim listeleyen bir soruşturma yaptı. Bu soruşturma, 10 Mart 1992 tarih ve B.05.1.EGM.0.06.03-400/1(79-92) esas sayılı İstihbarat Raporu'na dönüştürülüp, genişletildi.

Gülen'in ödü patladı. "Sıkışınca ABD'ye gel. Korunacaksın..." garantisini yıllar önce alan Fetullah Gülen, ABD'ye ilk kez o tarihte kaçtı. Türkiye'deki örgütü ve kontakta olduğu siyasiler, bu soruşturmaları bertaraf edince geri geldi.

İkinci gidiş nedeni ise: ABD'nin 11 Eylül kâbusu ertesinde 2001'den sonra 'Genişletilmiş Büyük Ortadoğu Projesi'ne evrilen stratejinin önemli bir parçasını teşkil eden, 'Dinlerarası Diyalog'un nüvesi olan, Sovyetler Birliği'nin dağılması sonrasında bu bölgede izlenecek stratejiyi belirlemekti.

Bu tarihte önemli görüşmeler yaptı. Ajanlardan örgütsel yapı ile ilgili dersler aldı. Davranış ve konuşma başta, gizlilik ve haberleşme yöntemleri de dâhil sıkı bir eğitimden geçen Gülen'e, örgütün dışa açılması kararı da bu gezide dikte edildi. Özellikle Orta Asya, Kafkaslar ve Balkanlar'da okullar açılması bu gezi sonrasına denk geldi. Şu sözleri de o tarihte söyledi:

"...inanmış bir insanın Batı karşısında, Batı'yla entegrasyon karşısında, Amerika ile entegrasyon karşısında olması düşünülemez..."

"Amerika şu andaki konum ve gücüyle bütün dünyaya kumanda edebilir. Bütün dünyada yapılacak işler buradan idare edilebilir. Amerika hâlâ bu dünya gemisinin dümeninde oturan bir milletin adıdır. Amerika, daha uzun zaman dünyanın kaderinde çok önemli rol oynayacaktır. Bu realite kabul edilmeli. Amerika göz ardı edilerek şurada burada bir iş yapılmaya kalkılmamalı.

Amerikalılar istemezlerse kimseye dünyanın değişik yerlerinden hiçbir iş yaptırmazlar. Şimdi bazı gönüllü kuruluşlar dünya ile entegrasyon adına gidip dünyanın değişik yerlerinde okullar açıyorlarsa, bu itibarla, meselâ Amerika ile çatıştığınız sürece bu projelerin gerçekleştirilmesi mümkün olmaz. Amerika ile iyi geçinmezseniz işinizi bozarlar. Amerika'nın bize yarım arpa kadar sadece bizim menfaatimize desteği yoktur. Buna rağmen şurada bulunmamıza izin veriyorsa, bu bizim için bir avantajsa, bu avantajı sağlıyor."

Çalkantılı Yıllar

Gülen'in ilk yıllarına, Kestanepazarı yıllarına gözatmaya devam edelim:

Kestanepazarı'nda örgütün kurulması, Gülen'in hayatının dönüm noktası oldu. O tarihten sonra hem ilişkilerini geliştirdi ve genişletti, hem kendisine bağlı müridler, şakirtler oluşturdu. Hücreevleri boyutunda yapılandı. Ekonomik güç sağladı. Siyasi güç elde etti. Hep korundu, kollandı. Örgütünü günden güne büyüttü ve geliştirdi. Moon tarikatından da CIA bilgilerinden de İsmaili ve Batınilik gibi mezhep ve tarikatların örgüt modellerinden ve taktiklerinden de Masonluğun ilke ve metodlarından da yararlandı. Ama sonuçta Türkiye'ye ve kendine özgü yeni ve gelişmiş bir yapılanmaya ulaştı.

1966'da kurduğu örgütün öğretisi uzun süre 'Nurculuk' olarak sürdü. 1970'li yıllara kadar Yeni Asya Grubu içerisinde yer alan Gülen, bu tarihten sonra bağımsız hareket etmeye başladı. Artık etrafında hatırı sayılır bir ekip ve yöneteceği Işıkevleri, müritleri vardı. Listesini bu kitabın 'Yapı' bölümünde göreceğiniz, Çekirdek Kadro hazırdı.

Kendisine taparcasına bağlı bir nesil yetiştirmek için çıktığı yolda faaliyetlerini eğitim alanında yoğunlaştırmak, ilk adımıydı. Hedefi 13-18 yaş grubundaki gençler, öğrencilerdi. Teyp ve video kasetlerine çekilen konuşmaları ve sohbet toplantıları aracılığıyla görüşlerini ulaştırdığı sempatizan grubu ile birlikte, bir süre sonra Işıkçılar ve daha sonra kendi adıyla anılacak örgütsel yapı oluştu.

Gülen'in örgütünü kurması ve faaliyetlerini hızlandırmasıyla, dikkat çekmesi de kaçınılmaz oldu. Bu yıllardan başlayan ve 12 Eylül sonrası da dâhil; 'koruma kalkanları' olmasına karşın çalkantılar yaşadı.

Özetleyelim:

Fetullah Gülen, öğrencileri geceleri Nur Medreseleri'ndeki toplantılara götürmesi nedeniyle, Ocak 1971'de Kestanepazarı

Kur'an Kursu ve Yurdu Müdürlüğü görevinden uzaklaştırıldı ve yurt binasında kaldığı oda da boşaltıldı.

04 Mayıs 1971 tarihinde dönemin Sıkıyönetim Komutanlığı'nca tutuklandı.

İzmir Sıkıyönetim Mahkemesince görülen 54 sanıklı Nurculuk Davası'nda yargılandı ve 9 Kasım 1971 tarihinde tahliye edildi. Tahliye edilmesinin perde arkasında yine kendisini koruyan güçler vardı, elbette. Kendisi de her zaman olduğu gibi konjonktüre uygun davrandı. Yargılananların hemen hepsi Nurcu olduğunu kabul ederken, Gülen ve kendisiyle birlikte hareket edenler, bunu reddetti.

Fetullah Gülen, o dönemde Nurcuların lideri durumundaki büyük Abilerinden Mustafa Sungur'un 'Nur Dershaneleri açması' yönündeki tavsiyelerine de uymadı. Ancak sonradan klasik anlamdaki 'Nur Dershaneleri' yerine 'Işık Evleri' olarak adlandırılan kendine özgü dershaneler açma yoluna gitti. Dahası bu evlerde Said Nursi'nin kitaplarından ziyade kendisinin kasetlerinin dinlenmesini emretti, kendi kitaplarını okutturdu.

Nurculuğu reddetmesi ve koruyucuları sayesinde tahliye olsa da davası devam etti ve 20 Eylül 1972 tarihinde verilen kararla 3 yıl hüküm giydi. Askeri Yargıtay tarafından yapılan inceleme sonucunda, daha fazla ceza verilmesi gerektiği bildirilerek, hüküm 24 Ekim 1973'te bozuldu. Ancak 1974 affıyla kurtuldu.

İzmir ilindeki faaliyetleri nedeniyle Şubat 1973'te Edremit'e tayin edildi ve burada Alemzade Camii'nde cuma günleri vaaz verdi. Ancak aklı örgütün merkezindeydi. Ve bir süre sonra İzmir'e döndü.

29 Haziran 1974 tarihinde Manisa'ya, 28 Eylül 1976 tarihinde ise Bornova'ya vaiz olarak ataması yapıldı. Bu dönemde ayrıca 1977 yılında geçici görevle Almanya'ya giderek orada çeşitli konferanslar verdi. İlk sayısı 1979 Şubat ayında çıkan Sızıntı Dergisi'ne başyazılar ve orta sayfa yazıları yazdı. Yazılarının ve daha sonra yayınlanacak kitaplarının büyük çoğunluğu başkalarınca kaleme alındı.

12 Eylül 1980 darbesinden hemen önce 5 Eylül 1980 günü, ihtilâli haber almış olacak ki doktor raporu alarak görevinden ayrıldı. Çanakkale Merkez Vaizliğine 25 Kasım 1980 günü tayin edildi. Ama O, bu göreve hiç gitmedi ve 20 Mart 1981 tarihinde görevinden istifa etti.

Sahte Belgelerle Yaşadı

Şimdi çok kişi Gülen'i emekli vaiz sanıyor. Hayır, O müstafidir. Yıllarca devletten emekli maaşı aldı. Haram yedi, yani. 15 Temmuz sonrası bu maaş kesildi. Verilen eski maaşların alınması için SGK tarafından dava açıldı.

Bir de pasaport öyküsünü anlatalım:

Gülen, uzun yıllar 'Yeşil Pasaport' kullandı. Bunun için Pasaport Şubedeki Çoplar, sahte belge düzenlediler. Diyanet İşleri Başkanlığı'ndan da sahte belge verildi. Emekli ve üst düzey bir çalışan gibi gösterildi. Hem alt düzeyde bir vaiz kadrosunda çalışmış hem müstafi olan birinin Yeşil Pasaport alması mümkün değildi. Ama burası Türkiye...

İnanıyorum ki birgün, O Yeşil Pasaportu verenlerden, bu sahteciliğe ve ABD'ye resmi koruma gönderilmesine onay veren o dönemin İçişleri Bakanı Saadettin Tantan'a bu durumu soracak bir Savcı mutlaka çıkacaktır.

Özal Garantisiyle İfade

Dönelim sürece. Artık serbest vaiz gibi hareket ediyordu. Aslında mahkemece aranıyordu. Sıkıyönetim Komutanlığı'nın yakalama kararı da vardı. Ama bu göstermelikti ve Gülen bunu biliyordu. Gidip ifade vermesinin yeterli olduğu kendisine defalarca bildirilmiş olmasına karşın ifadeye gitmiyor, arama kaydını kaldırtmıyordu. Bir tür kaçak ama korkusuzca her yerde vaaz veren adam görüntüsüyle, devlete meydan okuyan Hoca imajıyla, etrafındakilerde hayranlık uyandırmak daha çok işine geliyordu.

Burdur Valisi İsmail Günindi, bir ziyaret sırasında Mehmet Keçeciler'in odasında Alaeddin Kaya -Zaman Gazetesi kurucu ortağı ve sonrasında imtiyaz sahibi. Gülen ile birlikle Papa 2. Jean Paul'u ziyaret ederek elini öptü. Şimdi tutuklu.- ve Mevlüt Saygın (Okullar İmamı) ile karşılaştı. Vali Günindi, "Hoca boşuna kaçıyor. Bizim Burdur Adliyesi arıyor ama sadece ifadesini alıp bırakacaklar. Kaçmakla kendisine eziyet ediyor." dedi.

Bu sözler, Alaeddin Kaya tarafından Gülen'e iletildi. Gülen, garanti istedi. "Başbakan Özal garanti verirse gidip ifade veririm." diye Keçeciler'e haber iletti. Keçeciler de kendini garantiye almak için önce Burdur Valisi'ni Savcıya gönderdi. Savcıdan da söz alınınca, durumu Başbakan Özal'a bildirdi.

Cemaat üyeleri Keçeciler'in sözüyle yetinmedi, Özal'dan söz almak istiyorlardı. Bunun üzerine Keçeciler, Mevlüt Saygın ve Alaeddin Kaya'yı Özal'a götürdü. Özal, "Mehmet'in sözü benim sözümdür." dedi. Birkaç gün sonra 12 Ocak 1986 günü Gülen, İzmir'de teslim oldu. Burdur'a götürüldü. İfadesi alınıp, salıverildi.

Yine aynı yıl Diyarbakır'daki Mehmet Özyurt davası ile ilgili olarak hakkında tahdit konuldu. Bu olayla ilgili olarak İzmir Sıkıyönetim Komutanlığı'na giderek teslim oldu. Burada da ifadesi alınarak serbest bırakıldı.

Bu süreçten sonra kendi etrafında oluşturduğu taraftarlarına ve bu yapıya bağlı şahısların gittikleri camiîlerde vaazlar vermeye devam etti. Örgütünü büyütmeye yöneldi.

Kaçaklığı kalktığı için artık ikematgâhı da vardı. İstanbul'da Altunizade'de bulunan FEM Dershanesinin 5. katını, Ankara'da ise Samanyolu Kolejinin 5. katını kullandı. Ayrıca ilerleyen süreçte kendisine, Kısıklı'da özel bir ev de tahsis edildi.

Yukarıdaki kronolojik süreci biraz ayrıntılandıralım:

İstihbaratçılar Kurdurdu

Örgütün kuruluşu sırasında CIA ve MOSSAD'ın büyük paralar aktardığı; askeri istihbarat tarafından saptandı ve bu konuda hazırlanan 1972 yılındaki Sıkıyönetim Komutanlığı raporunda bu konu açıkça yazıldı. Yaşadığı yasal sıkıntılar da bu istihbarat örgütleri ve onların Türkiye'deki uzantıları tarafından bertaraf edildi. Klasik Nurcularla beraber hareket ettiği süreç sona erip, kendi bağımsız örgütü ile 'hizmete' başlayan Gülen, 1971 darbesi sonrasında Sıkıyönetim Komutanlığı'nın elinden, ispiyonaj hizmeti sayesinde ve asker içinde bulunan ve bir kısmını yukarıda açıkladığımız isimler sayesinde kurtuldu.

O rapordaki bilgiler; CIA ve MOSSAD tarafından kullanılan Gülen'in, Türk istihbarat ve devlet organlarınca da kullanılmaya başlandığını ortaya koyuyor. Sıkıyönetim döneminde Edremit ve Manisa'da faaliyetlerine devam etmesi, Komutanlık tarafından desteklendi. Bunun sebebi raporda; "Bunda ABD *(CIA)* ve MOSSAD'ın bizatihi desteklenmesi gerekli örgütler listesinde gösterilmesi sebep oldu." diye açıklandı.

Bu süreçte hem ordunun hem de sivil siyasetin desteğini almaya başlayan Gülen ve Cemaat örgütlenmesi, MİT ve diğer devlet kurumları gözetiminde gücünü ve nüfuzunu arttırdı. TSK içindeki NATO'cu yapının da etkisiyle, askeri okullar başta, tüm ordu içinde örgütlenmeye başlaması da bu döneme denk geliyor.

Koruma Kalkanları

Fetullah Gülen, istihbarat örgütleriyle kurduğu bu irtibatları ile hem kendisini koruyup kolluyor hem örgütünü geliştirmek için gerekli bilgi ve desteği alıyordu. Kuşkusuz MİT, asker ve polis istihbaratının kendisini takip ettiğini biliyordu. Ve O, bunu da istediği şekilde kullanıyordu. Rakiplerini ekarte etmek için ABD'nin isteği doğrultusunda sol yapıyı zayıflatmak için kendisini takip eden istihbaratçılara bilgi veriyor ve alıyordu. Gülen bu süreçte kendisi ve örgütünü ispiyon merkezi gibi çalıştırdı. Özellikle sol görüşlü isimleri komutanlığa sızdırarak, yakalanmaları için çaba gösterdi. Bu yöntemle, hem kendisine hem örgütüne muhalif ve rakip olanlardan kurtuluyor hem de asker ve istihbarat içinde güç kazanıyordu.

Karşılıklı bir alışveriş sözkonusuydu yani. Gülen ve yapılanması ile ilgili istihbari kurumlar 12 Eylül 1980 Askeri Darbesi'ne kadar takipte oldu. Ancak 12 Eylül 1980 Askeri Darbesi sonrasında ise hiçbir adli soruşturma ve takibata uğramadı. Örgütü ve kendisi ile ilgili o güne kadar yapılan takip durdu. Tutulan her türlü arşivleme çalışması sonlandırıldı.

Gülen örgütünün palazlanmasının önemli bir safhasına Atütürkçü görüntülü 12 Eylül cuntacılarının katkı yapması ilginç! Ama şaşırtıcı değil.

12 Eylül Palazlandırdı

Nedeni çok açık:

12 Eylül de tıpkı diğer askeri darbeler gibi ABD ürünü ve izniyle yapıldı. Ve daha da açıkçası, bu darbe ABD tarafından gerçekleştirildi.

12 Eylül cuntacıları, solu bitirmek için vahşice ve hukuksuzca kararlar alıp uyguladı. Atatürkçü görüntü altında, ABD ve emperyalistlere hizmet etti. En fazla imam hatip lisesinin açıldığı, türbanın bir hançer gibi ülke gündemine sokulduğu, dinci-muhafazakâr kesimin cesaretlenip palazlandığı bir dönemdi. Darbe, Amerika'nın 'Yeşil Kuşak' ve daha sonra 'Ilımlı İslam Projesi' olarak adlandırılacak projesine Türkiye hizmet etsin diye gerçekleştirildi. Bu projenin görünür gerekçesi: SSCB etkisine -yayılmacı-

lığına karşı set oluşturmak, gizli gerekçesi ise bölgeyi ve zengin petrol- enerji kaynaklarını ele geçirmekti.

İşte bu nedenle Gülen ve örgütü korunup kollandı. İşte bu nedenle CIA, MOSSAD, MİT içindeki CIA ajanları, daha da ötesi Gladyo eliyle, askerin içindeki Amerikancılar, Gülen'in korunup kollanması için her türlü girişimde bulundu. 1971'de Sıkıyönetim Komutanlığı'na "Bu adamı koruyun." diyen güçler, 12 Eylülcülere de aynı telkini yaptı, aynı talimatı verdi. 'Bizim çocuklar' da bu talimatı aynen yerine getirdi.

Asker içindeki uzantılarından ve ABD istihbaratından darbeyi haber alan ve Sızıntı Dergisi'nde daha darbe öncesi, darbeleri meşru gören-gösteren yazılar kaleme alan Gülen, darbe sonrasında da "Mehmetçiğe selam" durdu.

12 Eylül öncesi yakalanacaklar listesinde ismi bulunan Gülen, aranıyor olmasına karşın 6 yıl boyunca elini kolunu sallayarak ülkeyi gezdi ve vaazlar verdi. Üst akıl ve kukla oynatıcısının verdiği emir sonucu; cuntacı Kenan Evren elinde Kur'an'la kent kent gezip ayetler okurken, Fetullah Gülen de Anadolu'yu adım adım gezdi. Darbenin, NATO'nun, ABD'nin emrine uymanın faziletlerini anlattı.

Özal'ın sözlü teminatı ile arandığı görüntüsünden kurtulduğunu gizleyen Gülen, 1986'da deşarj olmak için Hacca gittiğini ve dönüşte Suriye sınırından tellerin altından sürünerek kaçak girdiğini, seneler sonra ABD'de Nevval Sevindi'ye şöyle anlattı:

"1986'da, aranıyorum diye yakalanmıştım. Özal'ın demokratik centilmenliğiyle salıverildim. Ve o sene hacca gitmeye karar verdim. Altı yıl çok sıkıntı çekmiştim, dolayısıyla buna ister deşarj olma, ister konsantrasyon deyin. Cidde'ye vardığımda, 'havaalanında derdest edileceksin' diye Türkiye'den haber verdiler. Ben de yolumu değiştirdim, 'Halep'ten geçeyim' dedim. Annemin amcası da bir dönem kadıymış orada... Onbir gün kaldım. Ayakkabısız, sürünerek ve dikenlere basarak geçerken bir kere daha anladım ki, ben bu ülkeyi çok seviyorum. En sevdiğim efendimizin beldesi bile beni orada tutamadı. Kurşun menzilinden geçiyoruz iki taraftan. Üç dört kilometrelik yeri, yedi sekiz saatte geçtik. Geçince, bir kayayı göstererek, 'şu kayanın dibinde 24 saat uyuyabilirim.' dedim..."

İlk Copları Cunta Atadı

Burada bir örnek vererek COPlara da değinmeye başlayalım. 12 Eylül 1980 darbesi olduğunda ben Polis Koleji 1'inci Sınıf öğrencisiydim. O tarihe kadar sağ-sol ve dincilerin cirit attığı ancak sol görüşlü yönetim ve öğrencilerin etkinliğinin fazla olduğu Koleje, darbe sonrası dört sınıf komiseri atandı.

Bu kişilerin özel seçilmiş ve hepsinin de Gülen örgütü mensubu olduklarını, Koleje özel olarak atandıklarını, özel ve gizli bir görevleri olduğunu çok sonra öğrendik. Bu dört kişi; Ramazan Akyürek, Ali Osman Kahya, Mustafa Sağlam ve Kadir Esir'di. *Fetullah'ın Copları* kitabımda haklarında ayrıntılı bilgilere ve o dönemde yaptıklarına dair anılara yer verdim.

Bu isimlere yeniden döneceğiz...

Özal döneminde en büyük şakirtlerinden biri olan Abdülkadir Aksu'nun İçişleri Bakanı olduğu dönemde de korunup kollanan Gülen, teşkilatını güçlendirmeyi sürdürdü. Bu sırada 12 Eylül sonrası askeri liseler, Polis Koleji ve Akademisi, adliye, mülkiye gibi yerlerde örgütlenerek, adam tavlama ve nesil yetiştirme çalışmalarını olanca hızıyla sürdürdü.

Vaizlikten istifa etmişti ama yurdun çeşitli yerlerine giderek 'Altın Nesil' konusu başta olmak üzere çeşitli konularda vaazlarına ve konferanslarına devam ediyordu. Nurculuktan da ayrılmış, kendi yayın organı Sızıntı'yı da çıkartmaya başlamıştı. Bu dönemde çeşitli gazete ve dergilerde, M. Abdülfettah Şahin, Hikmet Işık vb. takma adlarla yazılar yazdı.

90'lı yıllarda rüzgâr değişti. TSK içinde bir Avrasyacı ya da Millici diye adlandırılan, Amerikancılara bayrak açan ekip oluştu. 28 Şubat'a kadar uzanan bu ekibin dalgası Gülen'i de etkiledi.

Şeytanın İmamları

28 Şubat'ta panikleyen Gülen hakkında, DGM'de laik devleti yıkma ve örgüt liderliği suçlamasıyla dava açıldı. Bu davayı bertaraf etmek için her türlü hile ve sahteciliğe başvuran Gülen, 21 Mart 1999 tarihinde sağlık sorunlarını bahane ederek ABD'ye gitti ve bir daha da geri dönmedi.

Fetullah Gülen'i kaçmaya zorlayan birçok unsur var. Bunda Polis ve MİT'teki illegal işleri yürüten Kemalettin Özdemir ve Abdullah Aymaz'ın verdiği bir bilgi etkilli oldu. Bu iki isim TV'de yayınlanan kasetlerin Nurettin Veren tarafından satıldığını, devletin bu kasetlerin ortaya çıkmasından sonra Cemaate ve kendisine operasyon hazırlığında olduğunu söylediler. Bu iddiayı MİT içindeki kaynaklarından aldığını bildiren Özdemir, Gülen'i kaçmaya ve ABD'de kalmaya teşvik etti.

Gülen, halen 1857 Mount Eaton Rd. 18353 Pensilvania Saylandrsburg PA/ABD adresindeki çiftliğinde ikâmet ediyor ve örgütünü buradan yönetiyor.

ÖRGÜT

Yoksulluk Ve Cehaleti Kozu

Gülen örgütlenmesinin başladığı o yıllar, yoksul yıllardı. Taşra yorgun ve eğitimsizdi. Kentlerde göç dalgasıyla oluşmuş varoşlar yükseliyordu. Ve bu kenar mahallelerde karşılanamayacak hayalleri olan gençler vardı.

Bu durum, Fetullah Gülen ve örgütü için bulunmaz bir fırsattı.

Örgütün çekirdek kadrosunu oluşturanlar, örgüte adam kazandırmak ve örgütü genişletmek için; yoksulluğu, gençlerin hayallerini, çaresizliğini kullandı. Bu gençlerin, muhafazakâr ailelerinden aldıkları ilk dini telkinleri ve bu telkinlerin oluşturduğu kutsallığı kandırma aracı yaptı. Bu gençleri bulan ve iletişime geçen Gülen ve çekirdek kadrosu kimine iş, kimine eş, kimine barınacak yer, kimine eğitim imkânı, kimine para desteği vaad ederek, kendilerine bağladılar. Bu gençleri 'Işıkevi' adını verdikleri örgüt evlerinde eğittiler. Onları itaatkâr, emir kulu, soru sormadan Cemaat'in emirlerini yerine getiren birer robot haline getirdiler. Bu gençlerle bağlarını hiç kesmeden, uzun vadeli emelleri için adeta bir makine gibi kullandılar.

Afyon Yutturma

Kitap fuarlarında, imza günlerinde, konuşmacı olarak katıldığım ortamlarda, hatta sokakta yolumu çevirerek bana bu örgütlenme ile ilgili soru soran çok oluyor. Ve en çok sorulan sorulardan biri, "Bu salya sümük ağlayan, ne dediği anlaşılmayan biri, bu koca koca profesörleri, generalleri, emniyet müdürlerini, milletvekillerini, bakanları, başbakanları nasıl kendisine inandırıyor ve bağlıyor? Bu adama nasıl inanıyorlar da bu kadar suçu işliyorlar?" şeklinde.

Bu sorunun altında yatan bakış açısı açık. Okuyan, sorgulayan kişilerin bu yapılanmayı ve onun zehirli tarafını göreceğine inanarak soruyorlar. Ama işin aslı öyle değil. Bu koca koca adamlar, daha küçükken Gülen'in, Cemaat'in tezgâhında pişiriliyor, afyon yutturuluyor ve sorgulamadan emre itaat edecek hale getiriliyor.

Çocuk daha ilkokul, ortaokul yaşlarında ele geçiriliyor. Yoksul, zeki ve genellikle muhafazakâr aile çocukları. Çoğu, sınıfının, okulunun birincisi. Ders çalıştırmak bahanesi ile Abiler tarafından markaja alınıyor. Aylarca, yıllarca Cemaat ya da din ile ilgili herhangi bir mesaj vermeden, sadece arkadaş, yardım eden abi görüntüsü ile kontak sürdürülüyor.

Güleryüzlü, kalp kırmayan davranışlar sergileniyor. İkramlar, geziler, harçlıklar, okul malzemeleri temini dâhil çocuğun her türlü ihtiyacında yanında oluyorlar. Ve hiç bir karşılık beklemedikleri mesajını yüklüyorlar. Çocuk kıvama gelince; ailesinden kopartıyorlar.

Aileden kopartmak için özel taktikler var. Sorunlu ailelerin sorununun üzerine gidiyorlar. İlgisiz kalan bir çocuksa ilgiye boğuyorlar. Yoksulsa maddi destek veriyorlar. Dini öğretilerle beyinlerini yıkadıkları çocukları, ailesinden soğutmak için cenneti bile vaad ediyorlar.

Ser Seccadeyi

Buna ait bir örnek verelim:

Gazeteci arkadaşım Kerem Kırçuval, ortaokul öğrencisiyken bu olayı yaşamış.

Babası Malatya'nın en ünlü gazetecisiydi. Yerel gazete Görüş'te yazarlık yapan Erhan Kırçuval, Milliyet'in de Malatya temsilcisi. Ayrıca Malatya'nın eski ve yerli ailelerinden Kırçuvallılar. Kırçuval adıyla mahallelleri var ve bir de Kırçuval Camiî... Erhan Kırçuval solcu. Kerem de başarılı bir öğrenci.

Fen bilgisi ögretmeni, Kerem ile yakınlık kurup Işıkevi'ne götürmüş. Abiler, kıvama geldiğini düşündükleri anda, Kerem'in aile bağını kopartmak için harekete geçmişler. Babasının içki içmesini istemeyen Kerem'e, "Baban içki içerken, sen de karşısında namaz kıl." diye taktik vermişler.

Kerem o günden sonra her akşam babası içki sofrasındayken, seccadeyi serip namaza durmuş. Abilerin amacı, babasının Kerem'e kızması, engel olması ya da daha sert bir tepki vermesini sağlamakmış. Bu olursa, Kerem babasına duyacağı nefret ve öfkeyle Abisine teslim olacak, Cemaat'e daha sıkı bağlanacak...

Ancak Erhan Kırçuval farklı davranmış. Bir süre sessiz kalıp sonra bir akşam, "Gel bakalım oğlum. İşte bu Kur'an, bu İncil, bu Tevrat bu da Zebur... Bunlar da benim kitaplığımdaki din ile ilgili kitaplar... İşte bunları oku..." diyerek, kitapları vermiş.

Kerem diyor ki "O gün babam bana bir tokat atsaydı, bugün belki de Cemaat'in bir şakirti olarak, kendi halkına kurşun sıkanlardan biri olurdum, muhtemelen. Babam beni kitaplara yönlendirdi. Ve ben sorgulayan bir beyne sahip olabildim. Ve o geceden sonra o Abilerle bir daha görüşmedim."

Her çocuk Kerem kadar şanslı ya da Kerem'in babası gibi bir babaya sahip olamayabilir...

Birebir Kontak

Bu çocuklar, önceden aldıkları dini mesajlara ek olarak, bu Abilerden aldıkları yeni dini telkinlerle yoğuruluyordu. El atılan çocukların büyük çoğunluğu ailesinden kopartılıyor, Işıkevi müdaimi yapılıyorlar. Bu çocuklara sınav sorularını önceden veriyorlar ve geleceğine dair önemli vaadlerde bulunuyorlardı. Henüz bilinçlenmemiş çocuklar, bir süre sonra Abilerin adeta esiri oluyordu. Abilerin yönlendirdiği okulların sınavlarına giriyorlardı. Bu okullar genellikle askeri liseler ve Polis Koleji'ydi.

Çocuk okulu kazandıktan sonra da Abi peşini bırakmıyordu. O da taşradan kalkıp, çocuğun okuduğu kente geliyor ve her adımında yanında bulunuyordu.

Afyon yutturulan bu çocuklar, bir süre sonra Işıkevleri'nde, Abilerin emir kulu bir şakirt haline geliyorlardı. Ve bu birebir çalışma yöntemi, o çocuğun neredeyse tüm yaşantısı boyunca sürdürülüyordu. Belli bir aşamadan sonra, Abi değişimi yapılabiliyordu. Mesleğe atıldığında da önü açılıyor, istediği yere ataması yapılıyor, en iyi makamlara oturtuluyordu.

Bu duruma gelen bir kişi; ister general, ister emniyet müdürü düzeyine gelsin, artık Cemaat'in tam kontrolüne girmiş oluyordu. Süreç içinde, kişinin organik bağı nedeniyle Cemaat'ten kopması imkânsızlaştırılıyordu. Gerekirse tehdit, Şefkat Tokadı da uygulanıyordu.

Yani Cemaat'ten ayrılmaya kalkanın hayatı karartılıyordu.

Köstebek Diye Tart

Hüdayi Sayın benim devre arkadaşımdır. Polis Koleji ve Akademisi yıllarında Işıkevleri'ne gidip, Cemaat'e katılanlardan. 2000'li yıllarda Cemaat'ten ayrılma kararı aldı ve bu kararını da uyguladı. Toplantılara gitmedi, Himmet ödemeyi kesti. O güne kadar yakın durduğu Cop dostlarıyla görüşmeyi kesti, Abisinden gelen talimatları uygulamadı. Ama bu kendisine pahalıya mal oldu.

Cemaat önce uyardı. Dinlemeyince bu kez Tart kararı aldı. Görev, Recep Güven'e verildi. Kendi devresi, sınıf arkadaşı Recep Güven'in kumpası ile ünlü bir uyuşturucu kaçakçısına -Örfi Çetinkaya- bilgi sızdırmakla, köstebeklikle suçlandı. Gazetelere manşet oldu. Müfettiş soruşturması açıldı. Kendisini anlatması ve aklanması çok uzun ve zor oldu. Birlikte suçlandığı dürüst komiserlerden bazıları bu duruma tahammül edemeyip mesleklerinden ayrıldılar. Hüdayi Sayın da o tarihten sonra zor bir meslek hayatı geçirmek zorunda kaldı.

Bu tür birçok örnek var. *Fetullah'ın Copları*'nda anlattığımız Rafet Yılmaz olayı da bu tür bir örnektir. Polis İmamı Kemalettin Özdemir, örgüt kurucusu Nurettin Veren de kendilerinin Şefkat Tokadı yediklerini anlatıyorlar. Dahası da var. Bu kitabın satır aralarında bulacaksınız...

Cemaat, temel besin kaynağı olan insanları, daha çocuk yaşta ele geçirip, birebir ilişki ile Cemaat elemanı haline getirecek ve peşini hiç bırakmayacak bir sistem uyguladı.

Bu yöntemin ayrıntılarına yine değineceğiz...

Gizli Yüzü Hep Vardı

İlk görüntüsü yoksul çocuklara okuma imkânı sağlamak, İslam'a hizmet şeklinde olan ancak daha ilk kurulduğu yıllarda bile gizli hedefi olan bu örgütün liderinin de bir görünen bir de gizli yüzü vardı.

Emperyalizme hizmet eden, istihbaratçı yüzü gizliydi elbette. Gülen kendisini dine ve dini yaymaya adamış bir dini lider olarak lanse ediyordu. Satıraralarında, gizli mesajlarında ise toplumsal ve siyasal koşulları çok iyi okuyan, güçlü, zeki ve ulvi biri olarak tanıtıyordu. Gülen'in aynı anda gizli ilişkiler içinde olduğu ise en yakınındaki kişilerin birçoğu tarafından da anlaşılmadı.

Kendini iyi kamufle eden Gülen, siyaseti iyi okuduğu ve tüm siyasetçilerle iyi ilişkiler içinde olduğu izlenimi de veriyordu. Ancak hiçbir zaman, hiçbir partiye mensup olmadı ve hep O, partileri kullandı. Kullanırken övgüler düzdü. Ama gücünü kaybeden ya da iktidardan uzaklaşan partilere sırt çevirip, yeni güç ile yağlı-ballı olmayı genel ve değişmez taktik olarak uyguladı.

'Din, siyaset ve para' üçgeninde etkinliğini artırarak örgütünü geliştiren Fetullah Gülen, kendine özgü hitabet tarzı ile Nurcuları ve diğer dini çevreleri de etkiledi. İşadamlarından, esnaftan topladığı yardım, bağış ve benzeri kaynakları giderek büyüttü. En büyük gelir kaynağı kurban derileri ve kurban bağışlarıydı. Örgütlenmeyi öğretenler-kurduranlar, zaten para akıtıyordu. Ve bu kaynakların hemen tümünü, o yıllarda stratejik alan olarak seçtiği 'eğitim' alanına aktardı. Öğrencileri olduğu kadar öğretmenleri de kapsama alanına aldı. Diğer cemaatler gibi yurtlar, barınma evleri sahibi oldu. Ama Gülen bir adım öteye geçip, dershane de açtı.

Öteki İslamcı cemaatlerden öteye geçtiği ilk alan bu değildi. Hemen hemen tüm cemaatler, Kur'an kursları ve imam hatip liseleri gibi doğrudan dini eğitim kurumlarına odaklanmaya devam ederken, Fetullah Gülen; anadolu liseleri ve kolejler açtı. Yine 1979 yılı başlarında yayınlanmaya başlayan Cemaat'in ilk yayın organı Sızıntı Dergisi ile de diğer cemaatlerden farklı olduğunu gösterdi. Bu dergi aracılığıyla doğrudan dinsel mesaj vermekle uğraşmadı. Mesajını bir bilim-teknoloji dergisi esprisi içinde, ince ve daha çağdaş bir yöntemle iletti.

Gülen devlet yöneticileri ve siyasi aktörlerle de yakın ilişkiler kurmaya başladı. Bu ilişkiler ağı ile 80'li yıllarda önü tamamen açıldı. 'Kanaat Önderi' sıfatıyla açılışlarda, toplantılarda, törenlerde boy gösterdi. Ve attığı her adım, bir sonraki daha büyük adımının temelini oluşturduğu için kartopu gibi büyüdü.

Gülen, o dönemde ve her dönemde mevcut siyasi iktidarla iyi ilişkiler geliştirerek, rakibi olarak gördüğü dini cemaatleri bastırıp onlardan doğan boşluğa adeta yayıldı ve tek cemaat görüntüsü vermeye başladı. Öyle ki bir süre sonra 'Cemaat' denilince akla yalnızca Gülen ve onun örgütü gelir oldu.

İşte bu süreçte, 'Altın Nesil' adını verdiği örgüt mensuplarını devletin kılcal damarlarına doğru yolculuğa da başlattı. "Esnek olun, sivrilmeden can damarları içinde dolanın! Bütün güç merkezlerine ulaşıncaya kadar hiç kimse varlığınızı fark etmeden, sistemin ana damarlarında ilerleyin!" sözüyle yönlendirdiği şakirtlerini, devletin en kritik birimlerinden başlayarak, neredeyse tüm yürütme, yasama ve yargı sistemine yerleştirdi.

Hayatının her döneminde Makyavelist bir tavır içinde oldu. Temel ilkesi -her zaman- yalan söylemekti. Bu kişilik yapısıyla, gücünü artırmak ya da örgüte zarar verecek kişi ve kurumları bertaraf etmek için; her türlü hile, sahtecilik ve iftiraya başvurdu. Sonu ölümlere varan kumpaslar, TSK'yı ve hükümetleri yıpratacak operasyonlar yapmaktan kaçınmadı. Kendisine bağlı medya gücünü de zamanla artıran Gülen, bu araçları ve devlet içindeki gizli şakirtleri de kullanarak, bugün devleti işleyemez hale getirdi.

Gülen ve örgütü, 1980 sonrasında yani 12 Eylül'ün yarattığı iklimde, tüm kamu kuruluşlarına yerleşti. TSK'da örgütlendi. Kendi sermayesini oluşturdu. Kendi işadamlarını ve bürokratını yetiştirdi. Siyaset dâhil, hemen hemen tüm alanlarda açık ya da gizli şakirtleri, birer robot gibi örgüte sorgusuz itaat etti ve merkezden, yani Gülen ve Gülen'i idare eden kuklacı istihbarat merkezlerinden gelen talimatları yerine getirdi. Bu yolla ülke içindeki tüm gücü kontrol etmeye başladı. AKP iktidarı ile devleti ele geçirme süreci zirveye ulaştı.

Gülen'in Zekâsı

Tüm bunları yaparken de büyüyüp, güçlenip devleti ele geçirirken de itici güç; Gülen gibi ilkokulu bile bitiremeyecek birinin yetenek ya da zekâsı değildi. Asıl itici güç; küresel emperyalist güçlerin vermiş olduğu destek ve yönlendirmeydi.

Şeytanın İmamları

Zeki çocukları devşiren örgütün, tümüyle zeki insanlardan oluştuğunu ve yönetildiğini düşünmek formel olarak doğru. Ancak itaatkârlık eğitiminin bu zekâları körelttiği, sadece örgüt felsefesiyle yoğunlaşıp, dünya gerçeklerinden uzak yaşadıkları gerçeği ile değerlendirildiğinde; örgüt üyelerinin ortalama bir zekâ ve anlayışa sahip oldukları sonucuna ulaşılır.

Ancak bazı konularda, Gülen de şakirtleri de toplum ortalamasının oldukça ilerisindeydiler:

İtaat, yalan söyleme, kendini gizleme, hile, kumpas, örgüte bağlılık...

JARGON

Kimlik

Gülen örgütü tam bir gizlilik ve sis perdesi arkasında kalmayı, 'yokmuş' gibi davranmayı kendisine ilke edinmişti. Tam da gizli örgütlerin, masonik yapıların davranması gerektiği gibi. Bu nedenle kendilerine bir isim bile vermekten kaçındılar. Kamuoyunda da çok değişik şekilde adlandırıldılar:

Resmi ya da yarı resmi ortamlarda isim kullanmak zorunda kaldıklarında Cemaat, Camia, Hizmet Hareketi gibi genel isimleri tercih ettiler. Kamuoyunda ise Fetullahçılar, Fetullah Gülen Cemaati, Camia, Hizmet Hareketi şeklinde adlandırıldılar.

Ben 1999 yılında **'terör örgütü'** demiştim. 17 yıl sonra **'Fetö'** ismi verildi. Yine 1999'da **"Devleti ele geçiriyorlar."** demiştim, yine 17 yıl sonra; **'Paralel Devlet Yapılanması'** adını da sanırım Cumhurbaşkanı Erdoğan koydu.

Bu örgütün ilk ve önemli örgütlenme yeri olan polis teşkilatındaki üyelerine ise **'Cop'** adını verdim. Bu isim TBMM tutanaklarına kadar yansıdı ve hâlâ geçerliliğini koruyor. Ve **'F tipi'** yapılanma adı da sanırım ilk kez Adil Serdar Saçan tarafından kullanıldı ya da kamuoyuna mal edildi.

Mahrem Yer

Örgüt; askeri liseler ve harp okulları başta, bütün TSK, Polis Kolejleri, Polis Akademisi, Adalet Akademisi, yargı kurumları, Emniyet Genel Müdürlüğü, Milli İstihbarat Teşkilatı ve TİB, ÖSYM, Tübitak gibi özel kurumları bu isimle tanımlıyordu. Örgüt içinde buraların isimleri kullanılmıyor özellikle şifreli konuşma ve mesajlarında **'Mahrem Yer'** denilerek adlandırılıyor. Örgüt için en önemli kadrolaşma alanlarıdır.

Özel Mahrem Yer

Silah bulunduran TSK, Emniyet, MİT bu adla anılır. Mutlaka ele geçirilmesi gereken yerlerdi.

Mahrem Hizmet

Mahrem Yerlerde örgütün yürüttüğü operasyonlar ve çalışmaların tümüne 'Mahrem Hizmet' adı verildi. Bunlar adam devşirme, kadrolaşma, Abinin veya İmamın emrine göre organize hareket etme, operasyonel faaliyet yürütme -kumpaslar, polisiye operasyonlar, düzmece raporlar, belgeler, kasetler oluşturma, dinleme vs.- gibi çalışmalardı.

İmam

Örgütün, sorumlu erkek yöneticisi. Din imamları ile ilgisi yok. Bu kişilerin birçoğunun din bilgisi bile yoktu. Örgüt hiyerarşik yapısının kilit taşlarıdır. İmamların sorumluluk alanına göre önemi de artıyordu. Örgüt yöneticileriydiler ve altları denetleyip, kontrol eder, raporları toplar, üstten gelen emirleri alt kademelere iletirler. Abiler, bu İmamlara bağlıdır. Birçok değişik pozisyonda İmam var.

İmamlık, örgütün şeması içerisinde önemli bir yer tutar. Bu örgütsel yapılanma biçimi örgütün ilk kuruluş yıllarından itibaren geçerliydi. 1992 soruşturmasında bu şema en kaba şekliyle devlet arşivine girdi. Bu rapora dayanarak, 1999 yılında *Fetullah'ın Copları* kitabımda şema ve İmamların örgüt yapısındaki yerlerini ve bazı İmamları -500 civarında- isimleriyle birlikte yazdım. O dönemdeki yapıya ilişkin bilgilere oradan ulaşılabilir. Örgütün yapılanması, artık iddianamelere, soruşturmalara da yansıdığı için daha net bir şekilde görülebiliyor. Sonraki bölümlerde bu yapılanmayı inceleyeceğiz.

İmamlar, deşifre olmamalıydı. Deşifre olanların görev yeri değiştiriliyordu. Deşifre olmamak için en çok başvurdukları yol yalan söylemekti, elbette.

Olduğundan farklı görünmek de çok sık başvurulan bir başka yöntemdi. Kendini solcu, ülkücü gibi tanıtmak, farklı yaşamak, çağdaş bir yaşam sürer görünmek, sosyal ortamlara katılmak ve hatta içki içmek bunlar için serbestti. Küpe takanı, saçını uzatanı, top sakal bırakanı bile vardı.

Eşinin de başının kapalı olması beklenmezdi. Dini emir ve yasaklar bunlar için geçerli değildi. Hukuku çiğnemek, ahlaki davranmamak da normaldi. Kendilerinden olmayanları; Alevi, Komünist, PKK'lı hatta Fetullahçı gibi suçlama ve ihbarlarla bertaraf etmek de yöntemleri arasındaydı.

Olduğundan farklı görünmek ile ilgili Coplardan bir örnek verelim:

Devre arkadaşım Mustafa Eroğlu, Adana'da Ramazan Akyürek ile aynı yıllarda görev yapmıştı. Zaman zaman birbirlerinin evine konuk oldular. Mustafa'nın eşi Leyla Hanım, "Ne zaman gitsek, çocuğunu ortaya çıkartır ve Atatürk'ü öven şiirler okuturdu. Biz çocuğuyla övünmesini neden bu kadar abartıyor diye düşünürdük. Sonra anladık ki o gösteriler başka bir anlam taşıyormuş. Amaç çocuğunun yeteneklerini göstermek değil 'Atatürkçüyüz' mesajı vermeye çalışmakmış." diye anlattı.

Takiyye – Tedbir

Yalan söylemek, aldatmak, gizlenmek, olduğundan farklı görünmek. İmamlar, Abiler her adımlarında Takiyye yaptılar ve kendilerine bağlı şakirtlere de aynı taktikleri öğrettiler.

Bütün dinlerin en temel emri, yalanı yasaklamaktır. Kendisini İslam dininin hizmetinde gösteren Gülen ve örgütünün en temel ilkesi ise yalan söylemek. Örgütün bu özelliği en baştan beri biliniyordu. Ama Takiyye, dindarlar arasında bile kabul gördü. Bu çelişki, dinin nasıl alet edildiği ve yıpratıldığının da temel göstergesidir.

Işıkevi

Örgütün hücre evidir. İlk örnekleri, İzmir Tepecik'te 1966 yılında Nur Evleri adıyla görüldü. 1979 yılında Polis Koleji öğrencisi iken, bunlardan biriyle tanıştım. Bu tanışmanın öyküsü ve Işıkevleri ile ilgili Fetullah Gülen'in bakış açısı ve yorumlarını da yine *Fetullah'ın Copları* kitabımda oldukça ayrıntılı ve uzunca yazdım. Bu nedenle bu kitapta özet bilgilerle yetineceğim. Ancak Işıkevleri'nin 1986 yılından itibaren hızla tüm ülke geneline yayıldığını akılda tutmak yararlı olacaktır.

Özetle muhafazakâr ailelerin zeki ve çalışkan çocukları Kafalanıp, devşiriliyor ve bu çocuklar Işıkevleri'nde ideolojik eğitime tabii tutuluyordu. Işıkevi müdavimi olan çocuklar, örgütün 'bağlayıcı' taktikleri ile Abileri-Ablaları tarafından şakirt-şakirde *(militan)* haline getiriliyordu.

Abi

Bir hücre evi ya da en küçük örgüt biriminin sorumlusudur. Ev Abisi, yalnızca evin idaresinden mesuldür. Abilik, Cemaat'te hocalık makamına verilen addır. En küçük birimden en üst birimlere kadar her birimin ve herkesin bir Abisi vardı. Abileri bir üst makam belirler ya da değiştirirdi. Alt kesimler seçime karıştırılmadığı gibi atamayı tartışamazdı. Abiler dokunulmaz kabul edilirler. Abilik isminin, örgütün ilk ciddi örgütlendiği yerler olan Polis Koleji, askeri liseler gibi okullarda alt sınıftakilerin üst sınıftakilere 'Abi' deme zorunluluğu ve geleneğinden esinlenerek uygulandığı sanılıyor.

Örgütlenmenin en güçlü yanı bu Abilik ve birebir kontak kurma yöntemidir.

Abla

Kadın ve kızlar için de 'Ablalık' makamı var. Kadınlar örgütün içerisinde hiç bir zaman üst düzey yönetici olamadılar. Buna izin yoktu. Ablalık makamının üstüne çıkamadıkları gibi her Abla'nın bir Abisi vardır.

Kafalama

Örgütle organik bağı olmayan bir kişiyi 'şirin' gözükerek kendine -örgüte- bağlaması, sempatizan hale getirilmesi veya Himmet vermeye razı hale getirilmesidir. İşadamı Kafalanırsa örgüte para veya mal varlığı vererek Himmet öder, öğrenci Kafalanırsa militanlaştırılır.

İkram

Örgüte kazandırmak istediklerine çengel atılıyor, Kafalama yapılıyor, sonra 'İkram' da bulunuluyor. Geziler, piknikler, güzel ve nezih mekânlarda yemek ısmarlamalar, birlikte spor aktiviteleri, sinema gibi sosyal ve kültürel aktiviteler, eksikliklerin giderilmesi, maddi her türlü yardımın yapılması gibi şeylerdir bu İkramlar... Fetullah Gülen 'İkram' konusunun önemini şöyle anlattı:

"Muhatabın ruhuna girme yolları araştırılmalıdır. Bu insani bir yaklaşım şeklidir. Hediyeleşme veya ona ait bir sıkıntıyı bertaraf etme gibi. (...) Muhatabımızın gönlüne girmek için her meşru yol denenmeli ve muhakkak surette bu iş halledilmelidir. Yani kendisine bir şeyler anlatacağımız insan, evvela bizim şahsi dostluğumuzu kabul etmelidir. Bu ona vereceğimiz düşünceleri kabulde mühim bir faktördür ve ihmal edilmemelidir."

İkram, çocuğun örgüt ortamlarına alıştırılması ve sempati duymasını körüklüyordu. Adeta teslim alınan çocuk, beyin yıkama kıvamına hazırlanır. İkram sonrası kendini borçlu hisseden çocuk, Işıkevi müdavimliğine boyun eğmek zorunda bırakılır. Müdavimlik sağlandıktan sonrası örgüt için kolay. Sahte sevgi, ilgi ve grup aidiyeti de bunu destekler. Beyin yıkama sonrasında ise örgütün militanı haline getirmek için diğer yöntemler uygulanır.

Ağa düşen her çocuğa bir 'Abi' atanır ve bu Abi; "Evde güvende olduğunu, eğitim başta tüm ihtiyaçlarının karşılanacağını, devlette en önemli makamlara atanacağını, Hizmet Hareketinin kendisini koruyup, kollayacağını" anlatır. Bir de Hocaya ve örgüte bağlılık telkinlerini verir.

Abiler ile ona bağlı çocuklar arasından çok sıkı bağlar oluşturulur. Abilerin kendileri de daha önceden aynı safhalardan geçmiş kişilerdir. Abi olmak için bu safhalardan geçmenin yanı sıra; bir tür 'Abi Eğitimi' de alırlar. Abilerin haftalık, aylık, üç aylık, altı aylık ve bir yıllık ideolojik eğitim programı olur. Yukarıdan (Mollalardan) gelen bu program eksiksiz uygulanmak zorundadır.

Her çocuk bu ideolojik ve örgüte bağlılık süreci için uygulanan program çerçevesinde 5 ila 10 yıl süren bir eğitim süresini tamamlayıp, örgütün militanı olur.

Süreç sonunda çocuklar bireysel ve özgür düşünceden tümüyle kopup, örgütün emirlerine körü körüne itaat eden ve mevcut yetenek ve yaratıcılıkları sınırlanmış robotlar haline dönüşür.

Uygulanan bu yöntemle Fetullah Gülen'in 'Hizmet Erleri, Muhabbet Fedaileri, Işık Süvarileri' gibi militarist çağrışımlarla adlandırdığı robot ordusu oluşturuldu.

Çocukları, 'Adanmış Ruh' seviyesine ulaştırmak için sorumluluk ve görev verilip teste tabii tutarlar. Görev yerine getirilirse ödül, aksatılırsa Şefkat Tokadı ile ceza verilir. Herkesin bir denetleyeni vardır. Birlikte hareket etme ve üst Abilere, İmamlara hesap verme, örgüte bağlı, sadık kalma gibi ilkeler asla çiğnenemez. Çiğneyen ya da karşı gelen Şefkat Tokadı'yla cezalandırılır ve ısrar eden, yoldan çıkan olursa; Zecr Tokadı atılır, Tart edilir. Yani örgütten atılır, dışlanır ve hayatı karartılır.

Sadakat Testi

Şakirtlerin eğitiminin son aşaması. Örgüt üyesinin kıvama gelip gelmediğinin, davaya ne kadar adanmış olduğunun ve yeterince örgüte bağlanıp bağlanmadığının Abi veya Abla tarafından sınanması, teste tabi tutulmasıdır.

Örgüt üyesi, liderine koşulsuz itaat ediyorsa, örgütün amacını benimsemişse, baskı ve tehdit altında tutulduğu zaman yeterince dirençli ise Sadakat Testi'ni geçer. Testi geçen, militan sınıfına terfi edip, Abilik yoluna girer. Testi geçemeyenler ise örgüt eğitimine devam eder. Testi hiç başaramazsa sempatizan sınıfına ayrılır.

Parlatma

Sadakat Testi'ni geçenlerin önü artık açıktır. Örgütün güvenilir militanı olduğu için imkânları artar. Örgüt çok iyi reklam ve imaj yapıcı olduğu için militanlaştırdığı üyesini kamuoyu önünde parlatır, güçlendirir ve ondan azami katkıyı almaya çalışır.

Örgütün seçtiği yolda ilerleyen bu militanlar için bir rol biçilir. Ve militanın biçilen role, makama uygun olması için her yol denenir. Önemli bir makama atanması için şakirt, önceden özenle hazırlanır. Onun adına mükemmel özgeçmiş oluşturma, atamayı yapacak kişiler nezdinde üstün özelliklerini değişik kişiler eliyle yaptırma, basın yoluyla övgüler yayma, kurum içinde atama öncesi o kişi hakkında olumlu dedikodu çıkarma ve nihayet atanması için her türlü tavassut girişimi Parlatma'nın değişik şekilleridir. Dahası rakipleri bertaraf etmek, sahte master, doktora aldırmak gibi yöntemler de sık sık kullanıldı.

Şefkat Tokadı

Örgüte göre kötü iş yapan, genellikle Abi veya Abla'nın talimatına uymakta ihmal gösteren kişiye verilen uyarı niteliğindeki ceza.

Tart

Emre uymamak, itaat dışına çıkmak veya disipline başkaldırmak, verilen görevi yapmamak suretiyle diğer şekillerde ikaza rağmen bu tavırda ısrar eden, örgüte tekrar kazandırılması mümkün olmayacağı anlaşılan ve hain ilan edilen kişinin örgütten kovulmasıdır. Bu kişilere Zecr Tokadı vurulur, üzeri çizilenlerden olur, hayatının kalanı zehredilir.

Hususi Evler

Askeri lise ve harp okulları ile Polis Koleji, Akademisi ve polis okullarının bulunduğu Büyükşehirlerde yer alır. Yani Mahrem Yerler'de, Mahrem Hizmetlerin planlandığı ve takip edildiği evlere verilen isimdir.

İstişare

Abi, Abla ya da İmam başkanlığında toplanıp bir iş ile ilgili karar alma, görüş alışverişinde bulunma. Örgüt toplantısı. Günlük, haftalık, aylık ve yıllık olmak üzere belli periyotta ve rutin olarak Cemaat'in hücre evinde yapılır. Yukarıdan gelen emirler tebliğ edilir ve nasıl uygulanacağı da planlanır.

Himmet

Bağış başta her türlü gelire verilen isimdir. Para toplamak için yapılan toplantılara 'Himmet Toplantısı' denir. Himmet, örgütün kestiği vergiye de verilen isimdir. Örgüt mensubu kamu görevlileri maaşının bekâr ise en az yüzde 15-20'sini, evli ise en az yüzde10'unu Himmet olarak ödemek zorundadır. Üst sınır yoktur. Maaşının tümünü Himmet veren militanlar vardı.

Himmet sadece para olarak alınmaz. Örgütün bedelsiz çalıştırmasına emekten Himmet -askerlik ödevi yerine- para toplayarak gelir elde etmesi suretiyle ve yüklü ödeme alarak gelirden Himmet -vergi benzeri- evlenme ve aile kurmayı geriye atarak ve örgüte çalışarak eşten Himmet olmak üzere örgüte her türlü kaynak sağlanır.

Öşür

Fetullah'ın payı. Himmet olarak toplanan paranın yüzde 15'i Gülen'in payı olarak ona yollanır. 'Kutsal Hoca Payı' olarak da adlandırılır.

Fetullah Gülen'in ve İmamların şahsi servetleri bu Himmet paylarından ve ticari her türlü girişimde elde edilen gelirlerden alınan paylardan oluştu. 50 yıldır ülkenin hemen her kesiminden akan Himmetler ve onbinlerce ticari işletmelerden gelen gelir düşünüldüğünde; zenginlikleri hesap bile edilemez.

Mahrem Toplantı

Örgütün ilgili biriminin, üstten alınan bir emrin nasıl icra edileceğinin tespit edildiği ve görevlendirmelerin yapıldığı toplantılar. Çok gizlidir. Bu toplantıya; örgüte çocukluğunda girenler, kemikleşmiş şakirtler katılabilir ama sonradan örgüte katılanlar alınmaz. Ergenekon, Balyoz, Askeri Casusluk, Kozmik Oda operasyonu başta yüzlerce operasyon; **Mahrem Yerde, Hususi İmamlarca, Mahrem Toplantılarda** planlandı.

Fetih

Devlette kadrolaşma. Örgüte göre; devlet ve kamu idareleri ele geçirilmesi gereken bir düşman kalesidir ve buraları kadrolaşarak ele geçirmek ise Fetih hareketidir.

Fetih Okutma

Sınav hilesi. Devlete ya da okula girecekler için soruları çalıp şakirtlerine yemin karşılığı veren örgüt, bu işlemine Fetih Okutma diyor.

Altın Nesil

Fetullah'ın kendisine bağlı olanlara verdiği bir diğer isim.

Mütevelli Toplantısı

Haftada bir kez yapılan, ihtiyaçların belirlendiği, giderilmesi için kararların alındığı, örgütü ayakta tutan sistemi yürüten işlerin yapıldığı toplantıdır.

YAPI

İşte Örgüt

1966 yılında kurulduğunda böyle gelişkin bir literatürü ve sonraki sayfalarda inceleyeceğimiz teşkilat yapısı yoktu elbette. Yapı ve felsefe zaman içinde gelişti, genişledi ve nihai şeklini aldı. Az sonra göreceğiniz yapılanma, Fetullah Gülen'in tek başına ya da çekirdek kadrodaki Mütevelli Heyeti tarafından oluşturulamayacak kadar mükemmel bir yapı.

Elbette kitabın başında sözünü ettiğimiz 'Moon Tarikatı' şemasından esinlendi. İstihbarat örgütlerinin biçimlendirdiği bir modeldi. Türkiye'nin öznel koşullarına göre adapte edilmiş, Masonik bir yapılanma. Hasan Sabbah gibi İslam tarihinin gizli, karanlık isimlerinden ve yapılanmasından da esinlendi, günümüzün en gelişmiş örgüt modellerinden de. Ama en ince ayrıntısına kadar planlı ve hesaplı bir çalışma sonucunda oluşturulan bir yapı, bu. Dahası zaman içinde eksikleri giderilmiş, tarihi alt yapısı da olan bir yapılanma. Kendi geleneği, deneyimi, dinamiği de olan bir model. Bu anlamda, birçok az gelişmiş ülkenin devlet teşkilatından bile gelişkin. 170 ülkeye de yayılmış, uluslararası boyuta ulaşmış bir örgütün modelinden söz ediyoruz. Bu örgütün emperyalist güçler tarafından dizayn edildiğini, sırf bu nedenle bile anlamak mümkün.

Örgüt yapılanması *gizlilik, disiplin ve bağlılık* temeli üzerine oturtuldu ve bu kurallardan asla ödün verilmedi. Her ne kadar dinlerarası diyalog çerçevesinde kendisini uluslararası gösterse de, 'Kâinat İmamı, Seyyar Vatan' söylemiyle merkez üssünün Türkiye olduğu gerçeğini gözlerden kaçırmaya çalışsa da örgütün merkezi Türkiye'dir. Gülen'in ABD'ye kaçması, örgütü buradan yönetmesi de merkezin Türkiye olduğu gerçeğini değiştirmez.

Örgüt, dikey bir yapılanmayla ilçe ve hatta köylere varıncaya kadar, her bir yerleşim yerine ve sıradan bir okula varıncaya kadar, her bir kamu kurum ve kuruluşuna; bir İmam atadı. İmamlar aracılığıyla her türlü faaliyet yürütülürken, bir de daha derinde ikinci bir katman olarak **Özel İmamlar** eliyle hem örgüt mensupları takip edildi hem de çok özel operasyonlar yapıldı.

Örgüt jargonuyla anlatırsak; **Mahrem Yerler ve Mahrem Hizmetler** için atanmış, **Özeller (Hususiler)** adı verilen bir ikinci katman örgütlenme yapıldı.

Önce örgütün genel yapısına bakalım:

Baş İmamlar

Kâinat (daha önce Dünya) İmamı: Fetullah Gülen.

Gülen'in örgütü ilk kurduğu gün yanında Nurettin Veren, İlhan İşbilen, Kudret Ünal, Kemalettin Özdemir, Ali Candan, Halil İbrahim Uçar, Mehmet Atalay, Necdet Başaran, İsmail Büyükçelebi, Abdullah Aymaz, Mehmet Kadan, Ahmet Kemerli, Zafer Ayvaz vardı. Bu kadro ilk çekirdek kadro olarak sayılıyor.

Sonraki yıllarda bu kadrodan kopmalar, ölümler, ayrılıklar oldu. Tutuklanana kadar, Gülen'in sekreteryasında görev yapan yakın isimlerden biri Ankara DGM'de de avukatlığını yapan Abdulkadir Aksoy'du. Doktorluğunu ve sekreteryasında özel işlerini yürüten bir diğer isim de Tuncay Delibaş'tır. Örgütün basın tetikçilerinden Önder Aytaç'ın babası Aysal Aytaç, Gülen'in sekreteryasında bulunan ve danışmanlığını yapan Mollalardan biridir. Kudret Ünal da hem doktoru hem de Mahrem Hizmetler İmamı olarak, Gülen'in hizmetinde olan bir diğer isimdir. Yakın tuttuğu diğer bazı isimler de Şura ya da Kıta İmamlığı gibi görevlerde bulunuyor.

Şura (Baş Yüceler Şurası /Mütevelli Heyeti): Gülen'in Merkez -karargâh- kadrosu 15 Temmuz'da şu isimlerden oluşuyordu:

Mustafa Özcan, Abdullah Aymaz, Alâeddin Kaya, Ali Ursavaş, Bahattin Karataş, Halit Esendir, Harun Tokak, İlhan İşbilen, Mehmet Ali Şengül, Mehmet Erdoğan Tüzün, İsmet Aksoy, İsmail Büyükçelebi, Suat Yıldırım, Şerif Ali Tekalan.

Bu isimlerin deşifre olması ve bir kısmının kaçak ya da tutuklu konumda bulunup, işlev yapamaz hale gelmesi üzerine; 15 Temmuz sonrasında Gülen'in Başyüceler Şurasını yenilediği bilgisi geldi. Buna göre:

1-Mustafa Özcan: Türkiye İmamıydı. Bu görevi Mehmet Ali Şengül'den devraldı. Örgüte sonradan katılmasına karşın en tepeye kadar ulaştı. Hatta iki numaralı koltuğu zorlayan, en etkin isimlerinden biri oldu.

Örgüte katıldığı 1990 yılında Gülen'in, "Pazarda yumurta satamaz." diye tanımladığı Özcan, örgütün kasası oldu. Özcan'ın kişilik yapısı; ihanet eden, ikili oynayan, çıkarcı olarak tanımlanıyor. Bu yapısıyla, örgüt içinde birçok kişinin düşmanlığını kazansa da Gülen'in kullanabileceği ve gizli işlerini yaptırabileceği bir isim olarak ön plana çıktı. Özcan kendi özel işlerini Gülen'den de gizleyebilen tavrı ile de hem maddi hem de örgüt içi güç dengesinde önemli kazanımlar elde etti. Örgüt içinde, Gülen'den çok kendisine bağlı olan önemli sayıda müridi olduğu ileri sürüldü. Kaçak ve nerede olduğu bilinmiyor.

Özcan, bir dönem Diyanet İşleri Başkanlığı adına Kartal'da ilçe vaizliği yaparken Cemaat adına da İstanbul İmamlığını yürüttü. 2002'de Diyanet'ten emekli oldu. Aynı yıl Kaynak Holding'in

Yönetim Kurulu Başkanlığını üstlenen Özcan, 2006'da bu görevinden ayrıldı. Bir dönem Balkanlar'daki okulların tümünden -Arnavutluk, Bosna Hersek, Bulgaristan, Karadağ, Kosova, Makedonya ve Yunanistan- sorumlu İmamdı. Bu görevi giderek büyüdü ve okulların dışındaki faaliyetlerden de tek sorumlu konuma geldi.

10 yıl süreyle Hava Kuvvetleri İmamlığı da yapan Mustafa Özcan; Şerif Ali Tekalan, Mehmet Ali Şengül, İsmail Büyükçelebi, Erdoğan Tüzün, Abdullah Aymaz, Naci Tosun ile birlikte "Cemaat'in yedi büyük Abisi" olarak bilinen isimler arasında.

Katı ve disiplinli kişiliği nedeniyle 'Demir Yumruk' lakaplı Özcan'ın yetiştirdiği ve yardımcılığını da yapan isimler arasında; Süleyman Gülez -mali konular- Ali Çelik -Para aklama işlerinden sorumlu Zekeriya Öz'ün yakın dostu ailecek görüşürlerdi. İstanbul İl Emniyet Müdürlüğü, Hukuk İşleri Soruşturma Şube Müdürlüğü Adli Yardım İşleri Büro Amirliğinde görev yaptı. Şike davasında Trabzonspor'un avukatlığını üstlendi. Ali Fuat Yılmazer ve Mutlu Ekizoğlu ile de doğrudan görüşen bir isim. Öz ile bu iki müdürün ilişkisini kuran, kuryeliğini yapan kişiydi.- Mustafa Yeşil, Hidayet Karaca, Ergun Çapa, Sedat Yetişkin gibi isimler yer alıyor.

Mustafa Özcan, Kartal Dragos sahil yolunda Fatih Üniversitesi Hastanesi'nin yanındaki bir villayı ofis olarak kullanıyor, üst düzey Cemaat yöneticileriyle görüşmelerini burada gerçekleştiriyordu.

2- Şerif Ali Tekalan: Türkiye İmamlığı da yaptı. Örgütün önemli isimlerinden biridir. Polis Koleji mezunudur. Emniyetten ayrılıp, akademik kariyer yaptı. Tekalan, YÖK ve Üniversitelerden sorumlu İmamdı. Fatih Üniversitesi'ni kurdu ve Rektörlüğünü yürüttü. Örgütün **'karakutusu'**, darbe başarılsaydı **'başbakanı'** olarak biliniyor.

TSK, polis, yargı ve bürokrasideki tüm İmamları bilen ve gizli operasyonları takip eden kişiydi. Yasadışı örgütler içine sızdırılan Cemaat şakirtlerini de Tekalan kontrol ediyordu. 2015'te yurtdışına kaçtı. Ocak 2017'de ABD'de örgüte ait North American Üniversitesine rektör olarak atandı. Bu atama Türkiye'nin, ABD yönetimine tepki göstermesine neden oldu.

3- Abdullah Aymaz: Örgütün ilk kurucularından. Zaman Gazetesi'nin Avrupa Koordinatörlüğü görevini de yürütüyordu. Örgütün ilk yıllarında kamplardan sorumluydu. Işıkevleri'nde okutulmak üzere kitaplar da hazırladı. Darbe kalkışmasından bir gün sonra yurtdışına kaçtı. Avrupa Kıta İmamı'dır.

4- İsmet Aksoy: TSK, Mali işler ve Polis İmamı'ndan sorumludur. 22.10.2014'te yurtdışına kaçtı.

5- Naci Tosun: Örgütün ilk günlerinden bu yana içinde. Tayin Heyetinde aktif görevdeydi. Kaynak Holding yöneticiliği ve Mustafa Özcan'ın yardımcılığını yapıyordu. Son atamayla Şura üyeliğine getirildi. 2014 yılından bu yana yurt dışında.

6- İrfan Yılmaz: Şura'nın yeni üyesi. Türkiye Mütevelli Heyeti üyesi ve Basın-Yayın İmamı'ydı. Yurtdışına kaçtı.

7- Reşit Haylamaz: Molla takımından. Cihan Haber Ajansı eski Genel Müdürü. 2015 yılında yurtdışına kaçtı. Şura'ya yeni giren isimlerden biridir.

8- Mehmet Erdoğan Tüzün: En yüksek karar mercileri içinde her zaman ismi bulunan, Tayin ve İstişare Heyeti üyeliği de yapan Tüzün, 1 Ekim 2015 tarihinden bu yana Gülen'in karargâhında ikamet ediyor.

9- Mehmet Ali Şengül: Eski Türkiye İmamı. Gülen, ABD'ye gittiği 1999 yılında yerine vekil olarak bu ismi atamıştı. 2015 yılına kadar Türkiye'de kalan Şengül, bu tarihten sonra ABD'ye gitti ve Gülen'in yanına yerleşti.

10- Mustafa Yeşil: Şura'nın yeni üyesi. Türk vatandaşlığının yanında İngiltere ve Kuzey İrlanda vatandaşlığı da var. Gazeteciler ve Yazarlar Vakfı eski Başkanı. -bu makamı Cemil Uşak'a bıraktı-

11- Sadık Kesmeci: Marmara Bölgesi *(İstanbul)* İmamı'ydı. Yurt dışına kaçtı.

12-Mehmet Ali Büyükçelebi: Sürücü kursu işleri yaparken örgüte girip, üst düzey yönetici oldu ve zenginleşti. Ankara'yı üs olarak kullanıp yıllarca örgütün en Mahrem İşler'ini yürüttü. Tayin Heyeti üyesidir.

13- İsmail Büyükçelebi: ABD Kıta İmamı. Örgütün iki numarası olarak bilinir. Gülen ile birlikte İzmir'de örgütün ilk kurucuları arasında yer alan bir isimdir. 2010 yılından bu yana ABD'de Gülen'in yanında. ABD yöneticileri ve CIA ile bağlantıları yürüten de Büyükçelebi'dir.

14- Murat Karabulut: MİT İmamı, Dr. Sinan kod isimli. Şura'ya yeni giren isimlerden biridir. Asya İmamlığı da Karabulut'a bağlandı.

Bu isimler Gülen'in en yakınındaki isimler. Herbiri özel bir alandan sorumlu. Kıta İmamlığı görevlerinin yanı sıra, gizli operasyonlar, para işleri, okulların yönetimi, siyasi ilişkiler gibi değişik alanların sorumluluğunu üstlenirler. Uzun yıllar boyunca Gülen'in yanında bulunan isimlerdir.

Bu Şura, çok sık olmasa da zamanla zorunlu değişikliklere uğradı. Gülen'le ters düştüğü için ayrılan ve itirafçı olan Nurettin Veren, Kemalettin Özdemir gibi isimlerin yerine yeni atamalar yapıldı. 15 Temmuz sonrasında da bazı isimler aktif görev yapamayacağı için yeni bir Şura oluşturuldu. Bilinen son Şura yukarıda saydığımız isimlerden oluştu.

Bu isimlerin büyük çoğunluğu Türkiye'de yaşıyordu. Ancak, Cemaat ile Hükümet arasında kavga baş gösterince önlem alma gereği duyuldu. 17/25 Aralık operasyonu ile kavga kızışınca ülkeyi terk ettiler. 2014 yılında Türkiye'den ayrılan Şura üyelerinin birçoğunun nerede yaşadığı bilinmiyor. MİT bu isimleri arıyor.

Kıta İmamları

Beş Kıta İmamı var. Kıta İmamları aynı zamanda Şura üyesidir. Her kıtanın bir İmamı ve o kıtada yer alan ülke sayısı kadar Ülke İmamı var. Ülke İmamlarının atamaları, Gülen ve o Kıta İmamı'nın önerisiyle, Şura kararı ile yapılır. Ancak nihai karar Gülen'e aittir.

Şeytanın İmamları

Avrupa İmamı: Batı Avrupa İmamı, Balkanlar İmamı, Eski Doğu Bloku Ülkeleri İmamı bu İmam'a bağlıdır. Avrupa İmamı Abdullah Aymaz'dır. Aymaz'dan önce bu görevde Necdet Başaran vardı. Batı Avrupa İmamı Süleyman Tiftik ve Balkanlar İmamı da Naci Güven'dir. Abdullah Aymaz, İnterpol aracılığıyla kırmızı bültenle arananlar listesinde. Almanya'da olduğu sanılıyor.

Amerika İmamı: ABD, Kanada İmamı ile Güney Amerika ve burada yer alan tüm ülkelerin İmamı, Amerika İmamı'na bağlı çalışır. Amerika İmamı İsmail Büyükçelebi'dir. Güney Amerika İmamı Hamdullah Bayram Öztürk ve Kanada İmamı İsmail Nazlı doğrudan Büyükçelebi'ye bağlıdır. Latin Amerika İmamı bir dönem Latif Erdoğan'dı. Cemaat'ten dışlandı. Kitap yazıp Cemaat'i anlattı. Şimdi itirafçı-tanık oldu.

Asya İmamı: Türk Cumhuriyetleri İmamı, Uzak Doğu İmamı, Orta Doğu İmamı ve Rusya Cumhuriyetleri İmamı bu İmam'ın sorumluğundadır. Asya İmamı Muammer Türkyılmaz'dı. Ancak son dönemde Murat Karabulut'un bu göreve getirildiği belirtildi. Orta Asya İmamı Orhan İnan'dı. Uzakdoğu İmamı ise Hüseyin Kara. Sibirya İmamı olarak bilinen isim ise Saadettin Başer.

Afrika İmamı: Bu kıtadaki tüm ülkelerden sorumludur. Afrika İmamlığını yürüten Naci Tosun'un, Türk vatandaşlığından çıkarak Güney Afrika Cumhuriyeti vatandaşlığına geçtiği belirlendi. Bir önceki İmam, Gülen'in ilk öğrencilerinden İzmir Müftülüğünden emekli Necdet İçel'di. O da 2014 yılında yurtdışına kaçtı. Polis İmamı Kemalettin Özdemir de önceki Afrika İmamlarından biriydi.

Avustralya İmamı: Mesut Lelik'tir. Avustralya Kültürlerarası Dialog Merkezi Yönetim Kurulu Üyesi ve Selimiye Vakfı Direktörü Lelik, Deakin Üniversitesi'ne büyük bir bağış yaparak, bu üniversite bünyesinde 'Fetullah Gülen İslami İlimler Kürsüsü' adıyla bir Kürsü kurulmasını sağlamıştı.

Zübeyir Kındıra

Ülke İmamları

170 ülkede 170 Ülke İmamı var. Bu Ülke İmamları Kıta İmamlarına bağlıdır ve ülke içi yapılanmanın başıdır. Ülkelerin yapılanması ise Türkiye yapılanmasıyla neredeyse birebir aynıdır. Bazı ülkelerde o ülkenin öznel şartlarına bağlı olarak nüanslar olabilir. Bilinen bazı Ülke İmamları şöyle:

Amerika Birleşik Devletleri: İsmail Büyükçelebi, Afganistan: Numan Erdoğan, Almanya: Hayrettin Özkul -Almanya İmamlığında 15 Temmuz sonrasında değişikliğe gidildiği ve Ahmet Şahinalp'in atandığı belirtildi.- Angola: Osman Yıldırım, Arjantin: Mustafa Eker, Arnavutluk: Abdullah Fıstık, Avusturya: Nöman Gülen, Azerbaycan: Enver Özeren, Bangladeş: Bedrettin Suata, Belarus: Mehmet Ali Savran, Belçika: Davut Yalçın -Belçika'da da yakın zamanda İmam değişikliğine gidildiği ve İsmail Cingöz'ün atamasının yapıldığı belirtildi.- Benin: Abdullah Yüca, Bosna Hersek: M. Mutlu Karaosman, Brezilya: Hamdullah Bayram Öztürk, Burkina Faso: Zübeyir Gümüş, Burundi: Mustafa Aslan, Cezayir: Hamit Olgun, Cibuti: Mahmut Şağban, Çek Cumhuriyeti: Y. Adil Erdem, Çin: Levent Oğuz, Danimarka: Mustafa Gezen, Dominik Cumhuriyeti: Mustafa Ünalan, Endenozya: A. Tahsin Çiçek, Estonya: Fatih Güllü, Etiyopya: Murat Yıldırım, Fas: İbrahim Aktaş, Filipinler: Malik Gencer, Finlandiya: Fahrettin Çalışkan, Fransa: Hüseyin Karakuş, Gabon: Ercan Yılmaz, Gana: Yusuf Temizkan, Gine: Ramazan Özel, Güney Afrika: Süleyman Deşdemir -Güney Afrika İmamlığını bir süre önce Ali Katırcıoğlu'nun yürüttüğü, Katırcıoğlu'nun daha üst bir göreve getirildiği ve Deşdemir'in de yeni İmam olarak atandığı belirtildi. Katırcıoğlu, kaçak ve halen bu ülkede bulunuyor. Türkiye'deki mal varlığına el konulan Katırcıoğlu, Gülen için ABD sonrasında yaşayacağı, Johannesburg'da özel bir malikâne yaptırdı. Gülen'in de dünürü.- Güney Kore: Eşref Sağlam, Gürcistan: Adem Önal, Hırvatistan: İsmail Korkmaz, Hindistan: Ersin Karaoğlu, Hollanda: Hüseyin Yazır, İngiltere: Adnan Azak, İrlanda: İsmail Yılmaz, İspanya: Halit Şahin, İsrail: Harun Tokak -Halen bu ülkede yaşıyor ve diğerleri gibi Kırmızı Bülten ile arananlar listesinde olmasına karşın İsrail'den ayrılmadı. Gülen'in Yahudilerle ilişkisini yürüten isim olduğu için önemli bir etkinliğe sahip.- İsveç: M. Kemal Şirin, İsviçre: İsmet Macit, İtalya: Hasan Demirbaş, Japonya: Mustafa Arslan, Kamboçya: Ejder Kılıç, Kamerun: Zafer Şaşi (Kod ismi Kaplan), Kanada: İsmail Nazlı, Katar: A.Yusuf Güleker, Kazakistan: Ali Bayram -Etkin isimlerden biri. Daha önce Arjantin ve Hindistan İmamlığı da yaptı. Türk Cumhuriyetlerinden sorumlu İmam olarak da bilinir.- Kenya: Bilal Karaduman, Kırgızistan: Orhan İnandı, Kolombiya: Yusuf Yaman, Kosova: Talip Aktaş, Kuveyt: Halil Hardal, Kuzey Irak: Talip Büyük -Örgütün para işlerinde kilit isimlerden biri- Laos: Yılmaz Arı, Letonya: Mehmet Ali Savran, Liberya: Ramazan Burak, Libya: Nurettin Kaya, Litvanya: İshak Akay, Lübnan: Halit Aydın, Macaristan: Mustafa Pehlivan, Makedonya: Bayram Pınarbaşı, Malavi: Ahmet Işık, Maldivler: M. Akif Erdoğan, Malezya: Alaattin Duman, Mali: Hayrettin Söğüt, Meksika: Osman Karaca, Mısır: Orhan Keskin, Moğolistan: Turgut Karabulut, Moldova: Turgay Şen, Mozambik: Ahmet Uysal, Nepal: Halil Çınar, Nijer: Hamit Çınar, Nijerya: Oğuzhan Dirican, Pakistan: Halit Esendir -Pakis-tan İmamı Ünal Toşur'du. Toşur, yakın tarihte görevini eski Afganistan İmamı ve Şura üyesi Halit Esendir ile değişti. Esendir; Zaman, Samanyolu, Aksiyon Dergisi gibi örgütün basın organlarında icra kurulu üyelikleri yaptı. 2015'te yurtdışına kaçtı. 15 Temmuz sonrası yeni bir atama yapıldığı da belirtiliyor.- Papua Yeni Gine: Şafak Deliismail, Polonya: Arif Erkol, Portekiz: O. Ergenekon Koç, Romanya: Fatih Gürsoy, Ruanda: Altan Alkış, Senegal: Adnan Hoşoğlu, Sırbistan: Murat Koç, Singapur: Necmettin Eskici, Slovakya: Feyzullah Durna, Slovenya: Mustafa Karacan, Sri Lanka: Kenan Avşar, Sudan: Hüseyin Kocacenk, Suudi Arabistan: M. Mevlüt Boztaş, Şili: Sadi Şen, Tacikistan: Sebahattin Günay, Tanzanya: Atilla Ün, Tayland: Ufuk Civelek, Tayvan: Yakup Ustaömer, Tunus: Ali Kökten, Ukrayna: S. Enver Yıldız, Umman: Süleyman Akdemir, Ürdün: M. Nuri Aydın, Venezüella: M. Eyyup Günel, Vietnam: Murat Küçükdüğenci, Yemen: Mehmet Yılmaz, Yeni Zelanda: Yalçın Solak, Yunanistan: Recep Uzunallı.

Zübeyir Kındıra

Türkiye İmamı

1999 yılında ABD'ye gitmesine kadar 'Türkiye İmamı' Fetullah Gülen'in kendisiydi. ABD'ye kaçmasından sonra kendisini önce 'Dünya İmamı' daha sonra da 'Kâinat İmamı' olarak tanımladı. Türkiye'deki her türlü faaliyetten sorumlu olan bir Türkiye İmamlığı makamı oluşturdu ve Şura'sında yer alan Mehmet Ali Şengül'ü vekâleten Türkiye İmamı olarak kendi yerine atadı. Ancak Pensilvanya'da yerleşik hayata geçince; asil Türkiye İmamı'nı atadı. Bir dönem Şerif Ali Tekalan'ın da yürüttüğü Türkiye İmamı son olarak Mustafa Özcan'dı.

Türkiye İmamı, görevleri yürütürken Avrupa Kıta İmamı ile birlikte doğrudan Gülen'e bağlı ve onun emir ve direktifleriyle hareket eder. Bu direktiflerin alınması ve görev sonrası raporlamalar, kurye aracılığıyla ya da doğrudan temas kurularak yapılır.

Bölge İmamları

Birkaç istisna dışında örgüt bölge yapılanması; Türkiye coğrafi bölgesi yapılanmasına uygun olarak dizayn edildi. Buna göre Bölge İmamlıkları ve İmamları şöyle:

1- Marmara Bölgesi İmamı: Bölge İmamı Sadık Kesmeci ve Merkez İl İstanbul İmamı ise Ahmet Kirmiş.

2- Ege Bölgesi İmamı: Merkez il İzmir. Bekir Baz uzun süre bu bölgenin İmamı'ydı. Yerini Recep Uzunallı'ya bıraktığı ve bu ismin de Yunanistan İmamlığına atanması sonrasında Barbaros Kocakurt'un bu göreve getirildiği belirtildi.

3- Akdeniz Bölgesi İmamı: Merkez il Antalya ve İmamı da Av. Hasan Tarık Şen.

Şeytanın İmamları

4- İç Anadolu Bölgesi İmamı: Merkez il Ankara. 2014 yılına kadar Cemil Koca Ankara İmamı'ydı. Özellikle Ankaralı işadamlarından yüklü miktarda Himmet toplamasıyla örgüt içinde yıldızını parlattı. Ankara'daki gizli operasyonlarda da parmağı vardı. Yerine, Ankara Küçük İl Bölge İmamı Suat Yiğit atandı.

5- Karadeniz Bölgesi İmamı: Merkez il Trabzon ve İmamı Yüksel Yavaş. Din öğretmeni ve kod isim olarak bazen Usame bazen de Mustafa'yı kullanıyor.

6- Doğu Anadolu Bölgesi İmamı: Merkez il Erzurum ve İmamı İhsan İnal. Gülen'in memleketindeki bu İmam, Bölgede en etkin isim olarak biliniyor.

7- Güneydoğu Anadolu Bölgesi İmamı: Merkez il Gaziantep ve İmamı Mehmet Kocatürk. Gülen'in özel önem ve itibar gösterdiği isimlerden biri. 2005'te ABD'ye giderek Fethullah Gülen'i ziyaret eden, Kayseri İli Mütevelli Heyeti'nde yer alınca ismi duyulmuştu.

Bölge İmamları, sadece bulundukları bölgeye ait illerden dolayı Türkiye İmamı'na karşı sorumludur. Hiçbir Bölge İmamı diğer Bölge İmamı'nın sorumluluğundaki illere karışamaz. Bölge İmamları da İl İmamları gibi aktiftirler. İl İmamları, Bölge İmamı olmadan önce o bölge içindeki illerin hemen hepsinde sırayla görev yaparlar. İl İmamlıkları bitince Bölge İmamı olarak atanırlar. Böylelikle kendisine bağlı illerin tümünü yakından bilen Bölge İmamları işbaşı yapmış olur. Hiç kimse kendi memleketinde İl İmamlığı yapamaz.

İl İmamları

Bölge İmamlarına bağlı olarak faaliyet yürütür. Bir İl İmamı o ilin tamamından ve yurt dışında maddi olarak destek verdiği okullardan sorumludur. O ile ait Kurum İmamları ve İl Mütevelli Heyeti doğrudan İl İmamı'na bağlıdır. İldeki Kurum İmamları, şehirlerin büyüklüğüne ve bürokrasinin yoğunluğuna göre değişiklik gösterir. İstanbul, Ankara, İzmir gibi büyük illerde kurumlar ile ilgili olarak yapılacak bir faaliyet, Türkiye İmamı'na bağlı olarak o kurumun İmamı tarafından bizzat yürütülebilmektedir. Küçük şehirlerde ise kontrol tamamen İl İmamı'ndadır.

15 Temmuz'a gelindiğinde Türkiye'de İl İmamları listesi aşağıdaki gibiydi. Ancak daha sonra bu isimlerin bir kısmı tutuklandı, bir bölümü de yurt dışına kaçtı. Yeniden yapılanma içine giren örgüt yeni İmamları da atamaya başladı. Biz, iddianamelere de yansıyan, kalkışma sırasındaki İl İmamları listesine bakalım:

Adana İmamı, Ömer Ekinci: 2011 yılından itibaren bu ilin İmamlığını yapan Ekinci, özellikle belediye bünyesindeki etkisi ve örgüte bu ilde yüklü para kazandırması nedeniyle uzun süre bu ilden başka bir yere atanmadı.

Adıyaman İmamı, Habib Bıçakçı: Kars'ta doğdu. 46 yaşında. Örgüte ait olan Özel Doğanşehir Erkek Öğrenci Yurdu'nun Müdürlüğü'nü yaparken Şırnak'a İmam olarak atandı. Ardından, Adıyaman İmamı oldu. Adıyaman Başarı Eğitim Hizmetleri İnşaat Bas. San. A.Ş. bünyesinde görev yapıyor.

Afyon İmamı, İrfan Bilgin:

Ağrı İmamı, Ali Keskin:

Amasya İmamı, İhsan Demirel: Mart 2009-Nisan 2012 yılları arasında Diyarbakır İmamlığı yaptıktan sonra Amasya İmamlığı'na atandı. Şehzade Basın Yayın Dağıtım Şirketi'nde maaşlı yönetici.

Ankara İmamı, Cemil Koca: Hususiler arasında yer alıyordu. Polis Koleji ve Akademisi ile askeri okullara girecek öğrencileri belirlemek, bunların sınavlarını ayarlamak ve Abilerine teslim etmek onun göreviydi. Samanyolu Eğitim Kurumları Genel Müdürü, ÖZ-ÖĞRET-DER Yönetim Kurulu üyesi. Koca'nın yeğeni İsmail Koca 1. Sınıf Emniyet Müdürü ve halen Polis Başmüfettişi olarak görevde. İsmail Koca daha önce Niğde Polis Okulu Müdürüydü.

Antalya İmamı, Hasan Tarık Şen: Şanlıurfa İmamlığından sonra Güney Afrika'da görevlendirildi. Sonrasında Antalya'ya atandı. Avukat ve hukuk bürosu sahibi.

Artvin İmamı, Ali Yılmaz: Kırşehir, Yozgat, Ordu/Fatsa'da örgütün çeşitli kademelerinde görev yapan Yılmaz, 2011 yılında Artvin İmamı oldu. Özel Artvin Fırat Eğitim Merkezi'nde müdürlük ve matematik öğretmenliği yapıyor.

Aydın İmamı, Abdülbekir Kalkan: Kars'lı. 45 Yaşında. Aydın İmamı olmadan önce İzmir'deydi. Sembol Eğitim Kurumları ve Yurt İşletmeciliği Genel Müdürü.

Balıkesir İmamı, İzzet Bilir: 1960 Bayındır doğumlu. Iğdır'da örgütün eğitiminde çalıştı ve burada örgüt yapılanmasını yürüttü. Ardından Karşıyaka İlçe İmamlığına ve sonra Burdur İmamlığına getirildi. Balıkesir İmamlığına yükselen Bilir, Çağan Özel Eğitim Kurumları ortağı.

Bitlis İmamı, Yusuf Coşkun: Mardin'de doğdu. 42 yaşında. Ekim 2001-Ağustos 2002 arasında, Rusya'ya bağlı federe bir cumhuriyet olan Buryatya Cumhuriyeti'nde örgüte ait Tuva Türk Lisesi'nde müdürlük yaptı. 2014'te örgütün Bitlis genelindeki ticari ve sosyal faaliyetlerinin ağırlıklı olarak yürütüldüğü Elhamra Eğitim Öğretim Yayın Dağıtım Pazarlama ve Ajans Hizmetleri A.Ş'nin Genel Müdürü oldu.

Bolu İmamı, Şevket Kahraman: Görevi, Cuma Kartal'dan devraldı. 15 Temmuz gecesi İstanbul'da görevliydi. Darbe girişimi başarısız olunca Çorlu'ya geçti. Kara ve deniz yolundan kaçmak için girişimlerde bulundu. Yunanistan'a geçemeyen ve denize açılamayan Kahraman, Babaeski'ye gidip babasının evinde gizlendi. Ancak polise yakalandı. Tutuklu.

Burdur İmamı, Zeki Işık: İzmir Dokuz Eylül Üniversitesi İlahiyat mezunu. Buca Semt İmamlığından Burdur İmamlığına atandı. Diyanet kadrosunda da imam.

Bursa İmamı, Cansuz Sarıyıldız: Orhangazi Üniversitesi Mütevelli Heyeti Başkanlığı yaptı. Vali Şehabettin Harput'un koruma ve kollamasıyla Bursa'da adeta 'gölge vali' gibi çalıştı. Bank Asya Yıldırım Şubesinde görevliydi. Yurtdışına kaçtı.

Çanakkale İmamı, Abdullah Ülker: 1977 Erzincan doğumlu. Din dersi öğretmeni. Denizli'de yetişti. Burada örgütün egemen olduğu Genç Tüccarlar ve İşadamları Derneği'nde yöneticiydi.

Çankırı İmamı, Abdullah Özdemir: Erzurum'lu. 38 yaşında. Samsun'da yetişti. Azim Eğitim'de çalışıyordu.

Çorum İmamı, Gökhan Dağdeviren: Ankara'da örgüt adına faaliyet yürütürken 2011 Şubat ayında Çorum'a İmam olarak atandı. Özel Çorum Eğitim Hizmetleri Tic. A.Ş. bünyesinde çalışıyor.

Denizli İmamı, Mehmet Boz: Eskişehir'li. 44 yaşında ve İzmir'de Semt İmamlığından başlayan İmamlık kariyerini, Denizli İmamlığına yükseltti. Özel Serhat Eğitim Araçları ve Lokanta Hizmetleri'nde görevli.

Diyarbakır İmamı, İbrahim Köklükaya: Çanakkale'de doğdu. 47 yaşında. Nahçivan'daki Türk Koleji'nde müdürlük, KKTC Magusa'da orta ve lise öğrenim yurdu sorumluluğu yaptı. Temmuz 2012'de Diyarbakır İmamı olarak atandı. Kültür Özel Eğitim Öğretim İnşaat Tur. Tic. ve A.Ş. bünyesinde görev yapıyor.

Edirne İmamı, Osman Ağaçdiken: Samsun Alaçam, 1965 doğumlu. Öğretmen. Edirne'de Arda Özel Okulu'nda ders veriyor, müdürlük yapıyordu. Afganistan İmamı'na bağlı olarak bu ülkede uzun süre faaliyet yürüttü. Yurda dönünce Edirne İmamlığına atandı. Kod ismi: Tahir.

Elazığ İmamı, Mehmet Durakoğlu: Karaman'da doğdu. 42 yaşında. Önce Bursa'da ardından Bingöl'de örgüt faaliyetleri yürüttü. Bingöl İmamlığı yaptıktan sonra 2011 Mart ayında Elazığ'a İmam oldu. Erkam Özel Öğretim İşletmeleri bünyesinde bordrolu.

Şeytanın İmamları

Erzincan İmamı, Ekrem Ali Özkan: Trabzon doğumlu. 45 yaşında. Sırasıyla Samsun, Eskişehir, Artvin, Ordu'da örgüt kontrolündeki okullarda öğretmenlik yaptı ve ardından Ordu İmamlığına getirildi. 2014 Temmuz ayında Erzincan İmamı olarak atandı. Erzincan'daki Esentepe Özel Eğitim İnşaat Taahhüt Ltd. Şti. bünyesindeki Özel Otlukbeli Lisesi'nde bordrolu çalışan olarak görünüyor.

Erzurum İmamı, İhsan İnal: Manisa'lı. 55 yaşında. Akyazılı Vakfına bağlı Aydın İmam Hatip Yurdu'nda yetişti. Sırasıyla Kastamonu, Kayseri, Trabzon ve Eskişehir'de örgüt adına faaliyetler yürüttü, yöneticilik yaptı. 2009'da Doğu Anadolu Bölge ve Erzurum İmamı olarak atandı. Akif Eğitim ve Yayın şirketinde kadrolu yönetici.

Eskişehir İmamı, Mehmet Meleş: 1975 İzmir doğumlu. Kod ismi: Ahmet. Daha önce Sivas İmamı'ydı.

Gaziantep İmamı, Mehmet Kocatürk: Manisa'da doğdu. 49 yaşında. Zirve Üniversitesi Mütevelli Heyeti üyesi. 1995'te Ankara'daki Işıkevleri'nde Abilik görevini yürüttü. 1999'da Türkmenistan Aşkabat'a gitti. Yurda döndükten sonra, Ankara Yenimahalle Bölge İmamlığı görevini yürüttü. 2002 yılında Kayseri İmamı, 2007'de Gaziantep İmamı oldu. Sefa Özel Öğretim Hizm. ve Eğitim Araç. San. ve Tic. A.Ş. bünyesinde görev yapıyor.

Giresun İmamı, Hikmet Bulut: Bitlis ve Iğdır İmamlığından sonra Giresun'a İmam olarak atandı.

Hatay İmamı, İsa Aydın: Burç Eğitim Kurumları bünyesinde özel okullarda yöneticilik yaptı. Hatay, Erol Bilecik Mesleki ve Teknik Anadolu Lisesinde İngilizce öğretmeni.

Isparta İmamı, Zeki Yağmur: Bodrum'daydı. Burada Cemaat'in kontrolündeki Özel Merter İlköğretim Okulu'nun yöneticiliğini yaptı. Sevgi Çiçeği Özel Ana Fen Dershanesi sorumluluğunu üstlendi. 2013 yılında Isparta İmamlığına getirildi ve bu ilde Altınbaşak şirketinde yönetici.

Mersin İmamı, Satı Mehmet Güral: 2013 yılında Mersin İmamlığına getirildi. Mars Serbest Muhasebecilik ve Mali Müşavirlik bünyesinde görevli.

İstanbul İmamı, Ahmet Kirmiş: Örgüte ait Sürat Basın Yayın şirketinin kurucu ortağı Ahmet Kirmiş, FEM Eğitim Kurumları'nın Genel Müdürlüğü'nü ve Fırat Eğitim Merkezi'nin Yönetim Kurulu Başkanlığı'nı da yürüttü. 1974 Kirmiş doğumlu, Üsküdar'da ikâmet ediyordu. Yurtdışına kaçtı.

İzmir İmamı, Bekir Baz: Aynı zamanda Ege Bölge İmamı'ydı. Avukat. İstanbul'dan İzmir'e kaydırıldı. Gediz Üniversitesi Mütevelli Heyeti üyesi.

Kars İmamı, Hamza Demir: Muş doğumlu. 50 yaşında. Zonguldak, Çorum ve Giresun İmamlığından sonra Kars İmamlığına getirildi. Örgütün, Aras Özel Eğitim ve Yurt İşletmeciliği firmasında çalışıyor.

Kastamonu İmamı, Ali Güroz: Ankaralı. 36 yaşında Kayseri'den Kastamonu'ya atandı. Maslak Eğitim Yayın Ajans isimli firmada çalışıyor.

Kayseri İmamı, Sıtkı Baş: Denizli Çivrilli. 45 yaşında. Çeşitli eğitim kurumlarında görev yaptı. Yahya Karadeniz, Kayseri Bölge İmamı olarak Sıtkı Baş'ın üzerinde yer alıyordu. Örgüt Kayseri için 'özel bir Bölge İmamlığı' istisnası uyguladı. Ankara'ya bağlı olmasına karşın, ayrı ve özerk bir yapılanmaya gidildi.

Kırklareli İmamı, Şuayip Beyazıt: Tokat Reşadiyeli. 48 yaşında. KTÜ Eğitim Fakültesi mezunu. Abilik mertebesine ulaşınca, Adana'ya atandı. Bu ilde, Seyhan İmam Yardımcılığı yaptı. Rütbesi yükselince Kırklareli İmamlığına getirildi. Kırklareli Özel Eğitim Kurumu'nda yönetici.

Kırşehir İmamı, Musa Arslan: İstanbul 1980 doğumlu. Ankara'da örgüt faaliyetleri yürütüyordu. Kırşehir İmamı olarak atanınca bu kente taşındı ve Derya Eğitim'de çalışmaya başladı.

Kocaeli İmamı, Mehmet Akif Saka: Kahramanmaraş, 1977 doğumlu. İstanbul ve Kırklareli'den sonra Kocaeli İmamı olarak atandı. Testa Mekanik Sistemleri şirketinde yönetici.

Konya İmamı, Mehmet Kaya: Denizli Çivril, 1965 doğumlu. Afyon İmamlığından Konya'ya atandı. Kod ismi: Muhammed. Örgütün Konya İmamı. Aynı zamanda Diyanet'e bağlı resmi bir imam.

Şeytanın İmamları

Kütahya İmamı, Ali Peksöz: Pamukkale Üniversitesi mezunu. Okul yıllarından bu yana aktif örgüt üyesi. Abilikten sonra Denizli'ye Semt İmamı olarak atandı. 2006 yılında İl İmamlığına yükseldi. İlk görev yeri Aydın'dı. Aydın'dan Kütahya İmamlığına geçti. Simav Kuşu Anadolu Lisesinde din dersi öğretmeni.

Malatya İmamı, İbrahim Karakoca: 46 Yaşında. Konya-Ereğli, Ağrı, Gümüşhane İmamlığından sonra Malatya'ya atandı. Örgüte ait, Gümüşhane Özel Eğitim Basın Yayın isimli şirkette çalışıyor.

Manisa İmamı, Nadir Okşit: 45 yaşında. Almanya doğumlu. Kütahya İmamlığından Manisa İmamlığına atandı. Örgüte ait, Baran Eğitim ve Yayıncılık bünyesinde görevliydi.

Kahramanmaraş İmamı, Rüstem Çetinkaya: İzmir Dokuz Eylül Üniversitesi İlahiyat Fakültesi mezunu. İstanbul ve Mersin'de hem din dersi öğretmenliği yaptı hem örgüt faaliyetlerini yürüttü. 1994 yılında Mersin İmamı, 4 yıl sonra da Malatya İmamı oldu. 2014 yılından itibaren Maraş İmamlığına getirildi. Bu ilde Ticaret Meslek Lisesi'nde din dersi öğretmeni.

Mardin İmamı, Sami Kaya: Kayseri'de doğdu. 46 yaşında. Örgütün, Safiye Eğitim Kurumları isimli firmasında çalışıyor. Kahramanmaraş Elbistan'da İlçe İmamlığından sonra Mardin'e atandı.

Muğla İmamı, Okan Özçelik: Restoran sahibi. Himmet'ten sorumlu. Yurtdışına kaçtı.

Muş İmamı, Bahattin Türkaslan: İlci İmam Hatip Lisesi'nde öğretmendi. Kalkışmadan 1 ay sonra yurtdışına çıkamadan yakalandı. Üzerinde 1 dolarlık banknot çıktı.

Niğde İmamı, Mustafa Gümüş: 36 yaşında Kahramanmaraş'lı. Tesadüfen yakalandı. Necip Fazıl Kısakürek Vakfı'nda görevliydi.

Ordu İmamı, Zeki Fışkın: İzmir ve Kayseri'de Işıkevleri İmamlığı yaptı. Ardından, 2000 yılında, Şanlıurfa'da öğrenci evlerinden sorumlu Bölge İmamlığını yürüttü. Buradan Rize İmamlığına atandı. Fışkın, Temmuz 2014'te Ordu İmamlığına getirildi. Örgüte ait, Ahenk Özel Eğitim şirketi bünyesinde görev yapıyordu.

Rize İmamı, Harun Çevlik: Dokuz Eylül Üniversitesi İlahiyat Fakültesi mezunu olan ve Hollanda'da yüksek lisans eğitimini tamamlayan Harun Çevlik, örgütün Gaziantep, Antalya ve İzmir yapılanmasında çalıştı. Haziran 2014'te Rize İmamı oldu. Örgütün, Şahika Danışmanlık Ve İnsan Kaynakları isimli şirketinde çalışıyor.

Sakarya İmamı, Turan Öztoprak: 1964, Malatya doğumlu. Azerbaycan'da liseler sorumlusuydu. Rütbe alıp Azerbaycan İmamlığı yaptı. Sonra yurda dönüp, Sakarya İmamlığını üstlendi. Bu ildeki örgüte ait Sebat Eğitim Kurumu'nda yönetici.

Samsun İmamı, Sezai Cinokur: Kayseri İl İmamlığı ve Kazakistan İmamlığı da yaptı. Kazakistan'dayken Kazak Türk Eğitim Başkanı oldu. Aralık 1997'de Türkiye'ye çekilip, Gaziantep İmamlığı'na atandı. Daha sonra Antalya'da Küçük İl Bölge İmamı oldu. Temmuz 2008'de Samsun İmamlığına getirildi. Kamuda da Diyanet kadrosunda, imam olarak görev yapıyor.

Siirt İmamı, Halil İbrahim Yanık:

Sinop İmamı, Gazi Yüksel: Konya Seydişehir'deydi. Burada, Sabah Dershaneleri'nde örgüt faaliyetlerini sürdürdükten sonra Sinop İmamlığına atandı. Örgüte ait, Okyanus Eğitim isimli şirkette yönetici.

Sivas İmamı, Musa Kaya: 45 yaşında. Ankara, DTCF mezunu. Kırşehir'deydi. Sivas'a İmam olarak atandı.

Tekirdağ İmamı, Gazanfer K.: Asım kod ismini kullanıyordu. Kalkışmadan sonra kayıplara karıştı. Polis İstanbul'da saklandığı yeri tespit edip, yakaladı. Tutuklu yargılanıyor.

Tokat İmamı, Abdulkadir Baş: Konya'daydı. 2012'nin Ağustos ayında Nevşehir İmamı olarak görevlendirilen Baş, 2 yıl sonra Tokat İmamı oldu. Örgütün Burç Özel Danışmanlık isimli şirketinde görev yapıyor.

Trabzon İmamı, Muhammed Köleoğlu: Sütçü İmam Üniversitesi Fen Edebiyat Fakültesi mezunu. Adana, Konya, Erzurum ve Gümüşhane'de örgüt için çalıştıktan sonra 2013 Nisan ayında Trabzon İmamı olarak atandı.

Şeytanın İmamları

Tunceli İmamı, Rahmi Koştuk: Bayburtlu. 43 yaşında. Erzurum'daki Işıkevleri'nde yetişti. Ev İmamlığı ve Abiliği yaptı. Ordu, Haki Yener Yurdu'nda yöneticiydi. Uzun yıllar Doğu Karadeniz Bölgesi'ndeki Işıkevleri'nin sorumlusuydu. Tunceli İmamı olduktan sonra bu ildeki Erkam Özel Öğretim İşlemleri firmasında maaşlı yönetici de oldu.

Şanlıurfa İmamı, Osman Nuri Karabaş: İstanbul'da doğdu. 49 yaşında. Şanlıurfa'da örgüte ait Çağlayan Okulları'nın Yönetim Kurulu Başkanı. İl İmamlığı öncesinde Gaziantep'te Ziraat Mühendisi olarak çalıştı ve örgüt adına önemli faaliyetler yürüttü. Bu etkin çalışması sonrasında ödül olarak Urfa İmamlığına atandı.

Uşak İmamı, Mustafa Balcı: Ankara'lı. 43 yaşında. İzmir'de örgüt adına faaliyet yürütüyordu. Uşak'a 2012 yılında tayin edildi. Gökkuşağı Eğitim Kurumları'nda görevli.

Van İmamı, Metin Güven: Manisa doğumlu. 53 yaşında. İzmir ve Balıkesir'den sonra 2012 yılında Van İmamı oldu. Serhat Eğitim Kurumları Genel Müdürü.

Yozgat İmamı, Davut Sağır: Yozgat İmamı Mahir Şahin'in Ankara'ya atanıp, Hususilere katılması ile boşalan Yozgat İmamlığına getirilen Kahramanmaraş Göksun'lu Sağır, 42 yaşında. Erciyes Üniversitesi İlahiyat Fakültesi mezunu. Merzifon Sanayici ve İşadamları Derneği üyesi.

Aksaray İmamı, Yusuf Çakır: Adıyaman Besni'li. 39 Yaşında. İlahiyat mezunu. Adana'da görevliydi. Bu ilde din dersi öğretmenliği yaptı. Aksaray'a İmam olarak atanınca, örgüte ait Akçağ Eğitim Kurumu'nda çalışmaya başladı ve örgüt faaliyetlerini burada yürüttü.

Bayburt İmamı, Ayhan Işık: Van Yüzüncü Yıl Üniversitesi İlahiyat Fakültesi Mezunu. Van'da başladığı örgüt faaliyetlerini bir süre Trabzon'da devam ettirdi ve ardından yeniden Van'a İmam olarak döndü.

Karaman İmamı, Musafa Angıl: 1975 doğumlu. Aksaray İmamıydı. Bu ilde örgüte ait Sema Koleji'nde din dersi öğretmeni olarak çalıştı. Karaman İmamı olduktan sonra da bu ildeki Sabah Eğitim Hizmetleri'nde maaşa bağlandı.

Kırıkkale İmamı, Mehmet Merd: Konya'da örgüt için çalışıyordu. Rütbesi yükseltilip Kırıkkale'ye İmam olarak atandı. Örgüte ait Kale Feza Eğitim Kurumunda çalışıyordu.

Batman İmamı, Mustafa Toru:

Ardahan İmamı, Saadettin İliman: Mersin'de doğdu. 43 yaşında. Dicle Üniversitesi Eğitim Fakültesi Din Kültürü ve Ahlâk Bilgisi Öğretmenliği mezunu. Ocak 2013'te, Gülen örgütünün Ardahan İmamı olarak atandı. Örgütteki görevini, Aralık 2014 itibariyle, Akmer Eğitim, Basın Yayın Ve Dağıtım Pazarlama Müteahhitlik Hizmetleri adlı şirketteki bordroyla kamufle ediyordu.

Iğdır İmamı, Yaşar Yıldırım: Hatay'lı. 38 yaşında. Nergis FEM Dershanesi'nde yöneticiydi. Maraş, Şırnak ve Van'da örgütsel çalışmalar yürüttü ve ardından Iğdır'a İmam oldu.

Yalova İmamı, Aziz Küçükgöz: Darbe girişimi sonrasında kaçmak için hazırlık yaparken yakalandı. Mahkemece tutuklandı.

Kilis İmamı, Osman Öner: Afyon'da doğdu. 46 yaşında. İstanbul Üniversitesi İlahiyat Fakültesi mezunu. Daha önce Mardin İmamıydı. Kilis, Merkez Atatürk Okulu'nda din dersi öğretmeniydi.

Osmaniye İmamı, Enver Şorbacı: Öğretmen. İl Milli Eğitim Müdürlüğü AR-GE biriminde görevliydi. İş yerine uğramayıp tüm mesaisini örgüt işlerine ayırdığı için TBMM'de soru önergesine konu oldu ve açılan soruşturma sonucunda memuriyetten atıldı. Lotus Yemek Hizmetleri bünyesinde yöneticiydi.

Küçük İl Bölge İmamları: Sadece büyükşehirlerde kullanılan bir kadro. Örgüt, büyük ve kalabalık şehirlerde kontrolü daha kolay sağlamak, sorunları aşmak, daha etkin ve verimli hareket edebilmek için bu yapılanmaya gitti. Büyükşehir pozisyonundaki şehirlerde İl İmamı'nın altında, Küçük İl Bölge İmamlıkları oluşturuldu. Büyük şehirlerdeki merkez ilçelerin her biri, Küçük İl Bölge İmamlığı olarak kabul edilir. Örneğin; Ankara'da Çankaya,

Şeytanın İmamları

İstanbul'da Beyoğlu gibi... Ancak İl İmamı gibi bağımsız değil aslında yine İl İmamı'na bağlı olarak çalışırlar. Bu şehirlerdeki Semt İmamları da ilçelerde oluşturulan İl Bölge İmamlarına bağlı olarak faaliyet yürütür.

İlçe İmamları: Dokuz yüz on dokuz ilçe. Örgütün il örgütlenmesinin daha dar ve küçük olan kopyası İlçe İmamlıklarında da aynen kullanılır. İlçe İmamları, İl İmamlarına bağlı olarak faaliyet yürütür. Ancak, büyükşehirlerde İlçe İmamlıkları 'Küçük İl Bölge İmamlıkları' olarak da anılır.

Semt İmamları: Semt İmamları, İlçe İmamlarına bağlı çalışır. Ancak istisna olarak, büyükşehirlerde Semt İmamları, küçük İl Bölge İmamlarına bağlı olarak faaliyet yürütür. Semt İmamları daha çok büyük illerde görülür. Küçük illerde bu görevi Mahalle İmamları yapar. Semt İmamlığının olduğu yerlerde Mahalle İmamı yoktur. Buralarda Ev Abileri *(İmamları)*, Semt İmamı'na bağlı olarak faaliyet yürütür. Büyükşehirlerde aktif olarak faaliyet yürüten Semt İmamı'na en az 4-5 Ev İmamlığı bağlı olur.

Mahalle İmamları: Semt İmamlarına bağlıdır. Büyük şehirlerde Mahalle İmamlığı yerine Semt İmamlığı tercih edilir. Her Mahalle İmamlığının altında en az 4-5 Ev İmamlığı *(Abiler)* yer alır.

Ev İmamları

Ev İmamlığı örgütün can damarıdır. Bu makamlara çok önem verilir. Örgütün tüm insan kaynağının sağlandığı, Işıkevleri'nin sorumlusu oldukları için özel önemleri vardır. Örgüt, Ev İmamı *(Abisi)* olarak belirleyeceği kişileri, aktif faaliyet yürüten üyeleri arasından, titiz bir şekilde araştırarak seçer. Ev İmamlığına seçeceği kişileri örgüte bağlılık ve sadakatine göre numaralandıran örgüt, bu göreve; yüksek numaralı olan şakirtleri arasından atama yapar. Seçilen Ev İmamlarını, bağlı oldukları İmamlar denetleyip belli aralıklarla rapor alır. Her evde en az beş öğrenci bulunur. Bu öğrencilerin hepsinden ve herşeyinden Ev Abileri sorumludur. Örgüt her öğrenci için ayrı ayrı not tutup puanlama sistemi yapar. Bu fişleme ömürleri boyunca sürer. Öğrencilerin puanlamaları ve haklarında hazırlanan raporlar, Talebe İmamlarına veya Semt/Mahalle İmamlarına aktarılır. Silsile yoluyla yukarıya kadar gider. Parlak olanlar özel takibe alınır ve itaat süreci bitince yani kıvama gelince özel görevlendirmelere yönlendirilir ve Abi olur.

Ev Ablaları: Ev Abilerinde olduğu gibi örgüt tarafından puanlama sistemi ile seçilirler. Kızların bulunduğu her evden sorumlu bir Abla bulunur. Ev Ablaları, örgüte kazandırdığı, eğittiği kız öğrencileri katalog evlilik yoluyla evlendirmekle de görevlidir. Cemaat içi evliliğin hayat bulması da bu Ev Ablaları sayesinde mümkün olur. Bu evlilikler ile hem kızlar Cemaat içinde tutulur hem de Cemaat'in üyelerinin, yine Cemaat üyeleriyle evlendirilmesi yoluyla örgüt yapısı garantiye alınır.

Uzun yıllar boyunca kız öğrenci yetiştirmeyen, hatta kadınları 'Şeytan' olarak gören Cemaat, 2000'li yıllara gelindiğinde 'Ablalık' sistemini kurdu.

Talebe İmamları

Talebe *(Öğrenci)* İmamları, Mahrem İşler'de kullanılacak öğrencileri belirler. Eğitimden olduğu kadar, örgütün önem verdiği kritik kurumlar olan Emniyet, TSK, Yargı ve Mülkiye gibi kurumlara yerleştirilecek öğrenciler, Talebe İmamları tarafından belirlenir ve zekâ düzeylerine göre sınıflandırılarak, yönlendirilir.

Türkiye genelindeki bütün öğrencilerden sorumlu bir Talebe İmamı bulunur.

Şeytanın İmamları

Özellikle; Polis Koleji ve Akademisi ile askeri liseler ve harp okullarına hazırlanacak öğrenciler, normal talebe evlerinden alınarak kimsenin bilmediği ve sadece Mahrem Hizmetler'de kullanılan evlere yerleştirilir. Bu Mahrem Işıkevleri'ne yerleştirilen ve özel olarak hazırlanan çocukların kod isimleri ve numaraları vardır. Özel dersler verilir. Sınav öncesi çalınan sorular, öncelikle bu çocuklara ulaştırılır.

Serrehberler

Serrehberlik yapılanması örgüt için çok önemlidir. Bir tür akademik yapıdır. Fetullah Gülen'in etrafında bulunan Mollalardan beslenen ve görevli oldukları birimler içindeki dini yapılanmayı gerçekleştiren bir yapıdır.

Serrehberler, özel yetiştirilen örgüt mensuplarından oluşur. Serrehberlerin bağlı olduğu Mollalar, Gülen'in çekirdek kadrosundaki; bir tür örgütün felsefesini, öğretisini oluşturan kişilerdir. Bilinen Mollalardan bazıları, Cemal Türk -Mollaların İmamı- Ahmet Kuruca, İbrahim Kocabıyık, Hamdullah Bayram Öztürk, Selman Kuzu, Mustafa Yeşil, Naci Tosun, Necdet İçel, Reşit Haylamaz, Aysal Aytaç'dır.

Örgüt yapısının oluşturulması, örgüt mensuplarının bağlılıkla faaliyetlerine devam etmeleri, örgütsel motivasyonun devamlılığının sağlanması, Serrehberlerin görevidir. Aynı zamanda Cemaat'e gelen gençlerin beyinlerini yıkamak, en yetenekli olanları seçmek de bunların görevleri arasındadır.

Fetullah Gülen ve yanındaki Mollalardan aldıkları; günlük, haftalık, aylık programları, örgütsel okumalar ile dua, namaz, ev sohbetleri gibi günlük programlar ve kamp gibi faaliyetlerin yürütülmesinden sorumludurlar. Serrehberlik yapılanması kendi içinde örgütlenmiştir. Kendi toplantılarını düzenler, İmamların yaptığı toplantılara katılmazlar. Bunların toplantısına Talebe İmamı da dâhil olur.

Zübeyir Kındıra

Belletmenler

Örgüte ait yurtlarda kalan talebelere; Abilik yapmak, okul dışındaki zamanını birlikte geçirmek ve eğitimini tamamlamak gibi görevleri vardır. Belletmenler, yurt Serrehberlerine bağlıdır. Belletmen, sorumlu olduğu öğrenciyi herkesten, anne-babasından bile daha iyi tanımak ve yakın olmak zorundadır.

Cemaat, öğrencinin ailesi ile doğal aidiyet bağını zayıflatarak, Cemaat'e transfer edip yeni bir bağ oluşturmaktadır. Belletmen, öğrenciyi tanıdıktan sonra ailesinin meziyet ve zafiyetlerini de bilmekte, öğrencinin aile bağlarını giderek zayıflatıp Cemaat'e transfer etmektedir. Aileden kopan gencin grup aidiyeti oluşur, bir müddet sonra da Cemaat kimliğinin ayrılmaz bir parçası haline gelir. Cemaat'e kişilerin transfer edilmesinde kilit rolü oynarlar.

Rehber Talebeler

Belletmen ve Serrehberler, öğrenciler arasında Rehber Talebe seçerek tüm öğrencilerin nabzını tutar, takibini yapar. Bütün okullarda, Sınıf Rehber Talebesi uygulaması vardır. Özellikle yatılı okullarda bu uygulamayı zorunlu tutar. -sınıf/okul mümessiliği gibi-Rehber Talebe, sır tutma ve saklanmada ustadır. Bu öğrenci, kendisini ayrıcalıklı ve önemli hissettiği için Cemaat'e koşulsuzca, sorgusuzca bağlanır. Örgüt bu yolla; her okulun, her sınıfında yer alan öğrencileri, her yönüyle bilip ona göre strateji geliştirir. Yani eğitim çağındaki tüm gençler bir tür fişleme ile örgütün ağına takılmış olur.

PARALELİN PARALELLERİ

Hususiler

Fetullah Gülen veya üst yönetim katından gelen talimatları sorgulamadan, doğruluğunu veya akla uygunluğunu, dine uygunluğunu, hukuki olup olmadığını, ahlakiliğini tartışmadan; emredileni yapan, mutlak itaat ve tam teslimiyet gösteren özel kişilerdir.

Gülen'e doğrudan bağlı İmamlar eliyle yönetilen bu İmamlar; Mülkiye İmamı, Yargı İmamı, Polis İmamı, Ordu *(Asker)* İmamı, MİT İmamı, Milli Eğitim İmamı, Akademik Kadro İmamı, Basın-Yayın İmamı, Medya İmamı, Spor İmamı, Siyaset İmamı gibi İmamlar ordusundan oluşur.

Örgütün devlet kadrolaşmasında, devlet içi operasyonları yapmak için özel ve gizli birimleri vardır. Yukarıdaki yapılanmanın yanı sıra doğrudan örgütün en üst isimlerine ve Fetullah Gülen'e bağlı olarak en gizli işleri yaparlar. Bir tür örgüt içi örgüt gibidir. İçiçe geçmiş yapılardır ama gizlilik ve Mahrem İşler sözkonusu olduğunda birbirinden ayrılırlar.

Bu örgüt içi yapılanma, Mahrem İşler ile ilgilenen 'Özel Hizmet Birimi' *(Hususi Hizmet Birimi)* adıyla yapılanmıştır. Örgütün omurgasıdır ve örgütün bu kadar büyük bir güce ulaşmasında bu birim en büyük katkıyı yapmıştır.

Zübeyir Kındıra

Özel Hizmet Birimi, doğrudan Türkiye İmamı'na bağlıdır ve örgüt adına yürüttükleri tüm faaliyetler büyük bir gizlilik içerisinde sürdürülür. Kendileri de gizlilik perdesi arkasındadırlar. Kod isimleri vardır.

Özel Hizmet Birimleri'nin deşifre olmaması için birçok tedbir alınır. En temel önlem; hücresel yapılanmadır. Her birim kendi içerisinde hücresel bir yapılanmaya sahiptir. Bir örgüt mensubu en fazla bir üst sorumlusunu ve bir altında bulunan örgüt mensubunu tanır. Deşifre olduklarında yerleri değiştirilir. Bir diğer önlem ise kod isimler kullanmaktır. Bazen bir alt birimdekiler bile üst birim Abilerinin, İmamların gerçek adını bilmez, sadece kod isimlerini bilebilirdi. Örgüt üyeleri, kendi aralarında konuşurken, faaliyetin olduğu yer 'Mahrem Yer' diye anılır ve buradaki görevliler için de genel kod isimleri kullanır. Dinleme ve duyumlar ile örgütün hedefinin anlaşılması güçleştirilir. Bu kodlamaya örnek olarak şunlar sayılabilir:

Kara Kuvvetleri Komutanlığı: Kürşat Bey, Hava Kuvvetleri Komutanlığı: Hüseyin Bey, Deniz Kuvvetleri Komutanlığı: Dursun Bey, Jandarma Genel Komutanlığı: Cüneyt Bey, Milli İstihbarat Teşkilatı: Simit, Polis Akademisi Başkanlığı: Pa, Hâkim ve Savcı: Hasan Bey, Fetih Okutmak: Sınav sorusu vermek, Fetih Okuyan: Sınav sorularının verileceği örgüt üyesi, BBTM: Büyük Bölge Talebe Mesulleri, BTM: Bölge Talebe Mesulü, Erkek Zabıt Kâtibi: Zekai Bey, Bayan Zabıt Kâtibi: Zekiye Hanım, Mübaşir: Beşir Bey, İnfaz Koruma Memuru: Nafiz Bey..

Fetullah Gülen'in büyük önem verdiği bu Özel Hizmet Birimi *(Mahrem İşler)* tamamen bağımsız hareket eder. Yönetim kadrosu tarafından bilinen örgüt içerisindeki bu ayrıştırma, örgütün çözülmesini ve faaliyetlerinin deşifresini engellemek amacıyla tamamen karmaşık bir hale getirilmiştir. Yürütülen tüm faaliyetler sadece çalışmayı yapan ekip ile Türkiye İmamı ve ilgili Özel Birim İmamı tarafından bilinir.

Hususiler, Mahrem Hizmetleri yürütürken Gülen ya da Mahrem Hizmetler'den sorumlu olan çekirdek kadrodan bazı isimlerle kontak kurarlar. Bu Hususi İmamlardan sorumlu olan çekirdek kadronun bilinen bazı isimleri şunlar:

Abdulletif Tapkan -şimdi Polis İmamı- Cevdet Türkyolu -En üst yöneticilerden ve en kritik isimlerden biri. Örgütün, illegal alanlarından sorumlu. Fetullah Gülen'nin en Mahrem Sırlarını biliyor, örgütün arşivi ve örgütün illegal para kasasını tutuyordu. Fethullah Gülen'in korumalığını ve kuryeliğini de yaptı- Barbaros Kocakurt -Ege Bölge İmamı ve İzmir sorumlusu- Kudret Ünal -Aynı zamanda Gülen'in özel doktarlarından biri- Sait Aksoy -Bütün öğrenci yerleştirmesinin koordinesini yapıyor, askeri ve polis okullarına öğrenci teminini sağlıyordu- Mustafa Özcan, Şerif Ali Tekalan...

Polis İmamı

En önemli İmamlardan biridir. Sivildir. Ülkedeki tüm polislerin İmamı'dır. Türkiye İmamı'na bağlıdır ama Gülen ile en sık görüşen, en aktif İmam'dır.

Polisin; Polis Memuru, Rütbeli Amirler ve Müdürler İmamı ayrı ayrı olup Emniyet İmamı'na bağlı olarak çalışır. Polis Memurları İmamı Süleyman Uysal, yardımcısı ise Ali Çelik'tir. Çelik aynı zamanda Mustafa Özcan'la yakın irtibat halindedir. Süleyman Uysal, polisteki koordinasyonu sağlayan Cemaat'in Genel Sekreterliği'ni de yürüten Ramazan Akyürek, emniyetin hukuk işlerine bakan Osman Karakuş ve eski Personel Müdürü İbrahim Selvi'den de sorumluydu. Bu dört isim memurlarla ilgili tüm düzenlemeyi yapıyordu.

Her emniyet biriminin -şubenin- de kendi içerisinde küçük üniteler şeklinde yapılanması olur. Her şubenin, her büronun emniyet personeli olan sorumlu Abileri olur ve bu Abiler de sorumlu Sivil İmamlara bağlı olarak çalışırlar.

İlk Polis İmamı, ismi kamuoyuna ilk kez 1999 yılında *Fetullah'ın Copları*'nda açıklanan, Kemalettin Hoca kod isimli; Kemalettin Özdemir'di. Son Polis İmamı ise Kozanlı Ömer kod isimli;

Osman Hilmi Özdil'di. Özdil'in deşifre olması ve yurtdışına kaçmasının ardından öğretmen Abdulletif Tapkan bu makama getirildi. Ancak 15 Temmuz sonrası bu isim de deşifre oldu. 11 Ekim 2014'te yurtdışına kaçmıştı.

Bu İmamlara ilişkin, ayrıntılı olaylar ve bilgiler aktaracağız.

Polis Akademisi ve Polis Koleji ayrı ayrı yapılandırıldı. Bu iki polis eğitim kurumu özel öneme sahip ve örgütün ilk sıkı örgütlendiği; kadrolaşma alanında tüm deneyimlerini kazandığı eğitim kurumları oldu. Polis Akademisi ve Polis Koleji içerisinde emniyet hizmetleri sınıfı, personel ve öğretim kadrosundaki öğretmenler ayrı bir birimdir.

Polis Akademisi ve Polis Kolejlerinde yetişen şakirtler, makam ve mevki sahibi olduklarında devlet yerine, örgütün emir ve talimatlarını yerine getiren birer makine haline geldiler. Bu öğrenciler, emniyet müdürü seviyesine geldiklerinde örgütün her istediği operasyonu yapacak kıvama ulaştılar. Buradaki örgütlenme, benim de Polis Koleji'ne girdiğim -1979 ilk Hazırlık Devresi- yıllarda hız kazandı. Benim, bir kaç üst devre dönemime denk gelen kadrolaşma; 12 Eylül Darbesi sonrasında fütursuzca yapıldı. O tarihte örgütün Işıkevleri'nde şakirtleşen isimler, ilerleyen yıllarda ülkedeki en büyük illegal operasyonları yapan emniyet müdürleri oldular. Bu örgütlenmeye isimler bazında da *Fetullah'ın Copları*'nda ayrıntılı yer verdim. Bu kitapta o bilgileri biraz daha geniş şekilde göreceğiz.

Polisin merkez karargâhında yani Emniyet Genel Müdürlüğü'nde de örgütlenmeye önem veren Gülen örgütü, burada özel bir iç yapılanma modeli uyguladı. Personel Daire Başkanlığı, İstihbarat Daire Başkanlığı, Terörle Mücadele Daire Başkanlığı, Kaçakçılık ve Organize Suçlarla Mücadele Daire Başkanlığı gibi önemli daire başkanlıkları da; ayrı ayrı, çok titiz ve gizlilik içerisinde yapılandırıldı.

Özellikle İstihbarat Dairesi, örgütün özel önem verdiği yerdi. Burayı 80'li yılların ortasında ele geçiren örgüt; şakirtlerinden başka kimsenin bu birime girmesine izin vermedi; uzun yıllar tüm istihbaratı kontrolü altında tuttu. Ve illegal dinlemeler ile tüm ülkenin nabzı elinde olarak; en gizli ve hain operasyonlara zemin hazırladı ve gerçekleştirdi.

Polis İmamı, Copları ve faaliyetlerini kitabın ikinci bölümünde ayrıntılı olarak anlatacağız...

Asker İmamı

Tıpkı polis örgütlenmesi gibi 1980'li yıllarda örgütlenme başladı. Zeki ve fakir öğrencileri tespit eden örgüt, bu öğrencileri örgüte kazandırıp askeri liselere yerleştirdi. Harp okullarına, askeri liselerden çok örgütün yetiştirdiği sivil liselerden gelen öğrenciler yerleştirildi. Örgüt; Deniz, Kara ve Hava Harp Okullarına eşit bir şekilde öğrenci yerleştirmeye çalıştı. Bu örgütlenmenin tarihsel sürecini *Mustafa Önsel'in Ağacın Kurdu* isimli kitabında ayrıntılı bir şekilde bulabilirsiniz. Asker İmamı da sivildir ve doğrudan Türkiye İmamı'na bağlı çalışır. Gülen'le özel irtibattadır.

Askerin tüm örgütlenmesinden, öğrenci temininden ve İmamlardan sorumlu Şura üyesi Sait Aksoy'dur.

TSK İmamı ise Ali Bayram'dır.

Hava Kuvvetleri İmamı ise Adil Öksüz'dü. Kendisi de Suat Yıldırım'ın yetiştirmesi bir Molla olan Öksüz, görevi Hamrullah Öztürk'den -Firari- devraldı. 15 Temmuz'u Akıncı Üssü'nden idare eden isim olan ve ifadesini alan Savcıyı "Tarla bakmak için orada olduğuna" inandıran (!) Öksüz ile ilgili çok iddia var. Bunlardan biri de MİT elemanı olduğu, AKP-Cemaat kavgası başladıktan sonra MİT tarafından elemanlaştırıldığı yönünde.

CHP Genel Başkanı Kemal Kılıçdaroğlu, "Adil Öksüz'le ilgili bir konu var. Açıklayıyım mı?" diye soruyor son günlerde... Ancak ne olduğunu açıklamıyor. Sanırım Kılıçdaroğlu'nun dilinin altındaki bakla, Adil Öksüz'ün MİT elemanı olup olmadığına ilişkin bu iddia. Muhtemeldir ki elinde de bir belge var. Kılıçdaroğlu'nun açıklamadığı o belgeyi biz açıklayalım ve soralım:

Bu doğru mu?

ANGAJE FORMU

Fotoğraf

ELEMAN NO	:
BAŞKANLIĞI	: İstihbarata Karşı Koyma Başkanlığı
BLG/ŞB/TEM/BÜRO	: Kamu Güvenliğine Yönelik Faaliyetler Şb.
KONUSU	: PDY-PÖ
HEDEFİ	: PDY-PÖ
İŞİ	: Sakarya, Sakarya Üniversitesi Öğretim Görevlisi

1. ŞAHIS KİMLİK BİLGİLERİ

ADI,SOYADI	: Adil ÖKSÜZ
TAKMA ADI	: Timsah
KATEGORİSİ	: Ajan
ANGAJE TARİHİ	: 10/09/2014
FAALİYET YERİ	: TÜRKİYE
PARA CİNSİ	: -
PARA MİKTARI	: -

2. ANGAJE İLE İLGİLİ HUSUSLAR

(A) ANGAJE TEKLİFİNİ NE ŞEKİLDE KARŞILADIĞI VE ŞARTLARI:
Angaje teklifine olumlu cevap vermiş ve herhangi bir şart ileri sürmemiştir.

(B) HİZMET KARŞILIĞI İSTEKLERİ:
Yasal koruma sağlanması talebinde bulunmuştur.

(C) YAPILAN VAADLER VE VERİLECEK PARA:
Sürecin gelişimine göre yasal ve fiziki koruma sağlanmasında ayrıca aldığı risk göz önüne alınarak maddi olarak desteklenmesinde fayda mütalaa edilmektedir.

(D) TEŞKİLATA AİT EDİNDİĞİ BİLGİLER:
Şb.Md. Mehmet DÜZGÜN'ü takma adı ile tanımakta olup, ayrıca görüşme amacıyla kullanılan Teşkilat aracını ve S/H'sini bilmektedir.

(E) MOTİFİ:
"Menfi kontrol unsurları" ve "Maddi"

3. ANGAJE'Yİ YAPAN PERSONEL BİLGİLERİ

ADI,SOYADI	: Mehmet DÜZGÜN
GÖREV/MASKE	: Kullanılmamıştır
TAKMA ADI	:
SİCİLİ	: M-9584

Form El.4

4. TASDİK BÖLÜMÜ

(ŞB/BLG.MD.)
ADI,SOYADI : Mehmet DÜZGÜN
ÜNVANI : Şb.Md.
İMZASI/SİCİLİ : M-958

Angajesi uygun mütalaa edilmektedir, Arzı.

Angajesi Uygundur

SELAHATTİN ASAL
İKK BAŞKAN V.
M-6872

Form El.4

Belki MİT'ten bir açıklama gelir...

Deniz Kuvvetleri İmamı, Kudret İnal'dı.

Kara Kuvvetleri İmamı, Kurmay Albay Bilal Akyüz'dü. 15 Temmuz sonrası tutuklu. Akyüz, Adil Öksüz ve Ali Bayram'a bağlıydı.

Jandarma İmamı, Şemsi Zafer Yalçın'dı. 15 Temmuz sonrasında ABD'ye kaçtı. Gülen'in karargâhında. Hakkında yakalama kararı var.

"Selçuk" kod ismiyle bilinen Suat Yiğit, Albay-Yarbay rütbesinde olan komutanların Abisiydi. 28 Eylül 2015'te yurtdışına kaçtı.

GATA İmamı Rıdvan Akovalı, aynı zamanda örgütün evlerinde yetişen öğrencilerin Polis Akademisi, Polis Koleji, askeri liseler ve okullara, harp okulları ve akademilerine girmesini organize eden isimdir. Akovalı bu düzenlemede; hile, soru çalma, sınav heyetine sızma gibi her türlü yöntemi uyguladı. Akovalı, polislerin çocukyarını askeri okullara, askerlerin çocuklarını da polis okulları ve Mülkiye'ye yönlendiriyordu. KHK ile meslekten atılan, on beş 1. Sınıf Emniyet Müdürü'nün çocuğunun TSK'nın okullarında okuduğu saptandı. Emniyet Müdürü Zeki Çatalkaya'nın oğlu ile ilgili bir ihbarı araştıran polis müfettişleri, soruşturmayı genişletince Cemaat'in bu yöntemini de çözdüler.

Darbeci Sivil İmamlar

Darbe gecesi Akıncı Üssü'nde Adil Öksüz'ün yanında bulunan 4 sivil kişi daha vardı. Bu kişiler de askerin çeşitli birimlerinden sorumlu İmamlardı. Öksüz'e bağlı çalışıyorlardı.

Bu kişilerden Kemal Batmaz, darbenin ön hazırlık çalışmalarını koordine etti. Akıncı Hava Üs Komutanı Tuğgeneral Hakan Evrim'in darbe gecesi baş selamı verdiği Batmaz, üst düzey İmamlardan biri.

Batmaz'ın yanında üsse getirdiği Harun Biniş ise Cemaat'in bilişim alanındaki tüm kirli işlerini yapan kişi. ODTÜ yerleşkesindeki Teknokent'te faaliyet gösteren ancak Cemaat tarafından 'batırılan' Milli Gemi Projesinin önemli yazılımcısı Milsoft'ta çalıştı. Ardından Kaynak Holding'e bağlı, Sürat Bilgisayar İnternet Çözümleri şirketinde Grup Yöneticisi olarak görev yaptı. Buradan TİB'e geçti ve buradaki yapılanmayı yürüttü. TİB'in tüm dinleme ve teknik işlemlerini yapan işletim sistemini Hamiş aldı ve kurdu.

TİB'e kendisini getiren ve üst düzey yöneticilik veren kişi Basri Aktepe'ydi. Fetullahçı Polisler listesinde adı bulunan devre arkadaşım Aktepe, Polis İstihbarat'tan TİB'e Başkan Yardımcısı olarak atandı. Aktepe, Recep Tayyip Erdoğan'ın sağkoluydu. Türkiye'deki tüm gizli dinlemeleri yapan ekibin başıydı. Aktepe daha sonra Erdoğan tarafından MİT Daire Başkanı yapıldı. Tüm istihbarat dinlemelerinin başına getirildi. Ancak 17-25 Aralık operasyonu sonrasında pasifize edildi. Sonra meslekten atıldı. Şimdi tutuklu. İşte bu Hamiş, bu Aktepe'nin elemanıydı. Basri Aktepe, süreçteki en kilit isimlerden biridir. Aktepe ile ilgili daha ayrıntılı bilgileri sonraki bölümde vereceğiz.

Hakan Hamiş, dönemin Başbakanı Erdoğan ve bakanların kriptolu telefonlarının dinlendiğinin ortaya çıkması üzerine açılan soruşturmada şüpheli konumdaydı. İşten el çektirildi. Kayıplara karışan Hamiş, ABD'ye Hocasının yanına gitti. Darbe girişiminden bir süre önce yurda dönerek, darbenin organizasyonunda çalıştı.

Akıncı'daki bir başka İmam ise Anafartalar Kolejleri'nin sahibi Hakan Çiçek'ti. Çiçek, Gülen'in ilk Askeri İmamlarından biriydi. Etkin görevde bulunuyordu.

Ve bir başka İmam Nurettin Oruç da Akıncı Üssü'nde darbe girişimini idare edenlerdendi. Kendisini 'filmci' olarak tanıttı. Oraya da film çekmeye gitmiş!

Zübeyir Kındıra

Darbeci Generaller

Darbeye katılan ve girişim başarısız olunca yakalanıp tutuklanan 168 amiral ve general düzeyinde olmak üzere 6 bin 325 isim var. Ayrıca 9'u general düzeyinde 288 kaçak rütbeli var. Daha alt rütbelerde onbinlerce isim olduğu tahmin ediliyor. Hâlâ tespit ve yakalama çalışmaları devam ediyor.

Firariler arasında PKK'ya sığınan da, bulunduğu yabancı ülkeden geri gelmeyen de var. Birçoğu izini kaybettirdi. Kaçakların bazılarının ise nerede olduğu biliniyor. Örneğin; darbe girişiminden sonra TSK'dan ihracına karar verilenler arasında bulunan eski Tümamiral Mustafa Zeki Uğurlu, ABD'de ve bu ülkeden sığınma talep etti. Firari generallerden bazıları şöyle:

Eski Gölcük Deniz Ana Üs Komutanı Tümamiral Hayrettin İmran, eski Kuzey Grup Görevi Komutanı Tuğamiral Ayhan Bay, eski Güney Grup Görevi Komutanı Tuğamiral Nazmi Ekici, Tuğgeneral Mehmet Nail Yiğit, Tuğgeneral Ali Kalyoncu, Tuğamiral Ali Suat Aktürk, Tuğamiral Hayrettin İmran, Tuğgeneral Mehmet Zeki Kıralp ve Tuğamiral İrfan Arabacı.

KHK ve İddianamelere yansıyan üst rütbeli Asker-İmam ve şakirtlerin listesi şöyle:

"Orgeneral Adem Huduti -2'inci Ordu Komutanı- Orgeneral Akın Öztürk -eski Hava Kuvvetleri Komutanı- Koramiral Ömer Faruk Harmancık -İstanbul Kuzey Deniz Saha Komutanı- Korgeneral Erdal Öztürk, Korgeneral İlhan Talu -Genelkurmay Başkanlığı Personel Başkanı- Korgeneral Metin İyidil -Kara Kuvvetleri Eğitim ve Doktrin Komutanlığı (EDOK) Muhabere ve Muhabere Destek Eğitim Komutanı, İyidil'in, Genelkurmay Başkanı ve kuvvet komutanlarının özel kalem müdürlerinin atanmasından, karargâhtaki kurmay subayların kritik görevlere getirilmesine kadar birçok atama kararına etkisinin bulunduğu, terör örgütü üyelerinin TSK içindeki yapılanmasına katkı sağladığı ileri sürülüyor.- Korgeneral Mustafa Özsoy -Genelkurmay İstihbarat Başkanı- Korgeneral Salih Ulusoy, Korgeneral Yıldırım Güvenç -Kara Kuvvetleri Komutanlığı Lojistik Komutanı- Korgeneral Bahadır Köse -Genelkurmay Harekat Başkanı- Tümamiral Hakan Üstem -Sahil Güvenlik Komutanı- Tuğamiral Erdal Ergün -Ege Ordusu Komutanlığı Kurmay Başkan Yardımcısı- Tuğamiral Gökhan Polat -Erdek Deniz Üs Komutanı- Tuğamiral Halil İbrahim Yıldız -Amfibi Deniz Piyade Tugay Komutanı- Tuğamiral Hasan Doğan -Karadeniz Bölge ve Garnizon Komutanı- Tuğamiral Hasan Kulaç -Deniz Kuvvetleri İkmal Daire Başkanı- Tuğamiral İhsan Bakar -Deniz Kuvvetleri Komutanlığı Harekat Eğitim Başkanı- Tuğamiral Muhittin Elgin -Deniz Kuvvetleri Komutanlığı MEBS Başkanı- Tuğamiral Murat Şirzai -Deniz Kuvvetleri Komutanı İstihbarat Başkanı- Tuğamiral Namık Alper Aksaz -Deniz Üs Komutanı- Tuğamiral Nejat Atilla Demirhan -Mersin Garnizon ve Akdeniz Bölge Komutanı- Tuğamiral Oğuz Karaman -Deniz Kuvvetleri Komutanlığı Plan Prensipler Başkanı- Tuğamiral Ömer Mesut Ak, Tuğamiral Serdar Ahmet Gündoğdu -Çanakkale Boğaz ve Garnizon Komutanı- Tuğamiral Tezcan Kızılelma -Deniz Hava Üs Komutanı- Tuğamiral Yaşar Çamur -Foça Batı Görev Grup Komutanı- Tuğgeneral Abdulkerim Ünlü -51'inci Motorlu Piyade Tugay Komutanı- Tuğgeneral Adem Boduroğlu -Kara Kuvvetleri Komutanlığı Cari Harekat Başkanı- Tuğgeneral Adnan Arslan -Tokat Jandarma Bölge Komutanı- Tuğgeneral Ahmet Bican Kırker -Kara Kuvvetleri Komutanlığı Personel Plan Daire Başkanı- Tuğgeneral Ahmet Biçer, Tuğgeneral Ahmet Otal -Hakkari Dağ ve Komando Tugay Komutanı- Tuğgeneral Ahmet Şimşek -Siirt 3'üncü Komando Tugay Komutanı- Tuğgeneral Ali Avcı -14'üncü Mekanize Piyade Tugay Komutanı- Tuğgeneral Ali Osman Gürcan -Çakırsöğüt Jandarma Komando Tugay Komutanı- Tuğgeneral Ali Rıza Çağlar -Kara Kuvvetleri Komutanlığı Eğitim Daire Başkanı- Tuğgeneral Ali Salnur -Şemdinli 34'üncü Tugay Komutanı- Tuğgeneral Alpaslan Çetin -Genelkurmay Harekat Plan Başkan Yardımcısı- Tuğgeneral Arif Settar Afşar -Tatvan 10'uncu Komando Tugay Komutanı- Tuğgeneral Aydemir Taşçı -Hava Kuvvetleri Komutanlığı İstihbarat Başkanı- Tuğgeneral Bekir Ercan -10'uncu Tanker Üs Komutanı Hava Pilot- Tuğgeneral Bekir Koçak -55'inci Mekanize Piyade Tugay Komutanı-

Tuğgeneral Birol Şimşek -Zonguldak Garnizon Komutanı, Darbecilerin 400 kişilik yönetim kadrosunuda "Sıkıyönetim Bölge Komutanı" olarak adı geçti- Tuğgeneral Cemal Akyıldız, Tuğgeneral Cemalettin Doğan -65'inci Mekanize Piyade Tugay Komutanı- Tuğgeneral Cihat Erdoğan -Çukurca 2'inci Hudut Tugay Komutanı- Tuğgeneral Deniz Kartepe -8'inci Ana Jet Üssü Komutanı- Tuğgeneral Ekrem Çağlar -3'üncü Ordu Harekat Kurmay Başkanı- Tuğgeneral Emin Ayık -7'nci Ana Jet Üs Komutanı- Tuğgeneral Erdem Kargın Ardahan -Garnizon ve 25'inci Hudut Tugay Komutanı- Tuğgeneral Erhan Caha -Kara Kuvvetleri Komutanlığı Kuvvet Geliştirme Teşkilat Başkanı- Tuğgeneral Ersal Ölmez, Tuğgeneral Eyyüp Gürler, Tuğgeneral Faruk Bal -Kastamonu Jandarma Bölge Komutanı- Tuğgeneral Fatih Celaleddin Sağır -5'inci Piyade Er Eğitim Tugay ve Sivas Garnizon Komutanı- Tuğgeneral Fikri Özgür, Tuğgeneral Güneşer -Bolu 2'nci Komando Tugay Komutanı- Tuğgeneral Hakan Eser -Hava Eğitim Komutanlığı Kurmay Başkanı- Tuğgeneral Hakan Evrim Akıncı -4'üncü Ana Jet Üssü Komutanı- Tuğgeneral Hasan Polat -39'uncu Mekanize Piyade Tugay Komutanı- Tuğgeneral Hayrettin Kaldırımcı -Genelkurmay Adli Müşaviri- Tuğgeneral Hidayet Arı -54'üncü Mekanize Piyade Tugay Komutanı- Tuğgeneral İmdat Bahri Biber, Tuğgeneral İrfan Can, Tuğgeneral İshak Dayıoğlu -9'uncu Ana Jet Üs Komutanı- Tuğgeneral İsmail Gürgen -18'inci Mekanize Piyade Tugay Komutanı- Tuğgeneral İsmet Gökhan Gülmez -Afyonkarahisar İkmal ve Garnizon Komutanı- Tuğgeneral Kamil Özhan Özbakır -Denizli Garnizon ve 11'inci Komando Tugay Komutanı- Tuğgeneral Kemal Akçınar -darbenin başarılı olması durumunda Ankara Valiliğine atanacaktı- Tuğgeneral Kemal Mutlum -Hava Kuvvetleri Komutanlığı Hava Savunma Komuta Kontrol Başkanı- Tuğgeneral Kerim Acar -Kara Harp Okulu Dekanı- Tuğgeneral Mehmet Arif Pazarlıoğlu -Genelkurmay Komuta Kontrol ve Hava Füze Savunma Başkanı- Tuğgeneral Mehmet Nail Yiğit -66'ncı Mekanize Tugay Komutanı, darbe girişiminden bir gün önce Yeşilköy Hava Harp Okulu'nda 20 general ve subayın yer aldığı toplantıya katılan Yiğit hakkında yakalama kararı var.- Tuğgeneral

Şeytanın İmamları

Mehmet Ozan -1'inci Zırhlı Tugay Komutanı- Tuğgeneral Mehmet Partigöç -Genelkurmay Personel Plan Yönetim Başkanı- Tuğgeneral Mesut Savaş Akçay -6'ncı Motorlu Piyade Tugay Komutanı- Tuğgeneral Metin Alpcan -20'nci Zırhlı Tugay Komutanı- Tuğgeneral Murat Aygün Polatlı -58'inci Topçu Er Eğitim Tugayı Komutanı- Tuğgeneral Murat Soysal -Gaziantep 5'inci Zırhlı Tugay Komutanı- Tuğgeneral Murat Yetkin -9'uncu Komando Tugay Komutanı- Tuğgeneral Mustafa Kaya -Antalya 3'üncü Piyade Eğitim Tugay ve Garnizon Komutanı- Tuğgeneral Mustafa Kurutmaz -Isparta Garnizon Komutanı- Tuğgeneral Mustafa Rüştü Çelenk -6'ncı Ana Jet Üs Komutanı Hava Pilot- Tuğgeneral Mustafa Serdar Sevgili -2'nci Ordu İdari Kurmay Yardımcı Başkanı- Tuğgeneral Mustafa Yılmaz -Amasya 15'inci Piyade Eğitim Tugay Komutanı- Tuğgeneral Mehmet Şükrü Eken -Samsun Garnizon Komutanı- Tuğgeneral Nihayet Ünlü Edremit -19'uncu Motorlu Piyade Tugay Komutanı- Tuğgeneral Orhan Gündüz -Hava Savunma Okulu ve Eğitim Merkezi Komutanı Hava Pilot- Tuğgeneral Osman Nadir Saylan -Amfibi Okullar Komutanı- Tuğgeneral Osman Nadir Saylan -İstihkâm Okulu ve Eğitim Merkezi Komutanı- Tuğgeneral Osman Nadir Saylan -Ege Deniz Bölge Komutanı- Tuğgeneral Özkan Aydoğdu, Tuğgeneral Recep Sabri Özatak -Hava Kuvvetleri Komutanlığı Sistemler Başkanı- Tuğgeneral Recep Ünal -1'inci Birleştirilmiş Hava Harekât Merkezi ve JFAC Komutanı Hava Pilot- Tuğgeneral Sadık Köroğlu -Jandarma Okullar Komutanı- Tuğgeneral Salih Kırhan -70'inci Mekanize Piyade Tugay Komutanı ve Garnizon Komutanı- Tuğgeneral Savaş Beyribey -Van 16'ncı Mekanize Piyade Tugay Komutanı- Tuğgeneral Şenol Alkış -Kara Kuvvetleri Astsubay Meslek Yüksekokulu Komutanı- Tuğgeneral Timurcan Ermiş -Konya Jandarma Bölge Komutanı- Tuğgeneral Uğur Şahin -Genelkurmay Personel İşlem Daire Başkanı- Tuğgeneral Veyis Savaş -Gaziemir Hava Sınıf Okulları Komutanı- Tuğgeneral Yavuz Ekrem Arslan -Manisa Garnizon Komutanı- Tuğgeneral Yunus Kotaman -Bingöl 49'uncu Komando Tugayı Komutanı- Tuğgeneral Yüksel Gönültaş -59'uncu Topçu Eğitim Tugayı Komutanı- Tümamiral Ali Murat Dede -Deniz Kuvvetleri Komutanlığı Denetleme Değerlendirme Başkanı- Tümamiral Sinan Azmi Tosun, Tümgeneral Abdullah Baysar -23'üncü Jandarma Sınır Tümen Komutanı-Tümgeneral Ahmet Cural -Hava Teknik Okulları Komutanı- Tümgeneral Avni Angun -2'nci Ordu Kurmay Başkanı ve Garnizon Komutanı- Tümgeneral Cevat Yazgılı -Hava Kuvvetleri Komutanlığı Personel Başkanı- Tümgeneral Fethi Alpay, Tümgeneral Gökhan Şahin Sönmezateş -Çiğli 2'nci Ana Jet Üs Komutanlığında görevli. Darbe girişimi sırasında, Cumhurbaşkanı Recep Tayyip Erdoğan'ın ayrılmasının ardından, Marmaris'te konakladığı otele düzenlenen saldırıda helikopterden operasyonu yönetti.- Tümgeneral Halil İbrahim Ergin -Yüksekova 3'üncü Piyade Tümen Komutanı- Tümgeneral Halit Günbatar, Tümgeneral Haluk Şahar, Tümgeneral İsmail Yalçın -Kayseri Garnizon Komutanı Hava Pilot-Tümgeneral Mehmet Akyürek -Balıkesir Garnizon ve Okullar Komutanı- Tümgeneral Mehmet Dişli -Genelkurmay Stratejik Dönüşüm Başkanı- Tümgeneral Mehmet Özlü, Tümgeneral Memduh Hakbilen -Ege Ordusu Kurmay Başkanı. Darbenin İzmir Sıkıyönetim Komutanı- Tümgeneral Metin Akkaya -Eğirdir Dağ Komando Okulu ve Eğitim Merkez Komutanı- Tümgeneral Mustafa İlter -Ulaştırma Personel ve Eğitim Komutanı- Tümgeneral Osman Ünlü -Polatlı Topçu ve Füze Okulu Komutanı- Tümgeneral Salih Sevil -NATO Kara Komutanlığı Kurmay Başkanı- Tuğgeneral Mehmed Nuri Başol -57'nci Topçu Tugay Komutanı- Tümgeneral Serdar Gülbaş, Tümgeneral Suat Murat Semiz -Muharip Hava Kuvveti ve Hava Füze Savunma Komutanı Kurmay Başkanı- Tümgeneral Şaban Umut -Hava Pilot-

Askerdeki Gücüne İnanılmadı

Gülen'in Hususi Birimler arasında en fazla önem verdiği yer TSK'dır. Bu nedenle en önemli İmamlardan biri de Asker İmamı'dır. Polis gibi siyasi etkiye çok açık durmayan, medya ve kamuoyunun radarından uzakta kalan TSK içindeki şakirtler, uzun yıllar gizli kalabilmiş, üst rütbelere kadar kendilerini gizleyerek çıkabilmiştir.

TSK, örgütün polisle birlikte örgütlenmeye başladığı bir alandı. 1980'li yıllarda askeri liselere el atılmıştı. İlk örneklerden biri -Ayrıntıları ilk kez *Fetullah'ın Copları*'nda s.349 yazıldı.- Maltepe Askeri Lisesi öğrencilerinin Işıkevleri'nde yakalanmasıydı. O tarihte gazetelere küçük haber olmuştu. Ancak bu olay kamuoyu ve yetkililer tarafından çabuk unutuldu. Gülen ise unutmadı. O tarihten sonra asker şakirtlerine daha özel bir gizlilik uyguladı. Kendisiyle sohbete, görüşmeye gelen askerleri ayrı bir kapıdan, kimsenin görmeyeceği şekilde yanına alıyordu. Yıllar içinde kadrosunu büyüttü, geliştirdi ve güçlendirdi. Ergenekon Kumpası başta, askerlerle ilgili tüm davalar sırasında, özellikle askeri savcı ve hâkim elemanları kanalıyla bu davalara yön verdi.

TSK'da bu kadar büyük oranda bir örgütlenme olduğuna birçok kimse inanmamaktaydı. 15 Temmuz Kalkışması bu nedenle bazıları için şaşırtıcı oldu. Oysa itirafçılar, TSK örgütlenmesinin yüzde 70'in üzerinde olduğunu MİT ve devletin diğer yetkililerine bildirmişti. Adil Öksüz dâhil birçok İmam'ın adı da istihbarat birimlerince tespit edilmişti.

Ancak bu süreçte herkes uyudu. 15 Temmuz sonrasında, emniyet içinde konuştuğum yetkili, "Biz temizliğe başladıktan sonra örgütün paniklediğini ve kurtuluş için darbe yapmaya kalkışacağını anladık. Ancak tarihini bilmiyorduk." dedi. Aslında bir kalkışma haberi aylar öncesinden alınmıştı. Bunu emniyet merkez birimi biliyorsa, devletin üst düzeyi de biliyor olmalı.

Zamanla toplum daha fazla bilgilendirildiğinde ve çok önemli ayrıntılar paylaşıldığında net bir hüküm verme olanağına sahip olunacak. 15 Temmuz'un oluşumu ve gelişimi hakkında çok ciddi soru işaretleri bulunuyor. Başlangıçtan itibaren başarısızlığa mahkûm bir kalkışma olduğu ve sonrasındaki "Allah'ın lütfu" söylemiyle iktidarı da mutlu ettiği yorumlarına neden olan bu kalkışma ile ilgili sonuçları nedeniyle büyük şüpheler var. Bu çekinceyle, örgütün faaliyetleri ve etkin olan isimleri incelendiğinde şunlar ön plana çıkıyor:

Kalkışmanın Tarihi-Bylock

17-25 Aralık sonrasında yapılan 'temizlik', örgütün kılıçları çekmesine neden olmuştu. Bu aşamada örgütün çılgın bir eyleme kalkışacağı tahmin edilmişti. Ancak tarih bilinmiyordu.

Örgütü bu çılgın kalkışmaya iten iki temel olay yaşandı. Birincisi Bylock:

15 Temmuz'dan sonra ünlü olan Bylock, örgütün haberleşme kanalıydı. Yine bir örgüt mensubu tarafından yazılmış, hazırlanmış ve örgüte özel bir hale getirilmişti. Kod ismi Tilki, asıl adı Atalay Candelen olan bu şakirtin, İtalyan Hacking Team firmasından, dinleme cihazlarını, şirketi Datalink ve Base aracılığıyla alıp Emniyet Genel Müdürlüğü'ne 600 bin dolara satan kişi olduğu da ortaya çıktı. Tilki, MHP'lilere kaset kumpası ve Haydar Meriç cinayetinde adı geçen firari işadamı Faruk Bayındır ile Cemaat üyeliğinden tutuklu eski AKP milletvekili İlhan İşbilen'in de ortağı çıktı. Bu şirketin, Fethullah Gülen'in sekreteri Recep Uzunallı'dan bu isimlere devredildiği de kayıtlarda yer aldı.

İşbilen kimdi?

Haydar Aliyev'in "Benim iki oğlum var. Birisi İlham, diğeri İlhan." diyeceği kadar kendisine yakın gördüğü ve Gülen'in 1992 ABD ziyaretinden sonra Azerbaycan'da Aliyev'i iktidara taşıyan örgütün çok etkin olmasını sağlayan İlhan İşbilen, Fetullah Gülen'in özel olarak seçip yetiştirdiği İmamlardan biri. Mahrem Hizmetler'in, illegal boyutunun ilk İmamı'ydı. İstihbarat ve devletin kritik kurumlarındaki özel yapıyı İşbilen hazırladı. Daha sonra hazırladığı bu yapı Polis İmamı Kemalettin Özdemir'e devredildi. İşbilen buna içerledi. Kırgınlığı, Cemaat'in milletvekili kontenjan listesine alınarak giderildi. O tarihten sonra Siyaset İmamı olarak bilindi.

Bylock yazılımını Tilki yapmış ama sahipliğini bir yabancı, David Keynes üstlenmişti. Usta ve iyi bir araştırmacı olan Gazeteci İsmail Saymaz, bu programın sahibini bulup röportaj yaptı ve programla ilgili ayrıntıları kamuoyuna açıkladı.

Bylock kriptolu bir program. Fetullah Gülen'in "Tüm üyeler Bylock programı üzerinden görüşmeler yapsın, normal telefonla görüşme yapanlar hizmete ihanet etmiş olur." talimatı üzerine örgüt mensupları tarafından kullanılmaya başlandı. Örgüt içi haberleşme ve talimat alıp verme işleri uzunca bir süre bu kanaldan yapıldı.

Program, ancak flash bellek ile kurulum dosyasını telefona kopyalama ile kullanılmaya başlanabiliyordu. Ayrıca mesajlar izi sürülmemesi için özel silme-silinme özelliğini barındırıyordu. Sistem üzerinden gönderilen mesajlar alıcı tarafından silinmemiş ise sistem tarafından otomatik olarak siliniyordu. Ayrıca gönderici mesajı gönderdikten sonra silerse, alıcı mesajı okuduktan sonra sistem yine mesajı otomatik olarak siliyordu. Yani bu program sayesinde örgüt içi haberleşmenin izi sürekli silinerek, sürdürülüyordu.

Gerek giriş şifresi oluşturulduktan sonra Türkiye dışında başka bir ülkenin sunucusu (sörvırı) üzerinden bağlantı sağlanması, gerekse örgüt üyesi birkişinin programı flash bellek ya da bluetoth yoluyla vermesiyle programa erişim mümkün olduğu için; örgütten olmayan kişilerin programı kullanması mümkün olmuyordu.

Başka bir deyişle bu programı kullandığı tespit edilen herkes örgüt üyesi olmalıydı.

Deşifreyi Öğrendi

MİT, 17/25 Aralık sonrasında Cemaat'i mercek altına almış ve gizli haberleşmeyi Bylock üzerinden yaptığını tespit etmişti. Bylock'un servis sağlayıcısı olan firma ile görüşüp, fahiş bir fiyat teklif ederek sunucunun bulunduğu merkezi satın aldı.

Merkezin tümünü satın alarak asıl hedefini gizleyen MİT, sunucudan Bylock'u çözmeye başladı. Bu sırada çözüm yapan ekipte Cemaatçiler de vardı. Yapılan çözüm, Emniyet İstihbarat'a da gönderildi.

Emniyet İstihbarat tümüyle Cemaat'in elindeydi. Copların cirit attığı bu birimde Bylock listeleri ile uğraşan bilgisayarcılardan sekizi daha sonra örgüt üyeliğinden gözaltına alındı. Listeler geldikten sonra şakirtler durumu hemen Pensilvanya'ya bildirdi. "Deşifre olduk, hemen önlem alınmalı." mesajını alan Gülen'in talimatı ile örgüt üyelerinin tümü Bylock sistemini terk etti. Ama iş işten geçmişti.

Gülen, zaten darbe için hazırlık aşamasındaydı. Harekete geçirmediği, daha ileri bir tarih için beklettiği ordudaki uyuyan hücrelerini uyandırdı. Gülen'in darbe girişimini erkene alma kararının ilk nedeni buydu.

Girişimi erkene almanın bir diğer nedeni ise Yüksek Askeri Şura *(YAŞ)* toplantısıydı. YAŞ öncesinde, TSK Karargâhı, Cemaat mensuplarının büyük çoğunluğunu tespit etti. Bunlarla ilgili tasfiye kararı alındı. Buna ilişkin bir liste hazırlandı. Erdoğan'a liste sunulacak ve TSK içindeki Cemaatçiler temizlenecekti. Liste, Genelkurmay Başkanı Hulisi Akar'a ulaştırıldı. Listeyi makama sunanlar tabii ki sonradan tutuklanan, özel kalem ve yaverdi. Listenin fotokopisini aldılar. Zaten listenin hazırlanması sırasında da isimleri biliyorlardı. Liste Pensilvanya'ya da ulaşınca panik başladı.

Bylock listesiyle deşifre oldukları andan itibaren 'Akıl Babaları' ile darbe yapma üzerinde tartışan Gülen, düğmeye bastı. Hazırlıklar hızlandırıldı ve YAŞ'ın hemen öncesi, 15 Temmuz gecesi için darbe kararına varıldı.

MİT'e Gelen İhbar

Girişimin tarihi erkene alınmıştı. Ama saati de erkene almak zorunda kaldılar. Aslında gece yarısı harekete geçilecek ve sabah 03.00'da darbe ilan edilecekti. Ama durumu değiştiren bir ihbar oldu. O gün MİT'e bir Binbaşı giderek, MİT'e ve MİT Başkanı Hakan Fidan'a yönelik bir saldırı olacağını haber verdi. Kendisinin de içinde bulunduğu birlikten iki helikopterin MİT yerleşkesine ateş açacağına dair duyumunu iletti. MİT de bu bilgiyi Genelkurmay Başkanı Hulisi Akar ile paylaştı.

Saat 12.44'te bilgi alınıp, Genelkurmay Başkanlığı ile MİT Müsteşar Yardımcısı kanalıyla kontak kuruldu. Akar, o saat itibariyle birliklere; "Tank çıkmayacak, uçak kalkmayacak." emri verdi. O gün 16.30 civarında MİT Müsteşarı Genelkurmay'a giderek duruma müdahil oldu. Ortada garip bir durum vardı. MİT yerleşkesine iki helikopter ile saldırı yapılması aslında sadece darbe ortamında mümkün olabilirdi. Bu durumu değerlendirmek hiç de zor olmamalı. Ancak nedense saat 16.30'a kadar beklendi.

Kızar Diye Israr Etmemiş

Marmaris'te bulunan Cumhurbaşkanı Erdoğan'a da ulaşılmaya çalışıldı. Darbe girişiminden bir süre sonra özel bir görüşmede, MİT Müsteşarı Fidan'ın söyledikleri oldukça ürkütücü. Fidan'dan aktarılan bu bilgilere göre; Fidan saldırı bilgisi vermek amacıyla aradığında Erdoğan dinleniyormuş. Israr etmemiş ve bir süre sonra yine aramayı planlamış. Ancak aramamış. Neden aramadığını aynen kendi cümlesiyle aktaralım:

"Tayyip Beyi biliyorsunuz biraz serttir. Uyandırıp bana yönelik bir saldırı olacağı bilgisini versem; dönüp bana 'kendi k.... kendin topla. Senin k.... ı her seferinde ben mi kurtaracağım?" diyebileceğini düşündüm. Ben kendim olayı çözeyim, rahatsız etmeyeyim, diye bir daha aramadım. Olayın darbe girişimi olduğunu öğrendikten sonra da ulaşmak istesem de bu mümkün olmadı..."

İşte bu nedenle Cumhurbaşkanı darbe girişimi haberini eniştesinden duydu.

Biz konumuza dönelim. Ancak bu bölümü sonlandırmadan söylenecek son söz:

Emniyet ve MİT aylar öncesinden Cemaat'in böyle bir darbe girişimi yapacağını öngörüyor. Tarih konusunda bilgileri olmasa da eylemden haberleri var. 15 Temmuz'da MİT saldırısı duyumu da geliyor. Bu durumda önlem alınamaz mıydı? Darbe bu bilgilere rağmen tümüyle engellenmedi ya da engellenemedi. Hangisi olduğu hâlâ tartışılıyor ve daha uzunca bir süre tartışılmaya devam edilecek.

Duyumlara, istihbaratlara, tahminlere ve hatta bilgilere rağmen devleti yönetenlerin uyumaya devam etmesi benim açımdan çok da şaşırtıcı değil. Çünkü 40 yıldır uyanamadılar. Çünkü 1999'dan bu yana, her türlü bilgiyi yazıp önlerine koymama karşın, bir türlü uyandıramadım...

Sonunda, İstanbul Atatürk Havalimanı'na indiğinde Erdoğan'ın söylediği gibi; "Allah'ın lütfunu ellerinde buldular." ve doğrusu bu armağanı sonuna kadar da kullanmaya devam ediyorlar.

Yargı İmamı

Doğrudan Türkiye İmamı'na bağlı olarak çalışan ve gerektiğinde Gülen'le irtibat kuran kişidir. Yargı İmamı yargı içerisinde söz sahibi olabilecek nitelikte bir isimdir.

Örgüt, uzun yıllar boyunca bu alandaki yapılanmasına büyük önem verdi. Burada titiz ve sabırlı çalışması sonrasında kendi yetiştirdiği elemanları hâkim ve savcı olarak yargı içerisine yerleştirerek adli yargı yapılanmasını tamamladı.

Örgüt; Yargıtay, Danıştay, tetkik hâkimlikleri, adli ve idari yargı ile HSYK ve hatta Anayasa Mahkemesi üyelik seçimlerine birebir müdahalede bulunacak kadar kadrolaştı. Yargıdaki şakirtleri sayesinde birçok davayı kendi lehlerine çevirerek kazandı. Bu süreçlerde hukuku çiğnemekten çekinmeyen örgüt, rakiplerini safdışı bırakmak amacıyla toplu dava açmalar, hâkim ve savcı ayarlamalar gibi hilelere başvurmaktan kaçınmadı. Buna ilişkin birçok örneği yine *Fetullah'ın Copları*'nda anlattım ve bu kitapta da örnekler vereceğim.

Polis –Yargı Elele

Emniyet birimleri ve yargıyı aynı anda kullanarak; siyasilere, bürokratlara, sivil toplum kuruluşlarına ve Türk Silahlı Kuvvetleri'ne yönelik büyük operasyonlar gerçekleştiren Gülen ve ekibi; yargı içindeki elemanları eliyle, siyaseti de derinden etkileyecek adımlar attı.

Siyasi iktidarlarda, devlet içinde yuvalanan bu tür merkezi güçler dışındaki oluşumlarda, yargı ve emniyeti hep aynı anda kontrol altına almaya çalışırlar. Yargı ve emniyetin aynı gücün kontrolünde olması çok önemlidir. Bu nedenle, Gülen Cemaati de siyasi iktidarlar da hep bu iki kurum içinde eşgüdüm halinde örgütlenmeye, bu iki kurumu da kontrol altında tutmaya çalışmışlardır.

Çünkü Hukuk Devleti ilkesini özümsememiş siyasi iktidarlar için, zaten kendi kontrollerinde şekillenen emniyeti kontrol altına almaları yeterli görülmez. Sadece doğrudan siyasi otariteye bağlı emniyeti kontrol altına almaları muktedir olmaya yeterli değildir. İktidarlar, her an kendi eylemlerinin yargı denetimine tabii olacağı endişesini taşırlar. Tıpkı 17-25 Aralık olayında olduğu gibi, yargının "eline düşmek" istemezler. Ancak emniyet tarafından hazırlanan fezlekeyi iddianame olarak kabul edecek yargı mensuplarını kontrol altına aldıklarında ise kendilerini muktedir kabul ederler ve sınırsız bir güce ulaşmış olurlar.

Bunun altında Yargının çalışma biçimi yatar. Bu şu şekildedir:

Siyasi İktidarın kontrolündeki emniyet birimleri, hedef şahıs veya gruplara yönelik bir soruşturma gerçekleştirmek istediklerinde, Siyasi İktidarın verdiği direktif doğrultusunda ön hazırlıklarını yaparlar ve çalışmalarının hukuki meşrutiyetini sağlayacak Savcı'ya bu konuda istekte bulunurlar. Yani asıl işi Polis yapar. Savcı dosya üzerinden işlem yürütür ve Hâkim de yine dosya üzerinden karar verir.

Bu aşamada, istenilen kararları verecek Hâkimlerin varlığı da önemlidir. Hâkimlerin atamaları önceden yapılmış ise ayrıca bir operasyona gerek kalmaz. Eğer karar verecek Hâkim, İktidarın istediği nitelikte değilse, bu halde önce ilgili Hâkim'e yönelik bir operasyon düzenlenmelidir. Ya bu Hâkim'in yerine istenilen bir Hâkim getirilmeli ya da bu Hâkim ikna edilmelidir...

Savcının varlık nedenine uygun olarak hukukçu kimliğini yitirmiş olması ve Cumhuriyetin Savcısı değil Siyasi İktidar'ın Savcılığına soyunması halinde, hiç bir sorgu ve sual yapılmaksızın, soruşturma izni çıkar ve Emniyet'in, Savcı'dan talepleri başlar. Savcı da kendisinin kontrolünde olması gereken Emniyet'in bu 'buyruklarına' uygun olarak istenilenleri yerine getirir. Emniyet iletişimin kontrolünü ister. Savcı hemen ilgili Hâkim'le görüşür ve telefonların dinlenmesi, elektronik postaların izlenmesi için Hâkim'den izin ister. Emniyet, şahısların gözaltına alınmasını ister. Savcı, bu konuda Mahkemesine talepte bulunur. Hangi şüphelilerin serbest bırakılacağını ve kimlerin tutuklanması gerektiğini; Emniyet Savcı'ya bildirir ve Savcı da bu istekleri Mahkemeye aktarır. Anayasa'nın 9. Maddesi'ne göre Türk Milleti adına karar vermekle yükümlü bu Hâkim de bu izinleri verir, istenilenleri serbest bırakır ve istenilenleri tutuklar.

Özgürlüğün bu denli korumasız olduğu bir toplumda, bir de yanlı basın üzerinden kamuoyu bu operasyonlara hazırlanıp hükümler baştan verildi mi bu işlemleri gerçekleştiren Emniyet mensupları takdirnamelere boğulur. Savcılar ile Hâkimler zırhlı araçlar ve korumalarla gezer. Zamanı geldiğinde, Yargıtay ve Danıştay'a üye olarak atanır ve ömür boyu geçerli olacak terfileri alırlar.

Siyasi İktidar da toplumun nefes borularını daha fazla sıkmak için yeni adımlar atma, güç ve kudretini daha fazla kendisinde görür. Çünkü toplum üzerinde salınan korkuyu kıracak hiç bir örgütlü güç kalmayıncaya kadar bu sarmalın devamı zorunludur. Maalesef, ruhlarını satanlar bol oldukça, satın alınacak bir karşılıkları da olacaktır.

Cemaat, bu gerçeği seneler öncesinde tespit etmişti. Bu nedenle bu mevzilerde yığınak yaptı. Sonuçta Adalet ve Kalkınma Partisi'nin sınırsız desteği ile iktidarın gerçek sahibi, muktediri oldu...

Tüm bu çirkinliğin tek bir ilacı var:

İnsanlığı muktedirlere karşı koruyan ilke. Hukuk devleti ve evrensel Hukuk İlkeleri. Yeter ki sadece Anayasa'da yazılı olmakla kalmaksızın uygulansın ve yurttaşlar da uygulanması için kendilerini ortaya koysunlar.

Cemaat, polis ve yargıyı elele çalıştırdı. AKP'nin çoğu zaman yapamadığını yapabildi. Başka bir deyişle; AKP izin verdi, Cemaat yaptı. Bu amaçla yargı İmamlarla doldu. En kiritik birimlere İmamlar atandı. Yargıdaki İmamlar, AKP iktidarında yargıyı kurumsal olarak ele geçirdiler.

Yargı İmamları Şaşırtmadı

Yargı İmamı'nın altında, Hâkimler İmamı, Savcılar İmamı, Kâtipler İmamı ve Avukatlar İmamı bulunur.

Aslında Yargı İmamlarını sıralarken en başa Adalet Bakanlığı da yapanları koymak doğru olur. Bir dönem Adalet Bakanlığı yapan Sadullah Ergin ve Müsteşarı Ahmet Kahraman'ın, Cemaat'in değirmenine en fazla su taşıyan iki isim olduklarını söylemek gerek. Daha önceki ve sonraki Bakanlardan da Cemaat'in çorbasını içenler var.

İlhan Cihaner olayında Erzincan Savcısı olarak ünlenen Cemaat müridi Savcı Osman Şanal'ın akrabası olan Sadullah Ergin'in danışmanı Rasim Kuseyri, Cemaat'in Avukatlar İmam Yardımcısı'ydı. Kuseyri ilginç ve başarılı bir avukattı. Danışmanlığı öncesinde 1995-2007 yılları arasında Fetullah'ın avukatı Abdülkadir Aksoy'un hukuk bürosunda çalıştı. Mahkemelerde Gülen'i savunan ve 15 Temmuz sonrasında yakalandığında, sadece bir banka hesabında 10 Milyon TL'si olduğu tespit edilen Kuseyri'nin, Sadullah Ergin'e ne tür bir danışmanlık yaptığı bugün Yargının içinde bulunduğu durumdan anlaşılabilir...

Danışmanı tutuklu ama Sadullah Ergin ortalıkta yok. Sadece O mu? "Türkiye bağırsaklarını temizliyor." diyerek TSK'ya yönelik tüm kumpaslara ve bunun yargı ayağındaki Cemaat oyunlarına destek veren Bülent Arınç da yok. Dışişleri Bakanlığı döneminde resmi bakanlık yazısıyla Fetullah'ın yurtdışındaki okullarına, devletin resmi memurlarının, büyükelçilerin destek vermesini 'emreden' ve her dönemde Gülen ile irtibatta kalan Abdullah Gül neden sessiz. Gülen'in 'Yeşil Kart' alması için 2004 yılında Dışişleri Bakanlığı adına gönderdiği referans mektubunun ABD yetkililerine verilmesi için Büyükelçi Faruk Loğoğlu'na baskı yapan, övgüler düzen eski cumhurbaşkanı Gül, neden bu kadar sessiz? "Cemaat devleti ele geçirdi." sözlerine, "Buna kargalar bile güler." diyen Hüseyin Çelik... Evet haklısın. Kargalar gülüyor ama sana gülüyor...

Bakanlığını Cemaat'in ele geçirmesine adeta yol veren ve 1 Mayıs 2009 tarihinden itibaren Adalet Bakanlığı yapan Ergin, "Balyoz Darbe Planı, sahtedir. 2007 yılında piyasaya sürülmüş bir fontla yazılmış planın 2003'te yazılması mümkün değildir." denildiğinde ve buna dair açık deliller sunulduğunda; Özel Yetkili Savcılara açık destek verip, mağdurların savunma hakkını yok saymış, görmezden gelmişti. Erzincan'da dönemin Başsavcısı İlhan Cihaner'i makamında cebir ve şiddet kullanarak esir alan bir Savcıya sabahın altısında Adalet Bakanlığı'nda basın toplantısı yaparak, destek vermişti. O Savcının tüm suçlarının ortağıdır, Ergin.

İrtica İle Mücadele Eylem Planı *(İMEP)* adıyla yürütülen kumpasın mağduru, şimdi CHP İstanbul Milletvekili Dursun Çiçek, Adalet Bakanlığı'nda "Paralel yapı yok." dediği için Sadullah Ergin hakkında suç duyurusunda bulundu. Çiçek suç duyurusunda: "Cumhurbaşkanı, Başbakan ve üst düzey devlet görevlilerinin açıklamalarına rağmen Sadullah Ergin 'Yargıda Paralel Yapı yok.' diyerek suçu gizlemekte, alenen suç işleyen suçluları ise kayırmakta ve azmettirmektedir." dedi. -Çiçek'in mağdur olduğu İMEP kumpasının tüm ayrıntılarını *Islak İmza* isimli kitabımda ve kızı İrem Çiçek'in kaleme aldığı *Kışladan Hasdal*'a isimli kitapta bulabilirsiniz.-

Cemaat aslında yargıdaki ilk büyük operasyonunu Türk Ceza Kanunu'nun yenilenmesi sırasında Cemil Çiçek'in Adalet Bakanı olduğu zaman gerçekleştirdi. Bu düzenlemede silahsız terör örgütü tanımlaması yapıldığını gören Cemaat; yaptığı lobi ve baskılar sonucunda yasayı değiştirdi. Çiçek'in itirazları sonuç vermedi ve bu itirazları ona koltuğunu yitirmesiyle ödettirildi. Bu konuyla ilgili olarak ayrıntılı anlatımı *Fetullah'ın Copları'*nda bulabilirsiniz. -s. 333 ve devamı-

Sadullah Ergin'e gelince, biraz sonra okuyacağınız gibi Cemaat Evlerinde İmamlar tarafından Yargıtay ve Danıştay'a seçilecek üye listelerinin pazarlığı yapılırken Bakandı. Ergin "Paralel Yapılanma yok." Diyerek, Cemaat'in Savcıları'nın Türk askerine ve halkına karşı yürüttüğü kumpaslara destek verdi. Şimdi Cemaat'in Bakanı gibi hareket etmesinin hesabını vermeli.

Ergin'in hizmetleri bu kadarla kalmamakla birlikte, Cemaat'in Adalet Bakanı olarak seçtiği kendi Yargı İmamı vardı. O isim Avukat Ahmet Can'dı. Tüm yargı ona bağlıydı. Doğrudan Gülen'den emir alır ve o doğrultuda; yargı içindeki şakirt hâkim ve savcılara talimat verir ve her türlü operasyonu gerçekleştirirdi. Polis İmamı ile birlikte çalıştı. Birçok düzmece operasyonun yargı ayağında örgütün istediği gibi sonuçlanmasını sağladı. 2014'de ülke dışına çıktı.

Osman Karakuş yargıdaki İkinci İmam ya da Yargıtay İmamı olarak bilinir. Ancak İkinci İmam Kartal kod isimli İlyas Şahin'di. Şahin, Yargıtay ve Danıştay dâhil Yüksek Yargı İmamı'ydı. Karakuş, yargıdaki Mahrem İşler'den sorumluydu. Karakuş'un bu alandaki yardımcılığını Önder Aytaç, Muzaffer Özdemir ve Salih Özyakut yürütüyordu.

Karakuş, Gülen ile dünür. Karakuş'un kızı, Fethullah Gülen'in kardeşi Mesih Gülen'in oğlu ile evli. Bu bağlantı nedeniyle örgüt içinde etkin görevlerde bulundu. -Ahmet Kurucan, Cevdet Türkyolu, Adem Kalaç gibi üst düzey örgüt mensuplarının kendileri veya çocukları da tıpkı Karakuş gibi yine Fethullah Gülen'in yeğenleri ile evlendirildi. Bu evlilikler stratejiktir. Servet avcılığı amacıyla yapılmıştır. Bu yolla sermaye ve servet kontrolü amaçlanmıştır.-

Emniyet Genel Müdürlüğü 1'inci Hukuk Müşavirliği, Emniyet Genel Müdür Yardımcılığı, Türkiye Futbol Federasyonu Tahkim Kurulu üyeliği, Polis Bakım ve Yardım Sandığı'nın Yönetim Kurulu Başkanlığı da yapan Karakuş, İstanbul Polis Koleji Müdürlüğü yaptığı dönemde bu okulu tümüyle şakirtlerle doldurdu. Teftiş Kurulunda başmüffettişlik de yapan Karakuş, polislikten emekli olduktan sonra yargıdaki İmamlığa geçti.

Polis ile yargının birlikte yürüttüğü operasyonel faaliyetleri koordine eden isimdir. Ankara DGM dosyasında, İlhan Masarifoğlu ile birlikte Gülen'in avukatlığını yapan Orhan Erdemli ile ortak hukuk bürosu açan Karakuş, şu anda firari. Savcı, Çatı İddianamesi'nde Karakuş ile ilgili, "On parmağında on marifet, her kamu kurumunda bir kurulda üst düzeyde görev almış." diye yorum yaptı. Ama Karakuş'u bu makamlara atayanlarla ilgili Savcı bir yorum yapmadı.

Ahmet Kara da, esnaf olmasına karşın, yargı içinde İmam görevini yürütüyordu ve Ahmet Can'ın yardımcılarından birisiydi.

Nazmi Dere, HSYK İmamı'ydı.

Salih Sönmez, Yargıtay Ceza Daireleri İmamı. Önceki İmam, Muharrem Karayol'du.

Yargıtay Üyesi Ali Akın, Yargıtay Hukuk Daireleri İmamı'ydı. Yardımcısı ise Yargıtay Üyesi Turgut Emir-oğlu'ydu.

Yargı Tümüyle Kontrolde

Örgütün temel aldığı TSK ve polis örgütlenmesi gibi yargı örgütlenmesi de oldukça önem verdiği ve 2000'li yılların başında tümüyle yapılanmasını oturttuğu alandır. AKP iktidarı ile bu yapılanma zirve yaptı. Özellikle Anayasa Mahkemesi'ne açılan kapatma davası sonrasında, AKP yargıyı adeta Cemaaat şakirtlerine teslim etti. Yargıtay'da ve Danıştay'da yeni bir kadro ihtiyacı duyan iktidar partisi, tetkik hâkimler ve yeni Yargıtay atamaları ile bu alanları kontrol altına almak istedi. Ne var ki bunu yaparken

Cemaat'e adeta teslim oldu. O dönem ortaklık da paylaşım da gayet güzel gidiyordu ki Bülent Arınç bu seçimleri, "Allah verdikçe veriyor." diye değerlendirmişti.

2010 yılındaki Yargıtay seçimlerinde, 140 üyeden aşağısını kabul etmeyen ancak görüşmeler sonunda 108 isim bildiren Cemaat'in listesindeki 107 üye seçildi. Aslında Cemaat'in eleman sayısı daha fazlaydı. Çünkü hükümetin listesinde yer alan isimlerden bazıları da zaten şakirtti. Sonuçlar açıklandığında, 160 üyeden 120'sinin Cemaat elemanı olduğu görüldü. Danıştay'da ise örgütün verdiği liste aynen kabul edildi.

Karar makamlarını bu seçimlerle ele geçiren örgüt, sonraki yıllarda seçimler için pazarlık yapma gereği bile duymadı. Tümünü kendisi belirledi. Yargıtay'da 2011 ve 2013 döneminde Pensilvanya'nın onaylamadığı hiç kimse Daire Başkanı olamadı. Yargıdaki kadro düzenlemesini yürüten özel bir Cemaat Kurulu vardı. O kurulda üst İmamların yanısıra, Hüseyin Yıldırım, Nazmi Dere, Aydın Boşgelmez, Selahattin Atalay ve Önder Aytaç yeralıyordu.

HSYK'yı da ele geçiren Cemaat, Özel Yetkili Mahkemeler'in başına da kendi elemanlarını çok önceden oturtmuştu. Bu arada polis marifetiyle kurgulanan; Ergenekon, Balyoz, Askeri Casusluk, OdaTv, Fuhuş, Şike, Atabeyler, İMEP gibi davalar hep bu Cemaatçi yargı mensuplarına teslim edildi. Ve Cemaat'in Şurası tarafından belirlenen sonuçlar elde edildi. Gülen, ele geçirdiği polis, asker ve yargı kanalıyla ülkeyi teslim alma sürecini, kapatma davasının hemen ertesinde yürürlüğe koydu.

15 Temmuz kalkışması sonrasında yargı alanında yaşanan; gözaltı, tutuklama, firar sayısına bakınca vehameti, itiraflar ise yaşanan hukuksuzluğun boyutunu açıkça gösteriyor.

HSYK tam 3 bin 696 hâkim ve savcıyı açığa aldı. Bunlardan 173'ü yüksek yargı mensubuydu. 3 bin 456 kişi örgüt üyesi olmaktan dolayı meslekten çıkartıldı.

Bazı isimler tutuklandı. Ama Cemaat operasyonlarında etkin rol oynayan birçok 'İmam statülü' yüksek yargı üyesi kaçtı. 2 bin 286'sı hâkim ve savcı, 104 Yargıtay, 41 Danıştay, 2 Anayasa Mahkemesi ve 3 de Hâkimler ve Savcılar Yüksek Kurulu *(HSYK)* üyesi tutuklandı. 198 hâkim ve savcı, 6 Danıştay üyesi, 25 Yargıtay üyesi aranıyor.

Yargı, Cemaat'ten temizlendi mi? Kesinlikle hayır. HSYK'nın 2014 seçimlerinde Cemaat'ten aday olduğu bildirilen isimlerin aldıkları oyların toplamı ile 15 Temmuz sonrasında görevden alınanların sayısı karşılaştırıldığında, bir o kadar daha Cemaat mensubunun halen görevde olduğu görülecektir.

Etkin Pişmanlık Oyunu

15 Temmuz sonrası, 300 hâkim ve savcı etkin pişmanlıktan yararlanmak, itirafçı olmak için başvurdu. Bunların arasında; HSYK eski Başkanvekili Ahmet Hamsici, HSYK eski üyesi İbrahim Okur, Kerim Tosun, HSYK eski üyesi Mustafa Kemal Özçelik gibi üst düzey isimler de var.

Bu etkin pişmanlık olayı da hukuksuzluğun, olan biteni anlamamanın başka bir örneği. Etkin pişmanlık, suçun oluşumunu önlemek için getirilmiş bir düzenlemedir. Suç olup bittikten sonra yakalanan suçlunun, pişman olduğunu söylemesi ve itiraflarda bulunması, maddi gerçeğin ortaya çıkmasına katkıda bulunmadığı sürece ve tespit edilemeyen diğer suçluların ortaya çıkartılmasını sağlamadıkça, suçluluğunu ve hüküm giymesini engellememeli. Ancak yargılama sırasında 'iyi hal' indirimi uygulanabilir.

Şu anda yaşanan ise örgütün tam da isteyeceği bir şey. Beyin takımı olarak adlandırılan, Hususi İmam düzeyindekiler yakalanınca itirafçı oluyor, yakayı kurtarıyorlar. En ağır ceza meslekten çıkartma olarak uygulanıyor. Meslekten çıkartma onlar için ağır bir ceza değil. Cemaat nasıl olsa onlara iş bulur.

Bu sözde itirafçılar, aslında bildiklerinin çok az bölümünü anlatıyorlar. Bu bilgiler de zaten devletin elinde olan, İstihbarat'ın bildiği, çoğu zaman da açık kaynaklarda yer alan bilgiler oluyor. Birçoğu da yönlendirme yapıp soruşturmaların seyrini değiştirecek bilgiler aktarıyor. Beyin takımı dışında kalanlar ise zaten yapının Mahrem Bilgiler'ini bilemeyecek, özel ve gizli operasyonlarda yer alamayacak, kukla olarak kullanılan isimler. Bu kişilerin harcanması da örgüt için çok büyük kayıp olmayacak. Bu tasfiye ile arkadan gelen gizli, henüz kimliği deşifre olmamış şakirtlerin de önü açılıyor.

Ancak bu anlatımlar birçok gerçeği de bize gösteriyor. Nitekim Siyasi İktidarın operasyonlarına maruz kalan Ömer Faruk Eminağaoğlu'nun çabalarıyla kurulan ve Cumhuriyet ilkelerine bağlı hâkimler ile savcıların desteğini alan, Yargıçlar ve Savcılar Birliği Başkanlığı'ndan Emin Ağaoğlu'nu nasıl aldıklarını ve Emine Ülker Tarhan'ın seçildiğine dair Okur'un anlatımları, Cemaat'in şakirtlerinin en küçük tehdit algısını nasıl boğduklarını göstermenin ötesinde, Okur ve iktidar birlikteliğinin nelere kadir olduğunu da kanıtlıyor.

Pekii bu 'Etkin Pişmanlık Uygulaması' neden bu kadar yaygın bir biçimde yapılıyor?

'Ortaklığın' yarattığı psikolojik zaafiyetin sonucu bu. Hükümet bu kadroları Cemaat ile birlikte atadı. Cemaat ile ortaklık günlerinde yapılan işlerin hesabını sormaya kalkan iktidar, Çatı Davası'nda bile 17-25 Aralık 2013 öncesi olayları kapsam dışı bırakmak zorunda kaldı. Kendi imzasıyla atadığı isimler, bugün itirafçı olmak isteyince hemen kapılar açılıveriyor.

Hani bunlar vatan hainiydi?

Vatan hainleri 'pişmanım' derse suçu affedilebilir mi? Yani Apo da birçok kez pişman olduğunu ve devletle işbirliğine hazır olduğunu söyledi diye affedilse miydi? Yarın Fetullah Gülen gelip, "Pişmanım" derse, ne yapacaksınız?

Yargı Paramparça

Yine de bu süreçte 'çakma' denilen, örgüte sonradan katılan ancak etkin rol oynamış tutuklu birçok ismin itirafları yeterli olmasa da temizlik için yol gösterici kabul edilebilir. Kuşkusuz ki birçok şakirdin tutuklanması, firari olması, meslekten çıkartılması gibi yaptırımlar ile Cemaat'in bu yapılanmasının çözülmesi adına önemli adımlar atıldı. Kumpas davalarının hemen tümünde görevli olan hâkim ve savcılar başta olmak üzere bilirkişiler, avukatlar, tetkik hâkimleri, Yargıtay ve Danıştay üyesi hâkimler içinde kısmen de olsa bir temizlik yapıldığını söylemek mümkün.

Yapılmalıydı da. Çünkü Yargıtay, Danıştay, HSYK neredeyse tümüyle örgütün eline geçmişti. Kritik davalar, örgütün kumpasları ile ilgili davalar, mahkemelerde Cemaat'in istediği gibi yürütülüyordu. Sahte deliller, savunma hakkı gaspı dâhil her türlü yol ile adalet iğfal edildi. Bu türden davalar, Yargıtay'da da Cemaat'in istediği şekilde sonuçlanıyordu. Hükümeti bile zora sokacak kararlar alınıyor. Yargıtay'a gelen dava dosyaları Yargı İmamları tarafından ABD'ye Gülen'e götürülüyor, Şura'da Mollalar tarafından değerlendiriliyordu. Ve belki de ABD istihbaratı ile de analiz edilip, nasıl sonuçlanacağı belirleniyordu. Dosya yeniden Türkiye'ye geliyor ve ilgili daire Pensilvanya'dan gelen talimata göre sonuca bağlıyordu.

Uzun yıllar boyunca, bu görüntüdeki yargı, bu ülkede 'adalet' dağıttı. Bu nedenle mağdurlar ordusu var. Kumpas davalarla, adalet tarafından mağdur edilmiş binlerce masum, vatansever insan. Birçoğunun tek suçu var: Ülkeyi sevmek ve Cemaat üyesi olmamak ya da Cemaat'in çıkarlarının önünde engel olarak görünmek.

Şimdi temizlik yaptığını ileri süren hükümet, diğer kurumlarda olduğu gibi yargıda da Gülen teröristlerini temizlerken başka cemaatlere yol veriyor. Yargıyı bir cemaatten alıp, başka bir tarikata teslim ederek çözüm bulunabilir mi? Böyle bir oluşum, sarmalın tekrarlanacağından başka bir sonuca yol açmayacaktır. Tek değişiklik, aktörler ile itirafçıların yer değiştirmesi olacaktır.

Çözüm, hukuk devleti ilkesine sadık ve hukukçu kimliğinden asla taviz vermeyen, 'Dicle'nin kenarındaki koyunun' hesabını soracak Cumhuriyetin Savcıları ve Türk Milleti adına karar verecek hâkimlerin o koltuklarda oturmasıyla gerçekleşecektir.

Cemaat'in yargı içindeki İmam ve şakirtlerinden, önemli dosyalarda görev alıp isimleri öne çıkanlara bakmaya devam edelim:

Ergenekon Eski Mahkeme Heyeti Başkanı Hasan Hüseyin Özese, Üye Hüsnü Çalmuk, Savcı Mehmet Ali Pekgüzel, Savcı Nihat Taşkın, Savcı Mehmet Murat Yönder, Savcı Ercan Şafak, Hâkim Muhammet Tokalı, Hâkim Tarık Çağlayan, Rüstem Eryılmaz, İdris Asan, özel yetkili Savcı olarak Ergenekon ve Balyoz soruşturmalarında görev alan eski İzmir Cumhuriyet Başsavcı Vekili Ali Haydar gibi isimler tutuklandı.

Yine Ergenekon Davasının, eski Mahkeme Hâkimi Sedat Sami Haşıloğlu firari olanlardan en bilinen isimlerden biri. Haşıloğlu, Cemaat'in İmam düzeyindeki isimlerinden biriydi. Hukuk Fakültesinde okurken Kara Harp Okulu İmamı'ydı. -Bu okulun İmamlığına daha sonra Adem Tatlı getirildi.- Haşıloğlu, icra dosyasından satışa çıkartılan bir taşınmazın ihaleden satın alınmasındaki işlemleri nedeniyle hakkında soruşturma yürütülürken, Ergenekon dosyasına atanmıştı.

Başsavcı Fikret Seçen de İmam'dı ve kardeşi Faruk Seçen'in 2009'da nikâh şahidi Bakan Hayati Yazıcı idi. -Yazıcı İzmir'deki davada adı açıkça zikredilen ilk siyasetçilerden biri oldu- Seçen ve Zekeriya Öz'den sonraki Savcı Cihan Kansız da firari.

Gemi Battı

Obez olduğundan askerlikten muaf tutulan ve hakkındaki şikâyetler nedeniyle soruşturma yürütülürken Ergenekon dosyası için bizzat Turan Çolakkadı tarafından görevlendirilen Zekeriya Öz de İmamlardan biriydi.

Dönemin Başbakanı, Recep Tayyip Erdoğan'ın zırhlı araç tahsis edecek kadar önem verdiği ve 17 Aralık'tan sonra anılarını kaleme alacağını kamuoyuna açıklayıp, anılarını cezaevinde yazmak yerine yurtdışında kalması tercih ettirilen Öz, şimdi firari.

Öz, Ergenekon Davası'nın yanı sıra Şike Davası'nın ilk savcısıydı. Ayrıca, İrtica İle Mücadele Planı adı verilen Albay Dursun Çiçek davasının da savcılığını yaptı. Çiçek'in ifadesini alırken aralarında geçen ve *Islak İmza* kitabımda -s.197- yer alan ilginç bir konuşmayı burada hatırlatmak yerinde olur:

Öz, "Bizim soruşturmamız, öyle Askeri Savcılığın yaptığı soruşturmaya benzemez. Öyle kısa sürmez. Bizim dosyamız kabarık, gemimiz büyük. Soruşturmamız, sorgulamamız uzun sürer." dedi.

Denizci Albay Çiçek, "Dikkat edin Sayın Savcı, geminiz Titanik'e benzemesin, onun gibi batmasın!" diye karşılık verdi.

Öz ise, "Bizim gemimiz devlet gemisi, batmaz. Devlet ne zaman batarsa bizim gemimiz ancak o zaman batar." diye yanıt verdi.

Zekeriya Öz'ün gemisi battı. Bakırköy Cumhuriyet Başsavcılığı tarafından kendisi gibi hakkında örgütten dava açılan Celal Kara ile birlikte Gürcistan üzerinden Ermenistan'a kaçtı. Öz'ün o cümlesinde haklılık payı var. Devletin gemisi de battı. Öz'ün mensup olduğu, İmamlığını yaptığı örgüt, devletin gemisini batırdı.

Ama küpeştesine kadar suyla dolan bu geminin kurtulması, yeniden yüzer hale gelmesi, yelkenlerini rüzgârla doldurup, Atatürk'ün işaret ettiği o çağdaş ufuklara seyretmesi zor da olsa imkânsız değil.

Bunun için Mustafa Kemal'in Askerleri'nin dümene geçmesi şart.

Balyoz Davası eski Mahkeme Başkanı Hâkim Ömer Diken, üyeler; Ali Efendi Peksak, Murat Üründü ve Duruşma Savcısı Savaş Kırbaş tutuklu. Bu davada görev alan yedek üyeler dâhil hemen hemen tüm hâkim ve savcılar, örgüt üyeliğinden tutuklandılar.

Hâkim İlhan Karagöz, Balyoz Davası'nda delil kabul edilen 19 CD ile ilgili eksik ve yanlı bilirkişi raporu hazırladıkları iddia edilen ve haklarında yakalama kararı bulunan TÜBİTAK eski 3 çalışanının yargılandığı davanın 4 Temmuz'da reddine karar vermiş, 572 sayfalık gerekçe yazmıştı. Karagöz de tutuklu. Gözaltı ve arama sırasında odasında 1 dolarlık banktnot çıktı.

Şeytanın İmamları

Fikriye Şentürk, 2011'de Cemaat listesinden Yargıtay'da terör ve örgütlü suçlara bakmakla yetkili 9'uncu Ceza Dairesi üyesi yapıldı. Şentürk, Hanefi Avcı Davası ve Balyoz gibi kumpas davalarında verilen mahkûmiyet kararlarını onamıştı. Şentürk ve eşi eski Yargıtay ve Ankara Batı Adliyesi Savcısı ve İmam olan İsmail Hakkı Şentürk de firari.

Hüseyin Ayar, davanın savcılarından, İstanbul Adliyesinde İmam ve şu anda firari. Poyrazköy Davası savcısı ve İmam Mehmet Ali Uysal da şakirt isimler arasında sayıldı.

Kadir Kayan, Ankara 11'inci Ağır Ceza Mahkemesi Hâkimi'yken Genelkurmay Seferberlik Tetkik Kurulu'nda *(Kozmik Oda)* günler süren arama yaptı. 2011'de Yargıtay üyesi seçildi. Arınç'a suikastın kumpas olduğunun ortaya çıkmasının ardından hakkında soruşturma başlatıldı. Firari.

Bülent Arınç 15 Temmuz sonrasında, Cemaat'in kendisini de kandırdığını ileri sürerek, "Bana ahmak diyebilirsiniz." diye nedamet getirdi. Ve şimdi ortalıkta yok. Ancak kendisini bu ülkeye hizmet için adadığını birçok ortamda dile getiren, usta *(!)* siyasetçi Arınç'ın suikast iddialarının ortaya atıldığı o günlerdeki hezeyanlarını unutmamak gerek. Şimdi ahmaklık sıfatını almasına izin verelim ama bu yetmez...

İzmir Askeri Casusluk Davası'nın tüm hâkim ve savcıları terör örgütü üyeliği suçlamasıyla tutuklu. Dava Savcısı Zafer Kılınç, tutuklama kararlarını veren Hâkim Serdar Ergül, Hâkim Cemil Uzun, İddianameyi kabul eden ve davaya bakan dönemin özel yetkili 12'nci Ağır Ceza Mahkemesi'nin Başkanı Atilla Rahman, Hâkim Dilek Öztürk, Hâkim İsmail Kurt, Savcı Mehmet Sedat Erbaş.

İzmir Büyükşehir Belediyesi Davası'na bakan 7'nci Ağır Ceza Mahkemesi eski Başkanı Menderes Yılmaz, İzmir 8'inci Ağır Ceza Mahkemesi eski başkanı Cahit Kargılı, İzmir Cumhuriyet eski Başsavcı Vekili Durdu Kavak, İzmir'deki 'Liman Operasyonu'nun yapılmaması konusunda Adalet Bakanı Bekir Bozdağ ve Müsteşar Kenan İpek hakkında, baskı yaptıkları gerekçesiyle fezleke hazırlayarak, TBMM'ye gönderen İzmir Cumhuriyet Başsavcısı Hüseyin Baş da dâhil tümü tutuklu.

Şike Davası'nın hâkim ve savcıları ise firari. Hâkim Mehmet Ekinci, Savcı Mehmet Berk -daha önce Selam Tevhid soruşturmasında açığa alınmışlardı. HSYK tarafından Şike Davası ile ilgili haklarında soruşturma açıldı- ve Hâkim Hikmet Şen.

Hrant Dink Davası savcısı Hikmet Usta da firardaki İmamlardan biri.

Cemaat kumpası mağduru Tuğgeneral Hüseyin Kurtoğlu'nun usulsüz mahkûmiyetine onama kararı veren 4 Yargıtay üyesinden biri olan Kenan Karabeyeser de tutuklu.

17 Aralık operasyonu ile ilgili açılan davanın Savcısı Mehmet Yüzgeç, Cemaaat'in Yargı İmamlarından biri.

Yargıdaki bilinen diger İmamları ve şakirtleri sıralayalım:

Sarıyer ve Ankara Cumhuriyet Başsavcısı İbrahim Kuriş, Yargıtay ve Kocaeli Cumhuriyet Savcısı Rasim İsa Bilgen, Ankara ve Isparta Cumhuriyet Savcısı Ahmet Cemal Gürgen, Bakırköy Hâkimi Ertuğrul Ayar -tutuklandı- Ankara ve Büyükçekmece Hâkimi İsmail Akkol, Yalova Hâkimi Ramazan Akyol -tutuklandı- Gaziosmanpaşa ve Edirne Savcısı İskender Görgülü, Savcı Ramazan Saban.

Yargıtay üyesi Ali Eryılmaz, Mehmet Şahin, Ali Akın, Osman Yurdakul, Ahmet Kütük, Gültekin Dinç, Selahattin Atalay, Mustafa Yılmazel, Candaş İlgün, Sefa Mermerci, Mustafa Albayrak, Kenan Karabeyeser, Hüseyin Karagöl, Refik Sarıoğlu, Yusuf Ziya Arıncan, Mehmet Kasım Tunç, Nazmi Çatak, Kadir Altınışık, Kuddusi Celalettin Esen, Mehmet Aydoğdu, Aydın Boşgelmez, Resul Çakır, İsmail Köse, Zihni Doğan, Mehmet Kaya, Mustafa Erdoğan, Mehmet Murat Ferhat, Mehmet Vehip Ekinci, Salih Çelik, Ekrem Ertuğrul, Sefa Mermerci ve Ali Alçık firari isimler.

Danıştay üyesi Orhan Boyraz, Mustafa Döner, İbrahim Ali Usta, Gürsel Ceylan, Ertuğrul Arslanoğlu, Hasan Turgut, Hamza Eyidemir ve Süleyman Kurt da firari olanlar arasında.

Tutuklu ya da meslekten çıkartılan yüksek yargı üyelerinden bilinen bazı isimler ise şöyle listelendi:

Muharrem Karayol, Turgut Emiroğlu, Salih Sönmez, İbrahim Okur, Birol Erdem, Hüseyin Yıldırım, Ömer Kerkes, Mustafa Elçim, Hüsnü Uğurlu, Teoman Gökçe, Ahmet Berberoğlu, Resul Yıldırım, Nesibe Özer, Ömer Köroğlu, Hüseyin Serter, Ahmet Kaya, Bülent Çiçekli, Mehmet Kaya, Muammer Akkaş, İdris Berber ile HSYK Genel Sekreter yardımcıları Muzaffer Bayram ve Engin Durnagöl.

MİT İmamı

MİT İmamı da sivildir ve yine doğrudan Türkiye İmamı'na bağlı olarak çalışıp, Gülen ile özel irtibatlıdır.

Fetullah Gülen, ülke genelinde tüm kontrolü elinde tutabilmek için MİT'ten gelecek bilgilerin çok önemli olduğunu bilmekteydi. Bu nedenle örgüt, MİT gibi kritik konumlarda kadrolaşmaya önem vermiştir. Ancak Özel İmamları eliyle kurduğu ve yürüttüğü Mahrem Yer, örgütlenmesi içinde en zayıf kaldığı yer olarak değerlendirilir. Uzun yıllar boyunca diğer alanlardaki şakirtlerini MİT ile kontak haline geçmeye, özellikle polis şakirtlerini bu kuruma yönlendirmeye çaba göstermiştir. Zayıf olmasına karşın; en son Bylock Operasyonu sırasında çözüm yapan MİT bilgisayarcılarından bazılarının Bylock'cu çıktığını düşünürsek, MİT içinde de ne kadar önemli oranda bir yapılanmaya ulaştığı sonucuna varabiliriz.

MİT İmamı Dr.Sinan kod isimli Murat Karabulut'tu. Karabulut da 2014 yılında ülkeyi terk edip, Amerika'ya Gülen'in yanına gitti. Şura üyeliğine getirildi. Yardımcısı ise Hazım Sesli.

MİT'i Çok İstedi

Cemaat'in, İstihbarat'a özel ilgisi artık herkes tarafından biliniyor. Gülen'in daha ilk yıllardan itibaren polis içindeki ilk örgütlendiği yer İstihbarat birimleriydi. MİT içinde de örgütlenme yaptı, ancak istediği noktaya bir türlü gelemedi. Hakan Fidan göreve geldiği ilk dönemde; 'kendisine yakın' gördüğü bu ismi destekledi.

Erdoğan ile Gülen kavgası henüz başlamamıştı. Zaman Gazetesi muhabirlerinden Edip Ali Yavuz da Fidan'ın Basın Danışmanı olmuştu. Unutmayalım ki Cemaat'in bu yayın organında çalışmanın temel koşulu Cemaatçi olmak ya da Cemaat'in yararlanabileceğini düşündüğü bir isim olmaktı. Yavuz ile Fidan TİKA yıllarından bu yana birlikteydiler. Cemaat bu dönemde Fidan'ı yakın tutuyor, hatta Fidan'a yönelik İsrail ve ABD kaynaklı ve destekli çevrelerin saldırılarında kalkan oluyordu. Cemaat'in basın tetikçileri Önder Aytaç ve Emre Uslu, Fidan'ı cansiparane savunan yazılar kaleme alıyorlardı.

Bu sırada da Cemaat, MİT'e kendi şakirtlerini sızdırmanın peşindeydi. İlk büyük sızdırma operasyonlarından biri; Polis İstihbaratı'ndan MİT'e transfer edilen Basri Aktepe'dir.

Kulak'a Erdoğan'ın Desteği

Aktepe özel bir isim.

Başbakan Erdoğan'ın en çok güvendiği istihbaratçıların başında gelen isimdi, Basri Aktepe. Aktepe, Polis Koleji ve Akademisi mezunu. Benim devre arkadaşım. Mezun olduktan sonra önce İstanbul'a tayini çıktı. Burada Erdoğan ile tanıştı. İstihbaratçı oldu. Hanefi Avcı ile birlikte bilgi işlem merkezini yönetti. Teknik izleme ve takip konularında uzmanlaştı. Merkeze alındıktan sonra da Recep Güven ile birlikte sık sık İstanbul'a gidip, Erdoğan'ı ziyaret ediyorlardı. Burada başlayan dostluk, bir baba-evlat ilişkisine kadar uzadı.

ANAP iktidarı döneminde çok sayıda Akademi mezunu polis, ABD'de başta yurt dışına gönderildi ve bu isimlerin birçoğu Cop'tu. Bu polis öğrencilerin yurt dışında gereğinden fazla kaldığını düşünen ve geri çağrılması için harekete geçen dönemin

Şeytanın İmamları

Polis Akademisi Müdürü Ümit Erdal, görevinden jet hızıyla uzaklaştırılmıştı. -*Fetullah'ın Copları* s.187-

İşte o dönemde Basri Aktepe de ABD'de dil eğitimindeydi. Aktepe, ABD'de dil eğitiminin ardından 184'üncü Federal Araştırma Bürosu *(FBI)* Ulusal Akademisi'nde eğitim gördü. 1996 yılında mezun oldu.

1996/2005 yılları arasında Emniyet Genel Müdürlüğü İstihbarat Daire Başkanlığı'nda Bilgi İşlem Müdür Yardımcılığı ve Müdürlüğü görevlerini yapan Aktepe'nin adı, bu dönemde sık sık Gülen Cemaati ile yan yana anıldı.

1999 yılında Emniyet Teşkilatı tarafından hazırlanan 'Fethullahçı Polisler' listesinde 15. sırada bulunan -Belgenin kopyası *Fetullah'ın Copları*'nda yayınlandı- Aktepe'nin adı aynı yıl Telekulak Skandalı nedeniyle de gündeme geldi. Dönemin Ankara Emniyet Müdürü Cevdet Saral ve ekibi, Basri Aktepe'nin de içinde olduğu Copları suçladılar.

Aktepe'nin adı daha sonra 2002 yılında Ankara Cumhuriyet Başsavcısı Nuh Mete Yüksel'in talimatıyla dönemin İstanbul Organize Suçlar Müdürü Adil Serdar Saçan'ın yürüttüğü Cemaat soruşturması sebebiyle tekrar gündeme geldi. Saçan'ın hazırladığı belgeye göre; Cemaat'in polis içindeki uzantıları başta TSK olmak üzere çeşitli devlet görevlileri hakkında komplo hazırlığındaydı. Saçan'ın bu grubun polis içindeki temsilcilerine dair verdiği isimler arasında Basri Aktepe de vardı.

Saçan, çalışmasını emniyet içindeki Coplar sebebiyle neticelendiremediğini, Basri Aktepe ve diğer isimlerin bilgisi olmadan Cemaat'e yönelik dinleme yapılamadığını Savcı Nuh Mete Yüksel'e yazdı.

Adil Serdar Saçan önce polislikten uzaklaştırıldı, ardından arabasının üzerine belediye konteynerinin düşmesiyle ağır yaralandı. Son olarak, Ergenekon Davası'nın sanığı oldu, yıllarca cezaevinde kaldı. Nuh Mete Yüksel ise gizli çekim bir seks kasetiyle tasfiye edildi.

Aktepe, hep kritik ve önemli görevlerde bulundu. AKP'nin iktidara gelmesinden sonra da yıldızı parlamaya devam etti. Başbakan Erdoğan ile yakınlığı sonucu emniyetteki görevini bırakıp, AKP iktidarının kurduğu Telekomünikasyon İletişim Başkanlığı'na *(TİB)*, dinlemenin başına getirildi. Aktepe bir rahatsızlık geçirip Hacettepe Hastanesi'ne kaldırıldığında -25 Aralık 2008 saat: 16.30'da- bizzat Başbakan Erdoğan tarafından ziyaret edildi. Erdoğan programını iptal ederek, Basri Aktepe'nin yatmakta olduğu hastaneye gitti.

Baykal da "Aktepe" Dedi

2006 yılında, TİB'in Teknik Daire Başkanlığı'na getirilen Aktepe'nin adı dönemin CHP Lideri Baykal'ın dinlemelere ilişkin yaptığı açıklamayla gündeme geldi. 3 Haziran 2008 tarihinde partisinin grup toplantısında konuşan Baykal, dinlemeleri emniyet içindeki Copların gerçekleştirdiğini iddia etti. Baykal'a sunulan rapora göre yasadışı dinlemeleri TİB'de 35 kişilik grup yapıyordu. Bu grubun başında ise Basri Aktepe vardı.

Aktepe, Baykal'ın iddialarını reddeden bir açıklama yaptı ve herhangi bir örgüt üyesi olmadığını söyledi. Baykal da bu açıklamasından 2 yıl geçmeden gizli çekim bir kasetle siyasetin dışına itildi. Raslantıya bakın ki Basri Aktepe TİB'e gitmeden önce Baykal'ın kasetini çeken TEKOP ekibinin müdürüydü.

Tüm bu tartışmaların odağındaki isim, Başbakan'ın Cemaat'le kavga etmediği dönemde yıldızını parlatmaya devam etti. Önce 2011 yılında; MİT, Elektronik ve Teknik İstihbarat Başkanlığı'na *(ETİ)* atandı. Genelkurmay'ın kontrolündeki Bayrak Garnizonu'nu MİT'in devralmasıyla dinleme gücü artan ETİ'nin Başkanlığı kritik önem kazanmıştı. Basri Aktepe bu birime geldikten sonra polis içindeki bazı isimleri MİT'e almaya başladı. Bunlardan en bilineni Ergenekon Kumpas Davası sanıklarından olan Hüseyin Özbilgin'di.

Aktepe, 17 Aralık operasyonundan kısa bir süre önce bir terfi daha aldı. 18 Kasım 2013 tarihinde MİT bünyesinde, güvenlik birimlerinin istihbarat edinimlerini koordine etmek amacıyla oluşturulan Müşterek İstihbarat Koordinasyon Merkezi *(MİKM)* Genel Sekreterliği'ne atandı.

Başbakan Erdoğan'ın evindeki böceği bulan da Aktepe'ydi. Aslında böceği yerleştirenler ile bulanların aynı örgütün elemanları olduğu sonra ortaya çıkacaktı. Bu operasyon sonrası ödül olarak MİT'teki terfiyi aldı.

Ancak Aktepe'ye ait perde arkası bilgilerin çıkması kaçınılmazdı. "Sağkolu bile Cop" diye o dönemde çalıştığım basın kuruluşunda manşetten haber yaptım. Bu haberden birkaç hafta sonra, 17-25 Aralık sonrası, Erdoğan'ın olaylara daha dikkatli bakmasıyla; Basri Aktepe önce pasifize edildi. 15 Temmuz sonrası MİT'ten de uzaklaştırıldı. Bir süre sonra da gözaltına alındı. Sorgulandı ve tutuklandı.

Aktepe'nin adı kaset ve dinlemeler ve Erdoğan'ın Ofisi ile evine böcek konulması olaylarında da yine gündeme geldi. Böcek ekibinin arkasındaki Abi'nin Aktepe olduğu günışığına çıktı. Ayrıntılar aşağıda anlatılacak.

Dava Kaybettikçe Yükseldi

Cemaat'in Aktepe'den sonra MİT'e sızdırmayı düşündüğü bir diğer İmam, Sicilinde 'Fetullahçı' yazan, Devletin kritik birimlerinde görev alamayacağı notu bulunan Akyürek'ti. -*Fetullah'ın Copları* s.113 ve devamı- Cemaat, Fidan'dan desteğini çekip hedef haline getirince, yerine Akyürek'i düşündü. Akyürek de heyecanla bu yeni görevini bekliyordu. Fidan'ın ayağını kaydırabilselerdi, bugün MİT Başkanı olacaktı. Şimdi tutuklu.

"Bu isim nasıl bu göreve getirilebilir?" diye düşünmeyin. Cemaat'in bunu düşünebilmesine de şaşırmayın. Sicilindeki bu nota rağmen, Polis İstihbaratı'nın başına oturmasına izin veren siyasi otoritenin günahıdır bu. Akyürek'in sicili ile ilgili bilgiyi de burada aktaralım. İlginç bir öykü:

Fethullah'ın Copları'nı yazdıktan sonra Akyürek bana dava açtı. Dava Ankara Adliyesi'nde devam ederken, Avukatım Mustafa Hüseyin Buzoğlu, diğer tüm davalarda olduğu üzere; Akyürek'in sicil dosyasının getirilmesi talebinde bulundu. Dosya geldi. Sicilinde 'Fetullahçı' yazdığını gördük. Görebilirdik ama kopyasını alamazdık. Sicil bilgilerinin açıklanması yasal olarak mümkün değildi. Bir tesadüf sonucu belgeyi alabildik. Belge elimizdeydi artık. Sonra kamuoyuna yansıdı ve ben de kitabımın yeni baskısına koydum.

Akyürek davayı kaybetti. Ama siyasi iktidar onu Trabzon'a İl Müdürü olarak atadı. Bu arada temyize gitti. Yargıtay'da da davayı kaybetti. Bu kez Erdoğan onu İstihbarat Daire Başkanı yaptı. Bana bir dava daha açıp, kaybetseydi belki de MİT Müsteşarı olacaktı!

Fidan'a Operasyon

Cemaat'in, Akyürek'i aday olarak düşünmeye başlaması ve Fidan'a olan desteğini çekmesi, KCK operasyonları ve çözüm sürecinde Cemaat ile Hükümetin ters düşmesine denk gelir.

KCK operasyonları dar kapsamlıydı, Erdoğan kontrollü gidiyordu. Ancak Yurt Atayün'ün aktif çabası ve koordinasyonu ile Coplar bunu genişletti. Çözüm süreci olarak bilinen dönemin hemen öncesinde Doğu ve Güneydoğu illerindeki hemen tüm müdürlüklere Coplar atandı. Ankara'dan dışarıya çıkmamış Recep Güven, işi bitince Bursa'ya dönen Ali Osman Kahya, Turgut Yıldız, Tufan Ergüder gibi etkin isimler bölgeye kaydırıldı. İstihbarat Daire Başkanlığı'nın kapısından dışarı çıkmamış Recep Güven, nedense Diyarbakır'lı olmuştu. Hatırlatalım, "Dağdaki teröriste ağlarım." demeci veren de Recep'ti.

Copların etkin isimlerinin bu bölgeye gönderilmesindeki temel neden KCK operasyonlarını kontrol etmek, Kürt Sorununun çözümünde Cemaat'in rolünü oynamasına hizmet etmekti. Hükümet ile Cemaat karşı karşıya geldi. Çözüm sürecinin her aşamasında olayın aktörü olan ve kendi yöntemini dayatan Cemaat, hükümeti zora soktu. MİT'in süreçte Hükümet yanlısı ve Cemaat karşıtı davranması, KCK operasyonlarındaki görüş ayrılıkları, Fidan'ın hedef haline getirilmesine neden oldu. Cemaat'in basın tetikçileri karşı atağa geçtiler. KCK içinde MİTçiler bulunduğu yönünde yoğun haberler yayıldı, yayınlandı.

Cemaat ile Hükümetin çözüm süreci ve KCK Operasyonlarındaki görüş ayrılığının nedeni; Cemaat'in CIA ve MOSSAD yönlendirmesinde olduğu gerçeği unutulmadan değerlendirilmeli. ABD'nin istediği şekilde bir çözüm süreci ya da çözümsüzlük. ABD'nin maşası da tabii ki Cemaat'ti.

Amerikan ajanları uzun yıllardır irtibatta oldukları PKK'ya ve Kürtlere de oyun oynuyordu. Coplar aracılığıyla PKK'yı sıkıştırıyor, KCK operasyonlarıyla gerginliği tırmandırıyor ama diğer yandan ajanlar, PKK'yı ABD'nin istediği politikalara doğru itiyordu. Yani tam Amerikan filmlerindeki 'iyi polis-kötü polis' oyunu oynanıyordu. Hükümetin ikili oynadığını düşünen PKK ve Kürtlerin kanaat önderleri, ABD'ye ve onun ajanlarına sığınmak zorunda kalıyordu. Nitekim tam da öyle oldu.

MİT'in Başbakan Erdoğan'ın ofisinde böcek bulup, Basri Aktepe'yi Erdoğan nezdinde zirveye oturtan gelişmeden kısa bir süre sonraydı bu çatışma. 1 yıl kadar süren bu çatışma süreci, 7 Şubat 2012'de Hakan Fidan'ın KCK'dan sanık olarak ifadeye çağrılması ile zirve yaptı.

Tetikçi ve Sitesi

Cemaat'in Polis İmamı Kozanlı Ömer, Yusuf Gezgin adıyla Aktif Haber sitesinde, Fidan'ı İran yanlısı olmakla itham eden yazıyı yazdı. Bu açık bir savaş haliydi. Bu site Cemaat'in tetikçilik yapılması için kurduğu bir siteydi. O sitenin başında ise bir süre Star

Gazetesi'nde stajyerliğimizi yaparak işe başlayan ve benim bu gazeteden ayrılmama neden olan Cevheri Güven vardı.

Bu sitenin yöneticiliğine getirilen Güven; Işıkevi'nde yetişmiş, tam bir şakirtti. Şimdi tutuklu. Bu sitede benim hakkımda da galiz küfürleri içeren yazılar yazıldı. Sitenin hukuki sorumlusu Ünal Çevak hakkında tazminat davası açıp kazandık ama sorumlu kişi ABD'de ikamet ettiği için hâlâ cezasını ödettiremedik.

Cevheri Güven, Star Gazetesi el değiştirdikten sonra bir kez daha bu gazetede çalıştı. Ankara Temsilcisi Şamil Tayyar'dı. Sordum. Tayyar, "Elinde iki ayrı telefon vardı. Biri çalınca, köşeye çekilir, gizli konuşur. Sonra çıkıp gider ve elinde bir dosya ya da flashbellek ile gelirdi. İnanılmaz bilgi ve belgeler olurdu. Sonra öğrendik ki Cemaat'in İmamları veriyormuş, bu bilgileri... Bir süre sonra bizden ayrıldı ve Aktifhaber'e döndü." diye anlattı.

Buna benzer çok isim ve çok site vardı. Biz dönelim Fidan'a...

Cemaat'in Fidan'ı hedef yapmasındaki ikinci bir neden de "beyninin yarısı olacak kadar" Başbakan'a çok yakın olması. O yıllara kadar Erdoğan'ın temel olarak polis istihbaratından besleniyor olmasına karşın, Fidan sonrası MİT bilgilerine daha çok önem vermesi, polis istihbaratından yani Coplardan gelen bilgileri, MİT'e sormadan kesin bilgi olarak değerlendirmemesi Cemaat'i kızdırmış olmalı. O nedenle Fidan hedef alındı. Bu nedenle Basri Aktepe MİT'e sızdırıldı. Bu amaçla Ramazan Akyürek, MİT Müsteşar adayı olarak ortaya sürüldü.

Fidan ve Erdoğan ilişkisi çok zorlansa da kırılamadı. Cemaat bu ilişkiyi kopartsaydı, MİT'i de kolaylıkla ele geçirecekti. O takdirde ne Bylock çözülebilirdi ne 15 Temmuz kalkışmasını önceden deşifre eden Binbaşının ihbarı işleme konulurdu. Yıllarca Cemaat'i göremeyen MİT'in, şimdi Cemaat ile en etkin mücadele eden kurum olarak öne çıkması da ilginç...

MİT'e Adı Geçti

Çok tartışmalı bir konudur, Necip Hablemitoğlu Cinayeti. Kısa ama yoğun bir dostluk da yaşadığım Hablemitoğlu'nun öldürüldüğü evi, benim evime de çok yakındı. Çankaya'da, Portakal Çiçeği Sokak, Saadet Apartmanı'nın önünde evine girerken öldürüldü. 18 Aralık 2002 günü, akşam hava kararmıştı. Olayı duyar duymaz gittim ve sonraki süreci, soruşturmanın birçok detayını da izledim. Sonraki yıllarda gazeteci olarak araştırmalar da yaptım. Benim inancıma göre bu cinayet sadece ve sadece Cemaat'in işine yaradı.

Hablemitoğlu, ölümünden sonra yayımlanan *'Köstebek'* isimli kitabında, Cemaat'in gerçek yüzünü anlatmıştı. Ve bu kitabın yayına hazırlandığı kamuoyunca da biliniyordu. Hablemitoğlu daha önce de; 2000 yılı Ağustos ayında yayınlanan *'Etki Ajanları-Nüfuz Casusları ve Fethullahçılar Raporu'* isimli makale ile Cemaat'in tepkisini çekmişti. Hablemitoğlu bu makalesiyle; bu günlere ışık tutuyordu. Dahası o makalesinde Cemaat'in okullarının casusluk üsleri olduğuna işaret ediyordu. Rusya'nın Gülen Okullarında CIA casusları bulunduğunu açıklanmasından 2 gün sonra hunharca katledildi.

Cinayet sabahı evinin çevresinde görülenlerin emniyette verdikleri ifadelerinde, ABD Büyükelçiliği mensuplarının ve ABD vatandaşlarının güvenliği için görevlendirildiklerini ifade etmeleri de ilginç.

Bununla birlikte, Gülen ile örgütü hakkındaki savcılığın takipsizlik kararının aksine, soruşturma derinleştirilerek, basında çıkan haberlerde belirtildiği gibi ABD Büyükelçiliği tarafından 'Paralel İstihbarat Birimleri' kurulup kurulmadığının araştırılması zorunlu iken, bunun da gereği halen yapılmadı.

Soruşturmasının örtbas edildiği en üst düzeyde, bizzat Erdoğan tarafından ifade edilen Necip Hablemitoğlu'na yönelik menfur saldırıyla ilgili soruşturma devam ettiğinden daha fazla detaya giremiyoruz.

Dönemin İçişleri Bakanı Sadettin Tantan tarafından Hablemitoğlu aleyhine tazminat davası açılması ve İçişleri Bakanlığı olarak suç duyurusunda bulunulması, sonuçları günümüze de yansıyan 'Etki Ajanları' nitelemesinin ne denli haklı olduğunu gösteriyor.

Çalışkan, yiğit, Atatürkçü ve milliyetçiydi... Öldürülmeden önce adı, MİT Müsteşarlığı için geçti.

Ve bir de Bergama olayı var. Hablemitoğlu, *Bergama Altın Dosyası-Alman Vakıfları* adıyla bir kitap daha yazıp yayınladı. Bir anımsatma: Alman istihbarat örgütü BND ile Cemaat'in bağına daha önce değinmiştik.

Bergama'da altın madeni kazısıyla ilgili, o tarihlerde büyük tartışmalar yaşanıyordu. Ne hazindir ki Necip Hablemitoğlu'nun öldürülmesinden sonra Akın İpek'in Koza'sı bu madeni aldı.

İpek, Cemaat'in en önde gelen işadamı üyelerinden biridir. 15 Temmuz sonrası tüm servetine el kondu. Kendisi kaçak. Koza'nın maden alanındaki tartışma yaratan adımlarından biri de Erzincan'da oldu. Kanada menşeili ortağı ile bu bölgede siyanürle altın çıkartma ruhsatı aldı. O tarihte Erzincan Savcısı olan İlhan Cihaner'in gündemine de gelen bu konu tartışılırken, Cihaner, cemaatlere yönelik operasyon yaptığı için suçlandı ve makamında gözaltına alındı. Adalet Bakanı Sadullah Ergin'di. Yapılan işlemi cansiparane savundu.

Hablemitoğlu'nun Bergama ile ilgili çalışmaları ses getirmişti. Ama ölümünden sonra siyanürle altın aramaya dönük tüm direniş birdenbire durdu. Cemaat'in Koza'sı da zenginleştikçe zenginleşti...

Necip Hablemitoğlu dosyası hâlâ açık. Rusya'da Cemaat yasaklanmaya başladığı için mi, *Köstebek* yayınlanamasın diye mi, altın kovanına çomak soktuğu için mi, yoksa MİT'e Müsteşar olmasın diye mi öldürüldü?

Buna ilişkin kesin bir bilgim yok. Kesin olan, dönemin İstihbarat Daire Başkanı Sabri Uzun'un Hablemitoğlu soruşturmasının başına getirdiği Şube Müdürü bir Cop'tu. Bu nedenle bu cinayet aydınlatılmadı.

Ve kesin olarak bildiğim bir şey de şudur:

Hablemitoğlu yaşasaydı veya MİT Başkanı olsaydı; ne Cemaat bu kadar büyürdü ne de 15 Temmuz olurdu.

Katilin İsmi

Cemaat'e ilişkin Çatı Davası'nın iddianamesinde, Hablemitoğlu Cinayeti de kapsama alındı. Dava tanıklarından Zihni Çakır, ilginç iddialarda bulundu. Çakır, "Bayram Özbek isimli emniyet mensubu, suikasttan önce Cemaat içinde toplantı yapıldığını iddia etti. Özbek, bana bir kaynağın kendisine şu bilgileri verdiğini söyledi." dedi. Çakır, Bayram Özbek'in o kaynağının verdiği bilgileri şöyle aktardı:

"Necip Hablemitoğlu'nun Alman Vakıfları ile ilgili bilgi ve belgeler, Özel Kuvvetler Komutanlığı'ndaki Gülenciler tarafından servis edildi. O bilgi ve belgeler ile Necip Hablemitoğlu suikastının arkasında Alman istihbaratının olduğu algısı yaratıldı. O dönemde Özel Kuvvetler Komutanlığı'nda bulunan hemen hemen herkes, bu suikastın Yüzbaşı Tarkan Mumcuoğlu tarafından işlendiğini biliyordu. Olayda kullanılan silah Mogan Gölü'ne atıldı. Yine suikast görevlendirilmesinde, FETÖ/PDY içerisinde etkili olduğunu tahmin ettiğim Mustafa Özcan, CIA'nın Türk ajanı olarak bilinen Enver Altaylı ile bir görüşme yaptı. Bu görüşmede -belirlenen- hatırı sayılır bir para karşılığı suikast işlendi. Enver Altaylı, Özel Kuvvetler Komutanlığı'ndaki uzantıları aracılığıyla süreçte etkili oldu."

Bayram Özbek, Cemaat'in aktif bir şakirtidir. Bu kitabın ilerleyen sayfalarında hakkında ayrıntılı bilgileri göreceksiniz. Meslekten atılmış ve birçok suçun faili olarak yargılanmaktadır.

Ergenekon gibi kumpaslar döneminde Cemaat lehine, TSK aleyhine kitaplar yazıp, o tarihte de, Necip Hablemitoğlu'nun

Ergenekon tarafından öldürülmesi için toplantılar yaptığına dair resmi belgeleri gördüğünü ileri süren, 'kalorifer tesisatçılığından yazarlığa terfi eden', hakkında sahtecilik ve tehditten davalar açılıp cezaevini gören, Vatansever Kuvvetler Güç Birliği Davası'nın da tanığı olan Zihni Çakır'ın bu davada da Cemaat aleyhine bilgi vermek üzere tanık olması da savcıların böyle bir isme önem atfetmesi de ilginç. Özbek'in, böyle 'Mahrem' bilgileri Çakır'a vermesi ise daha da ilginç.

Özbek'in Cemaat için çok Mahrem bu tür önemli bir bilgiyi açıklaması mümkün görünmüyor. Ancak üst düzeydeki bir İmama açıklar. Zihni Çakır, Cemaat'in İmamı mıdır ki Özbek bu bilgileri ona açıklamış olsun? Eğer İmamsa, Çatı Davası'nda nasıl tanık olabiliyor?

Yok, eğer Çakır İmam değilse, Özbek yanlış yönlendirmek için bu bilgileri vermiştir. O takdirde de Çakır'ın bu teyit edilmemiş bilgileri 'satması'na, kamuoyunun bir kez daha yanlış yönlendirilmesine savcıların alet olmaması gerekirdi.

Yine de dava dosyalarına girmiştir ve yine de bu iddianın soruşturulması gerekir.

Mülkiye İmamı

İçişleri Bakanı'nın karar alma mekanizmasına doğrudan etki edecek ve polis, jandarma, vali, kaymakam kararnamelerine yön verebilecek kadar etkili bir İmam'dır. Örgüt büyük illere ve finansal getirisi yüksek il ve ilçelere kamu personeli atamanın önemini bilir. Bu nedenle bu İmam'ın çalışmaları özel önem atfeder. Atadığı üst düzey bürokratlar eliyle her türlü illegal faaliyetler rahatlıkla yürütülür.

Mülkiye İmamı, Mahmut Akdoğan'dır.

İçişleri Bakanları üzerinde nüfuz kullanan örgüt, siyasi bağlantıları nedeniyle bu Bakanlığa zaman zaman kendi şakirti isimleri de oturttu. Bu makamı uzun süre işgal eden şakirt Abdulkadir Aksu, Meral Akşener, Sadettin Tantan ve Beşir Atalay gibi isimler Cemaat'e hizmet ettiler.

Abdulkadir Aksu, Gülen'in, "Onu çocukluğundan beri tanırım. Elinden tutar gezdirirdim." dediği bir isim. Aksu'nun babasıyla başlayan irtibatı oğluyla da sürdü. Aksu her dönemde Cemaat'in kontenjanından milletvekili, bakan oldu. Bakanlığı döneminde de hep Cemaat'e çalıştı. Aksu'nun Cemaat bağlantısını yine ilk kez *Fetullah'ın Copları*'nda yazdık. İnkâr ya da dava konusu bile edilmedi. Aksu karşılaşmalarımız sırasında da bir kez bile bana bu konuyu sormadı. Cemaat'in, Polis Akademisi'ne 'Özel Sınıf' adı altında elemanlarını yerleştirmesine ilişkin yasayı hayata geçiren kişidir.

Tantan, Gülen'e ABD'ye kaçtığı sırada bile özel koruma polisi atadı. Gazeteci Şükrü Küçükşahin'in sorusu üzerine *Fetullah'ın Copları*'nı intikam için yazılmış bir kitap olarak değerlendirdiğini açıklayıp, polis içindeki yapılanmayı önleyecek adım atmadı. Dahası, müfettiş raporlarında adı Coplar arasında geçen Muharrem Tozçöken'i hukuka aykırı bir şekilde Bakanlık Hukuk Müşavirliğine getirdi.

Polisin Cop dizaynı, atamaların düzenlenmesi, kritik birimlere belirli isimlerin yerleştirilmesi hep Tozçöken eliyle gerçekleştirildi. Tozçöken, AKP iktidar olunca bu kez bu partiden Eskişehir milletvekili olarak, TBMM'ye geldi, faaliyetlerini burada sürdürdü. Tantan'ın Bakanlığı döneminde Coplar, Tantan'ın da içinde olduğu hükümete yönelik birçok kumpas kurdu. Türkbank Kaset Kumpası bunlardan biridir.

Meral Akşener, bizzat Gülen'in isteği ve bu isteğin Nurettin Veren tarafından Çiller'e iletilmesi ile İçişleri Bakanı olmuştur.

Ve Mehmet Ağar... Ağar da Copların mevzilerini korumasına müsamaha göstermiş bakanlardan biridir...

Mülkiye'de sadece emniyete çengel atılmadı. Vali ve kaymakamlık makamları da Cemaat'in özel ve gözde ilgi alanı ve yuvalanma makamlarıydı.

15 Temmuz darbe girişimi sonrasında, Mülkiye'deki örgüt-lenmenin vardığı boyut, sadece açığa alınan ve tutuklanan vali ve kaymakamların sayısıyla bile anlaşılabilir.

Kalkışmadan bir kaç hafta sonra, İçişleri Bakanlığı bünyesin-de toplam 8 bin 777 personel görevden uzaklaştırıldı. İlk etapta 1'i il, 29'u merkez olmak üzere 30 vali açığa alındı. 52 mülkiye müfettişi, 16 hukuk müşaviri, 1 genel müdür yardımcısı, 2 daire başkanı, 3 şube müdürü, 2 hukuk işleri müdürü, 92 vali yardım-cısı, 47 kaymakam ve 1 kaymakam adayı olmak üzere 246 mülki idare amiri kalkışmadan birkaç hafta sonra açığa alınıp soruştur-maya tabi tutuldu.

Sinop Valisi Yasemin Özata Çetinkaya'dan Ahmet Pek'e, Hü-seyin Avni Mutlu'dan Yusuf Mayda'ya kadar birçok ünlü vali, örgüt üyesi iddiasıyla yargıya teslim edildi. Bunlara daha sonra yeni isimler eklendi. Binlerce kişi ihraç edilirken, örgüt üyeliğin-den tutuklanan toplam 9 bin 56 kişiden 1.743'ü üst rütbeli polis ve mülki amir oldu. Alt rütbelileri sayarsak 7 bin 624 polis, 918 vali ve kaymaklık rütbesindeki kişiler ve bakanlık kadrosundaki isimler tutuklandı.

Yani Gülen'in "Mülkiye'yi ele geçirin." talimatı seneler önce-sinden tam olarak uygulanmıştı.

Milli Eğitim İmamı

Milli Eğitim Bakanı kadar güçlü ve etkili bir İmam'dır. Eğitim-cidir. Kendisi Türkiye İmamı'na bağlıdır. Merkezde alınacak karar-lara müdahil olarak operasyonlar yapar.

Gülen için eğitim kurumlarının özel bir yeri vardır. Bu neden-le Milli Eğitim'de kadrolaşmaya özel önem verir. Buranın İmamı da önemlidir. Çünkü onun vasıtasıyla yurtlar, dershaneler, okul-lar örgütün en rahat hareket ettiği yerler haline geldi.

Şeytanın İmamları

Eleman kazanmak için en önemli yerin bu eğitim kurumları olduğunu bilen Fetullah Gülen'in, "Milli Eğitim'e girin de nasıl girerseniz girin." talimatından yola çıkan örgüt, talebe evlerinde yetişen zeki ve başarılı öğrencileri ele geçirdi.

Tüm okullar, en ücra köy okullarına varıncaya kadar örgütün radarındadır. Her öğrencinin kaydı tutulur ve Eğitim İmamı, İl İmamlarından gelen raporlar doğrultusunda kararlar alır ve yürütür.

Sait Aksoy, Mahrem Hizmetler Sorumlusu ve MEB İmamı'ydı. Ahmet Kirmiç Dershane İmamı ve Mehmet Hanefi Sözen Ögrenci Yurtları İmamı olarak faaliyet yürüttü.

Kalkışma sonrasında 2 bin öğretmen açığa alındı ve soruşturmaya tabi tutuldu. Bakanlık Merkez teşkilatı, İl ve İlçe Milli Eğitim Müdürlükleri'nde de binlerce personel hakkında soruşturma ve ihraç işlemleri var.

Örgütün en fazla sayıda eleman ile örgütlendiği yerlerden biri Milli Eğitim'dir.

Basın İmamı

Polis ve yargı eliyle yürütülen tüm operasyonlar Cemaat'in basın organları ve Tetikçi İmamları eliyle yönlendiriliyordu. Daha örgütün ilk kurulduğu yıllarda medyanın önemini gören Gülen, dergiler, gazeteler, TV kanalları sahibi oldu. Basından birçok kişiyi satın aldı. Kendi yetiştirdiği gazeteci kimlikli şakirtlerinin, basında en önemli koltuklara oturmasını sağladı. Taraf Gazetesi gibi ABD ve Mason sermayeli ve yönlendirmeli gazeteleri de kullanarak, ülkedeki büyük operasyonların kamuoyu desteğini ve algı yönetimini gerçekleştirdi.

Bu alandaki İmamlardan bazıları şöyle sıralabilir:

Medya İmamı Hidayet Karaca. Ekrem Dumanlı ise Medya İmam Yardımcısıydı. Cemal Uşak Gazeteciler ve Yazarlar Vakfi Başkanı ve medyadaki algı yönetimi operasyonlarını yürüten İmamdı. Dergiler İmamı olarak, Faruk İlk ismi kayıtlara geçti. İrfan Yılmaz Yazılı Basın İmamı olarak biliniyor.

Tetikçi

Önder Aytaç Medya İmam Yardımcısı-Tetikçi: Önder Aytaç'a ayrı bir bölüm ayırmak gerek. Taraf Gazetesi'nde Cemaat'in tetikçiliğini yapan polis kökenli Emre Uslu'yla yakın arkadaşlar. Akademi'den tanışıyorlardı. Birlikte birçok algı operasyonu, sahte belge ile manipülasyona imza attılar. Aytaç, Cemaat'in evlerinde büyümüş, sıkı bir tetikçidir. Cemaat'in evlerine babası tarafından yerleştirilmiş ve kardeşi Özgür gibi özel olarak yetiştirilmiştir.

Anne ve babası Aysal Aytaç öğretmendi. İzmir'de Gülen ile tanışıp, örgüte katılan Nurcu kökenli ve şu anda Cemaat'in Molla takımından en etkin isimlerden biri. Örgütün kurulduğu 1966 yılında, Alsancak Lisesi Müdürlüğü yapıyordu. O yıllarda örgütle sıkı bağ oluştu. Dahası İzmir Buca'da Cemaat'in yurduna yapılan bir baskında yakalandılar. Savunmalarını, "Biz karı-koca öğretmeniz. Sabahtan akşama kadar okulda oluyoruz. Çocuğumuz küçük ve bırakacak yerimiz yok. Bu yurt güvenli diye buraya bıraktık. Baskın sırasında da çocuğumuzu almaya gelmiştik. Başkaca bir bağımız yok." diye yaptılar.

Cemaat'e girdikten sonra Vehbi Dinçerler, Nahit Menteşe gibi Bakanların da tavassutuyla Bakanlıkta üst makamlara atandı. DYP'den milletvekili adayı bile olan Aytaç'ın polis ve MİT ile yakın ilişkisi kayıtlara geçti. MİT elemanı olarak da bilinen Aytaç, Cemaat'in yurtdışı okullarının tümünden sorumlu İmamlık da yaptı. Uzun bir süredir Gülen'in yanında.

Cemaat'in yurtdışında açtığı okullar ile Milli Eğitim Bakanlığı ilişkilerini koordine eden de Aysal Aytaç'tı. 2002 yılına kadar bu alanda etkin görev yaptı. Polislerin yurtdışında eğitimine izin veren yasal düzenlemeleri de kaleme alan kişi, Baba Aytaç'tı. Aysal Aytaç, 2002 yılında emekli oldu ve ABD'ye hocasının yanına gitti.

O gün, Buca'daki baskın sırasında yurtta bulunan oğul Önder Aytaç ise Cemaat'in özel yetiştirdiği bir şakirt oldu. Ankara Üniversitesi Hukuk Fakültesi mezunudur. Hep polislere ve istihbaratçılara yakın çalışmalar yapan Önder Aytaç, Polis Akademisi'nde öğretim üyeliği ve Dekan Yardımcılığı da yaptı. Kendisini, 'Tetikçi' olarak tanımlayan, Dışişleri'ndeki Suriye toplantısının gizli dinlemesinde ortaya çıkan bilgileri önceden bilip, açıklayacak kadar Cemaat operasyonlarının içinde yer alabilen bir isimdi Aytaç.

Oldukça tehlikeli ve İmam düzeyinde olan Önder Aytaç, polisin içindeki tüm operasyonları bilen ve dahası bu operasyonlara medya ve basın üzerinden zemin oluşturma, destekleme, algı yaratma gibi konularda etkin çalışan bir şakirtti.

Basın İmamları soruşturulurken, Ekrem Dumanlı, Adem Yavuz Arslan, Emre Uslu ve Önder Aytaç'a özel önem verilmesi gerekir. Polis içindeki etkinliği tartışılamayacak olan Aytaç'ın, MİT'le olan ilişkisi de sıkı bir incelemeyi gerektiriyor.

KÖZ'ü Kurdu Diye Kızdı

Önder Aytaç'a Tetikçi diyen sadece biz değiliz, bizzat kendisi bu sıfatı kullanıyor. Çatı Davası kayıtlarından bakalım:

2010 yılında Önder Aytaç bir yazı yazdı. İnternette hâlâ duran bu yazısında Kemalettin Özdemir'e 'Cemaat yapılanmasından ayrı bir yapılanmaya girdiği için' sitem ediyor, eleştiriyordu. Cemaat'in şimdi itirafçı olan bir üyesi Aytaç'a neden bu yazıyı yazdığını sorunca Aytaç aynen şu yanıtı verdi:

"Abi, benim istihbaratım kuvvetli. Ben tetikçilik yapıyorum. Fetullah Gülen'in Tetikçisiyim."

Cam-Çerçeve Kırdı

Aytaç'ın kişiliğini de gösteren bir örnek anlatalım:

Polis Akademisi'nde Dekan Yardımcısı'yken, kendisine tahsis edilen aracına sivil ve sahte bir plaka takarak dolaştığı fark edildi. Dönemin Destek Şube Müdürü Resul Şankazan, 'yasaya aykırı' diye sahte plakayı söktürüp, parçaladı ve çöpe attı.

Aytaç çok kızdı ve Polis Akademisi Başkanvekili'ne şikâyet etti. Başkanvekili'nin kimliği de ilginç. Oda TV davasında kumpas mağduru yapılan ve aylarca tutuklu kalan Gazeteci Müesser Yıldız'ın kocası Naci Uğur, o dönemde Akademi'den sorumluydu.

Aytaç ve arkadaşlarının kumpasıyla karısı haksız yere cezaevinde kalan Naci Uğur'un, o tarihte de Önder Aytaç'ın Cemaat'in tetikçisi olduğunu bilmemesi mümkün değil. Buna karşın, Önder Aytaç'la arasını bozmak, Cemaat'in hışmına uğramak istemedi. Yasaya aykırı da olsa sahte plaka kullanmasına ses edemeyeceği için Şankazan'ı çağırdı ve "Karışma, sahte plaka taksın." dedi.

Şankazan, Önder Aytaç'la görüştü. Daha görüşmenin ilk cümlesinde Aytaç, "Sen kimsin de benim plakama karışırsın. Ben plakası resmi ve bilinen bir araçla gezmem. Senin sicilini bozdururum, süründürürüm." diye tehdit etti. Bunun üzerine Emniyet Müdürü Şankazan, "Onaylı plakayı kullanacaksınız. Yasaya aykırı işlem yapmam." dedi ve odayı terk etti.

O akşam Önder Aytaç geç saate kadar Akademi'de kaldı. Herkes gittikten sonra, Ulaştırma Büro Amirliği'ne gitti. Yangın tüpünü eline alıp cam, çerçeve ne varsa kırdı. Nöbetçi Amiri tutanak tuttu ve Naci Uğur'a durumu bildirdi.

Sonra şunlar oldu:

Resul Şankazan pasif bir göreve atandı. Büronun camları, kapıları resmi ödenekten para verilerek yenilendi. Önder Aytaç sivil-sahte plakasına kavuştu. Naci Uğur Aytaç ile dostluğunu daha da güçlendirdi. O Aytaç, Oda TV davasında Uğur'un eşini tutuklayanlara alkış tutan yazılar kaleme aldı.

Aytaç kaçak, Şankazan emekli edildi. Uğur, Teftiş Kurulu'nda müfettiş olarak Aytaç ve arkadaşları ile ilgili soruşturmalarda görevli. Benim de yakın arkadaşım Müesser Yıldız ise Cemaat'le iyi niyetli mücadelesini sürdürüyor.

Can Dündar'ın Dostu

Önder Aytaç, Polis Akademi'sindeyken Can Dündar ile de yakın ilişki içindeydi. Dündar'ı birkaç kez Polis Akademisi'ne çağırdı. Hatta birlikte Akademi öğrencilerine konferans da verdiler. Bu ilişki TV ekranlarına da taşındı. Can Dündar NTV'de programına Aytaç'ı sık sık konuk etti.

Bu programlardan birisinde Ramazan Akyürek ismi gündeme geldi. Diğer konukların Akyürek'in sicilinde 'Fetullahçı' yazdığı iddiasına Aytaç, "Yok öyle bir şey. Yalan. Böyle bir belge de yok." diye yanıt verdi. Dahası, hemen her polis kumpasının mimarı Akyürek'i adeta bir 'melek' diye tanıttı.

Belgenin öyküsünü bu kitapta okuyacaksınız. Aytaç'ın konuşmalarını duyunca hemen dosyamda belgeyi çıkartıp, NTV'yi aradım. Yayına bağlanıp belgeyi açıklayacaktım. Beklettiler ve bağlamadılar. Can Dündar'ı cep telefonunda aradım. Reklam arasında ulaşmak istedim. Ama ulaşmam mümkün olmadı. Dahası, Can Dündar daha sonraki günlerde bile dönüp benimle konuşmadı. O gece benim değil Aytaç'ın sesini duyurmayı tercih eden Can'ın tavrını ve tarafını hâlâ çözmüş değilim.

Ve o gece Can'ın sayesinde Aytaç'ın yalanlarıyla Ramazan Akyürek, 'Melek Polis Müdürü' olarak kamuoyuna tanıtılıp, Parlatıldı.

Can, Türkiye'ye gelemiyor, Önder kaçak, Ramazan tutuklu, belge hâlâ bende...

Ilıcak ve Diğerleri

15 Temmuz sonrasında hedefe konulan ilk adres Zaman Gazetesi'ydi. İstanbul Başsavcılığı'nın açtığı soruşturma kapsamında eski ve yeni çalışanlardan 89'u hakkında gözaltı kararı çıkartıldı. 40'ı yakalandı. Birçoğu kaçak. Soruşturma kapsamındaki isimlerden tutuklananlar şöyle:

Abdullah Kılıç, Ahmet Metin Sekizkardeş, Ahmet Turan Alkan, Ali Akkuş, Ali Bulaç, Bayram Kaya, Bünyamin Köseli, Büşra Erdal, Cemal Azmi Kalyoncu, Cihan Acar, Cuma Kaya, Cuma Ulus, Emre Soncan, Faruk Akkan, Habip Güler, Haşim Söylemez, Hüseyin Aydın, Hüseyin Turan, İhsan Duran Dağı, Lalezer Sarıibrahimoğlu, Murat Avcıoğlu, Mustafa Erkan Acar, Mustafa Ünal, Mümtazer Türköne, Nazlı Ilıcak, Nuriye Ural, Osman Nuri Arslan, Seyid Kılıç, Şahin Alpay, Şeref Yılmaz, Ufuk Şanlı ve Yakup Çetin.

Aynı soruşturma kapsamında yurtdışına kaçtıkları tespit edilen ve aranılanlar ise şu isimlerdi:

Cevheri Güven, Erkan Akkuş, Ertuğrul Erbaş, Kerim Gün, Levent Kenez, Metin Yıkar, Muhammed Fatih Uğur, Mürsel Genç, Abdullah Abdulkadiroğlu, Bilal Şahin, Bülent Ceyhan, Fatih Akalan, Fatih Yağmur, Kamil Maman, Mahmut Hazar, Selahattin Sevi, Ahmet Dönmez, Turan Görüryılmaz ve Ufuk Emin Köroğlu.

Adem Yavuz Arslan, Emre Uslu ve Önder Aytaç gibi doğrudan tetikçilik yapan, 'Kökten Cemaatçiler' ise zaten beyin takımından ve çok önceden korumaya alındı. Yani yurtdışına çıkartıldı. Daha birçok isim var elbette.

Omurgasızlar

Cemaat'in değirmenine su taşıyan, çıkarcı, yalaka isimlere ne demek gerek?

Bana göre gazeteciden çok bir ajan-provakotör olan, hemen her siyasi iklime göre tavır ve şekil alabilen Ergün Babahan, Nazlı

Ilıcak gibi çok isim var. Ilıcak'ın kişiliği ve gazeteciliği ile ilgili Kemal isimli kitabımda -s.138 ve devamı- özel bir bölüm yer aldı. Orada anlattığım öykü gibi çok öyküsü olan Ilıcak'ın, Cemaat ve Gülen ile ilişkisine dair savcılara anlatacağı çok şey olmalı.

Bir dönemler 'tefle dansöz oynattığı' Oğlu Mehmet Ali Ilıcak'ın ifadesiyle, "Körü körüne hareket eden ve muhakeme yapmayan" Nazlı Ilıcak, Ali Fuat Yılmazer'in lojistiğinde Cemaat'in tetikçiliğine soyunmaktan ne kadar memnundur bilinmez? Ancak eski eşi Emin Şirin ile ABD'de Gülen'i ziyaret ettiğinde, Gülen'in kendilerine söylediği, Genelkurmay eski Başkanı Hilmi Özkök'ün "Albay yapılmasına dahi şaşırdığı" özel bilgisi hâlâ sıcaklığını koruyor.

Henüz Milletvekili bile seçilmemişken, Beyaz Saray'da ağırlanan ilk kişi olan Recep Tayyip Erdoğan'ın, 4 Kasım 2002 tarihinde dönemin ABD Savunma Bakan Vekili Paul Wolfowitz aracılığıyla 'Mahrem ve Özel bir Toplantı' talep ettiği, dönemin Genelkurmay eski Başkanı Hilmi Özkök hakkındaki bu bilgi, 15 Temmuz kalkışmasının sonuçlarıyla birlikte bir kez daha sorgulanmalı.

Yargı tarafından soruşturulmasa da kumpaslar döneminde kendilerine şakirtlerin getirdiği cdlerdeki haberi sorgulamadan yayınlayan gazeteciler ve yayın organlarına ne demeli? Hazır yazılı metinlerin üzerine imza atan ve manşetlerden toplumu yönlendiren, manipüle eden ve kendisini gazeteci olarak gören satılmış kalemlere ne demeli?

Ve dün Cemaat'e övgü düzen, Hocasına selam gönderen, Abant toplantılarının ve Cemaat'in yurtdışındaki okullarına ziyaretlerin müdavimleri olan, Bank Asya'dan nemalanan, Pensilvanya'ya gidip el öpen, Gazeteciler ve Yazarlar Vakfı'nın kurucusu olan, bugün ise en keskin Cemaat karşıtı görünen gazeteci kılıklı hokkabazlara ne demeli?

Bugün onlar hiçbir suçları yokmuş gibi hâlâ köşelerinde, utanmadan, kalem oynatıyorlar. Onlar kendilerini çok iyi biliyor olsalar da isimleri tek tek yazılıp deşifre edilmeli... O da başka bir kitap konusu olarak dağarcığımızda dursun. Ama onlara bir çift sözüm var:

Sizler, Cemaat'in şakirdi olarak tetikçilik yapan hainlerden, daha hainsiniz.

Tayin Heyeti

Adeta bir devlet gibi hareket eden örgüt, kadrolarını etkin kullanmak ve deşifre olunmasına karşı önlem almak gibi nedenlerle sık sık örgüt içi atamalar da yaptı. Bu nedenle bugün savcılar da isimler ve İmamlar sıralaması yaparken zorlanıyorlar. Çünkü iki yılda bir, yer ve rütbe değişikliği yapan bir örgütle karşı karşıyalar.

İz silmek için bilinçli olarak karmaşıklaştırılan yapı, atama kurulu işlevi yapan Tayin Heyetini 1995 yılında kurdu. Bu heyet, bütün Türkiye'deki Bölge *(Eyalet)* İmamlarının nereye gideceğini belirlemekle ve problemlerini dinlemekle görevlidir.

Örgütün tüm yurt içi ve yurt dışı tayin işlerini bu heyet yapar. Tayinler genellikle her yılın Mart ayında açıklanır ve Mayıs ayı içerisinde de yeni görev yerlerinde işbaşı yaparlar. Aradaki iki aylık süre, alışma dönemidir.

Atamalar her 2-3 yılda bir rutin olarak yapılır. Problem olduğunda ise atamalar doğrudan merkez yönetim tarafından rutin dışı da olabilir. Karar verilen atamalara örgüt mensuplarınca yapılan itirazlar yine bu heyet tarafından değerlendirilir. Heyet, itirazı yapanı ikna etmeye çalışır. İkna olmasa da şakirt yeni yerine gönderilir. Üst düzey yöneticiler ve Hususi İmamların tayinleri Gülen ve çekirdek kadrodaki kişiler tarafından yapılır. Bu Tayin Heyeti'nde, son döneme kadar Mehmet Ali Büyükçelebi, Nevzat Ayvacı yer alıyordu. Ankara'daki kritik tayinlerden ise Ahmet Kara sorumluydu.

Mütevelli Heyeti

Daha çok esnaf ve iş adamlarından oluşan ve bulunduğu ilin mali işleri ile ilgilenen heyettir. Bu heyet, belli aralıklarla bir araya gelerek örgütle ilgili yapılacak işler, sıkıntılar, problemler, toplanacak Himmetler, gazete ve dergi abonelikleri, yurt dışında masrafları karşılanan okulların durumları, örgüte müzahir esnafların ve iş adamlarının sorunları, alınabilecek ihaleler hakkında istişare yapıp bir sonraki toplantının tarihi ve yerini belirleyerek toplantıyı bitirir.

Aynı şekilde ilçe Mütevelli Heyeti de daha dar bir alanda il Mütevelli Heyeti'nin faaliyetlerini yürütür. Büyük şehirlerde, Mütevelli Heyeti bölgelere bölünür. Bölge Mütevellilerinin topladığı paralar, o ilin İmamı'na teslim edilir. Para hareketleri il İmamı'nın görevlendirdiği bir mutemet tarafından takip edilir.

Mütevelli Heyeti, örgüt içerisinde genellikle mali konular üzerinde yoğunlaşan yapının ilk nüvelerinden biridir. Örgüt maddi kaynağını oluşturmaya esnaf ve iş adamlarından oluşan sohbet grupları ile başladı. Sohbete davet edilecek kişiler, önceden araştırılıp sınıflandırılır. Bu sınıflandırmalar kişilerin ekonomik durumları, yaptıkları bağışlar ve verdikleri paralara göre farklılık gösterir. Sohbet, örgütsel propagandadan çok toplanılacak para üzerinde yoğunlaşır. Bu sohbet grupları için Fetullah Gülen tarafından sorumlu İmamlara kuryeler aracılığı ile bazı vaaz videoları gönderilir. Bu videolar çok özel videolar olup, bu konuya Fetullah Gülen çok önem verir. Bu videolar normal ders gruplarına kesinlikle gösterilmez.

Örgüte yüksek miktarda para aktaran veya gayrimenkul bağışında bulunan iş adamlarına bizzat Fetullah Gülen tarafından çeşitli hediyeler gönderilir. Hatta duruma göre Pensilvanya'ya Hocayı ziyarete götürülenler, yurt dışı gezilerine çıkartılanlar vardır. Bu gezilerde örgütün okulları özellikle ziyaret edilir. Yoksul öğrencilere sevap için iyilik yapıldığı, eğitim masraflarının karşılandığı algısı yaratılarak iş adamları etkilenir. Türkiye'ye geri dönüldüğünde ziyaret edilen ülkenin fakir çocukları için yardım toplama bahanesi ile esnaf ve iş adamlarından yüklü miktarda para toplanır.

Mütevelli Heyeti'nde faaliyet gösteren şahıslar, sadece bölgesindeki sorumlu İmamları tanır ve o kentteki Mütevelli Heyeti'nin yapılanmasını bilebilir. Örgütün genel yapılanması hakkında bilgilere sahip olması engellenir.

Türkiye Mütevelli Heyeti içinde yer alan bazı isimler şöyle:

Hamdi Akın Mali Yapılanma İmamı, Kazım Avcı Vakıf ve Dernek İmamı. Gülen'in halasının oğlu olan Avcı, Mahrem İşler'le de ilgilenen Türkiye Mütevellisi üyesiydi. İsmail Cingöz, Kazım Avcı'nın yardımcı İmamlarından biriydi. Kimse Yok Mu Derneği Başkanı idi. Mustafa Talat Katırcıoğlu, Bank Asya Yönetim Kurulu üyesi, Ali Çelik Türkiye Mütevellisi üst düzey yöneticisi ve Bank Asya Yönetim Kurulu Başkanı. Mustafa Günay Tuskon Genel Sekreteri ve İmamı, Rahmi Bıyık ATO İmamı, Hüseyin Saruhan Mali İşler-ATO İmamı.

İcra Kurulu

Okul, üniversite, basın yayın kuruluşu gibi örgütün sahibi olduğu kuruluşların icra kurullarındaki isimlerdir. Gerçekte hisse payı bulunmayanlar, ortak olarak gösterilerek o kuruluşun yönetiminde görevlendirilir. İcra Kurulları'na yerleştirilen bu kişiler eliyle, örgütün sahibi olduğu kuruluşların yönetim ve denetimi yapılır.

Akademik Kadro İmamı

Örgütün gelişip büyümesi sonrasında oluşturuldu. Üniversiteler üzerindeki çalışmalar bu İmamlar aracılığı ile yürütülür. Her üniversitede bir İmam olur. Örgüt bu İmamlar üzerinden tüm üniversitelerin işleyişi hakkında bilgi sahibidir. Şakirtlerin üniversitelere personel olarak yerleştirilmesi ve öğrencilere yönelik propaganda çalışmalarını bu İmamlar organize eder. Teknokentler de bunların görev alanındadır. Üniversiteler bünyesindeki teknokentlerdeki işlemler özenle incelenmelidir.

Kritik Birim İmamı

Örgütün operasyonlar için özel örgütlendiği yerlerdir. Örgüt, kitlesel kadrolaşmayı sağlamak, sınav sorularını çalmak için ÖSYM'ye, usulsüz dinlemeleri için TİB'e, bilimsel ve teknolojik araştırmaları kontrol edebilmek için TÜBİTAK'a İmamlar atadı. Ve buradaki kadroları eliyle, inanılması güç operasyonlara imza attı. Bu tür yerlerde; Özel Birim İmamları oluşturup gayri meşru işler yaptı.

Yatay İmamlar

Genel yapılanmanın dışında kalan bazı özel alanlarda Türkiye İmamı'na bağlı, Yatay İmamlar da vardır. Toplumun her kesimine ulaşmak için Ehlibeyt İmamlığı, Roman İmamlığı, Varoş Bölgeler İmamlığı gibi Yatay İmamlıklar oluşturuldu. Ziya Demirel Alevi İmam Yardımcısı olarak tespit edilen bir isim.

Diğer Kurum İmamları

Devletin teşkilatlanmasına paralel olarak her bir kamu kurumuna Fetullah da bir İmam atadı. Kurumlardaki kadrolar bu İmamlara bağlı çalıştı. Milletvekilleri bakan olarak atandıklarında o Bakanlığın tüm işlerini bildiklerini ve orada tam olarak egemen olduklarını sanırlar. Ancak bürokratlar bakanları yönlendirir. Son yıllarda o bürokratlar, Bakanlığın tüm işlerini yürütenler Fetullah'ın İmamlarıydı. Yani Başbakan'ın, Hükümet'in açıkçası devletin bakanı da İmam'ın kontrolündeydi. Eğer kendisi zaten Cemaatçi değilse -Ki bu da çok sık görülen bir durumdur- Bakanlığı, Bakan değil İmam yönetirdi.

Ancak bunlar bir açıdan, Hususi İmamları kamufle eden İmamlardı. Özel Hizmet *(Mahrem Hizmet)* ve bunların sorumlusu Özel Birimler *(Mahrem Birimler)* yani Özeller *(Hususiler)* kadar etkin değildirler.

KİTAP 2

KIRIK COP

İLK SÖZ

Copları anlatmaya başlamadan önce, ilk bölümde ayrıntılı anlattığımız, örgütün gelişim aşamalarını özetleyelim:

Birinci Aşama-Emekleme: Gülen ve Örgütü 1966'dan 12 Eylül 1980 yılına kadar ilk aşama örgütlenme çalışmalarını sürdürdü. Emekleme aşaması olan 1970 muhtırasına kadar olan dönemde çalkantılı bir süreç vardı. Muhtıra sonrasında asker içindeki Amerikancı yapının da desteği ile örgütü de kendisi gibi henüz olgunlaşmasa da önü açıldı ve diğer cemaatlerin ötesinde bir ilgi ve ihtimam gördü.

1974 yılına kadar yurtlar, dershaneler üzerinden sızma eylemleri, Işıkevleri'nin oluşturulması, vaazlar ile yandaş toplama gibi çalışmalarla yoğunlaştı. Ekonomik gücünü arttırmaya yöneldi. Eğitim kurumlarına sızma çalışmaları da 1972 yılından sonra arttı. 1974'den sonra Polis Koleji ve askeri liselere sızdı. 1980'den sonra ise kadrolaşmanın ve genişlemenin önü açıldı.

İkinci Aşama-Cuntanın Büyütmesi: Örgütün dışa dönük bir tavra bürünmesi, tanınması, güçlenmesi ve devlet içi yuvalanması 12 Eylül Darbesi ile sıçrama yaptı. Kamuoyunda Fetullah Gülen'in itibar kazanması ve popülaritesinin artması da yine bu dönemde, Askeri Cunta'nın Gülen'i legalleştirmesi ile oldu.

Bu dönemde Gülen, askere selam durup, Kenan Evren'i öven, Turgut Özal'ın liberal söylemine destek veren, muhafazakâr ama milli duruş sergileyen bir portre çizdi. Özallı yıllarda yurt içi teşkilatlanmasını netleştiren, hemen her kuruma yerleşmeye başlayan Cemaat, yurtdışına da açılmaya başladı. Ekonomik açıdan da büyüdü. Artık bağışlarla yetinmiyordu. Şirketler, holdingler kurmaya başladı. Eğitim, sağlık, basın, taşımacılık, yurt ve dershaneler ilk hedef alanlarıydı.

12 Eylül ile dizayn edilen Türk siyaseti ve devlet yapılanması; Gülen için de en uygun iklimi sağladı. 1999'a kadar geçen bu süreçte; Turgut Özal, Süleyman Demirel, Bülent Ecevit, Tansu Çiller, Alparslan Türkeş, Muhsin Yazıcıoğlu gibi siyasi liderlerle yakın ilişkiler kurdu.

Bu evrede ABD'ye yaptığı 1992 ziyareti ayrı bir önem arz ediyor. Bu ziyaret sonrasında, başta Azerbaycan olmak üzere, yurtdışına açılmaya başladı.

İstisna sayılacak isimler de var. Tabanda birliktelikleri olsa da; bir dönem Fehmi Koru'nun şoförlüğünde kampına kadar ayağına gelen Erbakan'a "Beceremediniz bırakın gidin." diyecek kadar; İstihbaratı, polisi peşine taktığını düşündüğü Mesut Yılmaz'a da Türkbank Operasyonu'nu yapacak kadar tepkili ve uzak durdu.

Yıldızı parlayan Tayyip Erdoğan için özel ekip kurup, daha Belediye Başkanlığı döneminde kontak sağladı.

Üçüncü Aşama-Kâinat İmamlığı: 28 Şubat sonrası dönemde, örgütünün aleyhinde TSK içinde yükselen tepkiye karşılık, Gülen taktik değiştirdi. Askerin radarına girdiğini, kendisi için tehlike çanları çaldığını farkedip ABD'ye kaçtı.

Gülen kaçtıktan bir süre sonra, Türkiye'de siyasi yapı kökten değişti. 2002'de AKP iktidara geldi. Eski siyasetçiler adeta yok oldu. Gülen, tıpkı hamisi ABD gibi AKP'yi desteklemişti. Bu partinin iktidarında da bunun meyvelerini topladı.

Şeytanın İmamları

Dördüncü Aşama-Ortaklık: AKP iktidara geldikten sonra Cemaat'in altın devri başladı. Seçim sürecinde başlayan yakınlık, ortaklığa dönüştü.

İktidara gelmesine rağmen, AKP'nin karşısında güçlü bir toplumsal muhalefet vardı. Hemen hemen tüm söylemleri ile yerleşik sisteme ters düşen AKP kendisini yalnız hissediyordu. Bürokraside kadrosu yoktu. Her an bir darbe, bürokratik kaza ile yok olacağı tedirginliği ile ilk yıllarını geçirdi. AKP'nin kapatılmasına yönelik açılan dava, Erdoğan ve yol arkadaşlarına endişelerinde haklı olduğunu gösterdi.

AKP kapatılmamak için mücadele verirken, Cemaat elindeki tüm imkânları kullanarak iktidar partisinin yanında yer aldı. Cemaat, sonunda Erdoğan ve AKP'nin 'kadim ve vazgeçilmez dostu' haline geldi. Ve bürokrasideki şakirtlerini de AKP'nin hizmetine sunan Cemaat, aslında kendi iktidarını kurmanın peşindeydi.

Bu süreçte yani 2002'den itibaren, Türkiye'deki hemen tüm kamu kurumlarında kadrolaşması zirveye ulaştı. Örgütlenmenin temeli olan İmamlık, vaizlik, Işıkevleri, yaz kampları, kolejler, hazırlık dershaneleri, kültür tesisleri ve iletişim kuruluşları gibi halkalar birbirine eklendi. Yüzlerce şirket ve holding kuruldu. Tüm dünyaya yayılan dev bir zincir oluştu.

Ne istediyse verildi. Hem de parsel parsel...

Okulları; bizzat dönemin Dışişleri Bakanı Abdullah Gül'ün yazısı ile Türk diplomatları tarafından tüm dünyada desteklendi, legalleştirildi. Trilyonların aktığı bu yıllarda örgüt maddi olarak güçlendi. Gülen'in kendisi de Abdullah Gül ve Cumhurbaşkanı Recep Tayyip Erdoğan başta devleti yönetenlerin referansları ile uluslararası alanda 'Muteber Kişi' sıfatına kavuştu.

Yurtdışı okullarına Türkiye'nin desteği her zaman vardı. Ama AKP iktidarı kadar destek veren olmadı. Önce Özbekistan, ardından Rusya, bu okulları 'Amerikan Casusları' diyerek kapattıklarında da AKP hükümeti en üst düzeyde Gülen'e sahip çıktı. O dönem Erdoğan'ın, Putin'e okulların açık kalması için ricacı olduğu da biliniyor.

Cemaat, bu sayede devletin tüm kılcal noktalarına kadar ulaştı. Kapatma davasının ardından yargıya operasyon yapan Erdoğan; yukarıda anlattığımız gibi yargıyı Cemaat'e teslim etti. Polis zaten Cemaat 'in elindeydi. Cemaat öylesine güçlendi ki MİT'i de ele geçirmek için hamleler yapmaya başladı.

TSK'da yapılanma vardı. Ama Avrasyacı grubun aşılması gerekiyordu. Bunun için polis içindeki operasyonel güçleri, yargıdaki uzantıları ve siyasi iktidarın 'vesayeti yıkma eğilimi'ni kullanarak TSK'ya yönelik kumpaslar düzenlendi.

Beşinci Aşama-Güç Kavgası: İktidarla ortaklık ve büyüme aynı zamanda kavgayı da beraberinde getirdi. Güç ve çıkar çatışması başladı.

Cemaat kendisini o kadar güçlü hissetmeye başladı ki artık hükümetin ya da Erdoğan'ın istemediği konularda bile kendi istediği gibi hareket ediyordu. Erdoğan'ın verdiği talimat bile bürokrasideki şakirtlerce tam aksi şekilde uygulanabiliyordu. Yargıda, poliste, TSK'da, Maliye'de, hatta Bakanlar Kurulu'nda bile Erdoğan'ın karşısına sık sık Cemaat çıkar oldu.

İstemediği bakanı -kendisine hizmet etmiş olsa bile- değiştirme operasyonu -Fetullah'ın Copları s.333 ve devamı- yapan, kanunları kendi istediği gibi yaptırma gücüne de ulaşan Cemaat, artık Kürt sorunu, uyuşturucu trafiği, vergilendirme biçimi, eğitim sistemi dâhil hemen her konuda istediği gibi at oynatır hale geldi. Erdoğan ise zaman zaman Cemaat'in bu gücünden rahatsız olsa da uzunca bir süre yakın müttefik olarak gördüğü Cemaat'e hoşgörü ile bakmaya devam etti.

Ancak 7 Şubat krizi ile Erdoğan Cemaat konusunda 'yanıldığını' anlamaya başladı. Cemaat'e ayar vermeye kalkışınca da karşısında nasıl bir düşman olduğunu gördü. Cemaat ayarlanabilir bir örgüt değildi. Erdoğan'a yanıtı sert oldu. 17/25 operasyonu başladı. Bu operasyonu yapanların tümünün Fetullah'a bağlı polis ve savcılar olduğu artık net olarak ortaya çıktı. Zaten başka kişiler de olamazdı. Çünkü savcılar da polisin bu operasyonel birimleri de Cemaat'in elindeydi. Bunu en iyi bilen Erdoğan'dı. Çünkü tüm atama tavassutlarını bilen oydu. Cemaat ne istediyse vermişti. Ama verdiklerini de not etmişti.

Alaeddin Kaya ile birlikte Fehmi Koru'yu Gülen'e göndererek, belki zaman kazanmak isteyen ve belki de yeni bir uzlaşma arayan Erdoğan, 25 Aralık'ta operasyon kendi ailesine yönelince düğmeye bastı. Karşı hamlede bulundu.

Poliste ve yargıda gücünün kırılmaya başladığını anlayan Cemaat, önce uzlaşmaya çalıştı ama olmadı. Erdoğan, sert kaya çıkmıştı. Sonra karşı atağa geçti. Ama artık eskisi gibi istihbarat ve operasyonel gücü olmadığını gördü. Çaresiz, uyuyan ve yıllar sonra harekete geçecek kadrolar uyandırıldı. Yani TSK içindeki güçler devreye sokuldu ve 15 Temmuz kalkışması gerçekleşti.

6. Aşama-Kırık Cop: Amerikan filmlerinde görmüş olabilirsiniz. Bir ABD timi operasyon sırasında açığa çıkarsa, saldırıya uğrarsa, karargâha telsizle "Kırık Ok..." diye anons geçilir.

17-25 Aralık sonrası başlayan temizlik, buna bağlı 15 Temmuz girişimi ve bu girişimin başarısız olması sonrasında Cemaat, 'Kırık Ok' ilan etti.

Yani deşifre oldu ve saldırı altında...

Operasyonel gücü olan asker ve polis darmadağın oldu.

15 Temmuz'un gerçekleri ortaya çıktığında, 'Ok'un çok önceden mi kırıldığını', yoksa gerçekten 15 Temmuz'da mı 'Kırık Ok' anonsunun Pensilvanya'ya geçildiğini öğrenebileceğiz.

Şimdi yukarıda özetlediğimiz tüm süreci daha da ayrıntılandırmaya başlayacağımız kitabın bundan sonraki bölümünde; Cemaat'in gizli operasyonlarını, polis içindeki şakirtlerinin izini sürerek anlatacağız.

Copları ve operasyonları anlattığımız bölüme, bu nedenle **'Kırık Cop'** adını verdik.

COPLARIN FOTOĞRAFI

Şimdi gördüğünüz bu tabloyu yorumlamak kolay sanılsa da aslında yine de karmaşık ve anlaşılması güç.

Fetullah Gülen'in bu örgütsel yapısı ve İmamları; Kozmik Oda'yı talan edecek, Genelkurmay Başkanı'nı tutuklayacak, 15 Temmuz ihtilal girişimini yapacak, 7 Şubat MİT krizini yaşatacak, başbakanı, cumhurbaşkanını, bakanları, gazetecileri, bürokratları, işadamlarını, sanatçıları dinleyip istihbarat sağlayacak ve bu bilgiler ışığında operasyonlar yapacak kadar güçlenmiş ve yuvalanmıştı. Cinayetler, Cemaat'in mağduru olarak intihar edenler, hayatı kararanlar, hâlâ mağdur olduğunun farkında olmayan yoksulluğun ve cehaletin pençesindeki milyonlarca insan... Oyuna getirilenler, itiraf mağdurları, geleceği çalınanlar...

Saymakla bitmeyecek suçu var bu Cemaat'in...

Üstelik izlerini silerek ya da karıştırarak; hangi olayın sorumlusu olduğunu örtecek kadar sinsi bir yapı. Hâlâ "Ben yapmadım." diyebiliyor. Şakirtleri, İmamları yurt dışına kaçsa da ele geçirilenlerin itirafları ortada olsa da masum olduğunu iddia edebiliyor. Dahası buna kendileri de inanıyorlar, suçluluk hissetmiyorlar...

15 Temmuz sonrası ülkenin dört bir yanında, savcılar bu örgütlenme ile ilgili iddianameler hazırladı, davalar açıldı. Yargılamalar sürecek. Birçok kişi mahkûm olacak. Ama bu arada birçok kişi de yakayı kurtaracak. Bunları şimdiden görebiliyoruz.

Şeytanın İmamları

Örgütün beyin takımı ya yurt dışına kaçtı ya itirafçı olarak yakasını kurtardı. İtirafçıların gerçek bilgiler verip vermediği, itirafta bulunuyor gibi yaparak yönlendirme yapıp yapmadığı, çok dikkatle takip edilmeli. Bu dikkati ve takibi bir tek savcılar yapmamalı. Savcılara, yargıçlara katkı yapmak için toplum hafızası diri tutulmalı. Bu konuda bilgi ve belgesi olanlar; izlerini kapatmak ve manipülasyonda usta olan bu şakirtleri ve onların ülkeyi kaosa sürükleyen tüm işlem ve eylemlerini güncel tutmalı. İzlerini sürmeli.

1979'dan bu yana çatışma halinde olduğum; 1999'da listelerle, olaylarla, anılarla gündeme getirdiğim Coplarla ilgili uyarılarım -bir bölümü de olsa- 15 Temmuz'dan sonra, nihayet dikkate alındı. Emniyet içinde Cop temizliği yapıldı. Ancak bu sırada eski alışkanlıklardan kaynaklanan bazı yeni hatalar da yapılmaya başlandı:

Cop'lardan boşalan yerlere başka cemaatlerin müritleri yerleştirilmeye başlandı. Ya da onlar bir şekilde bir siyasi kanal bularak emniyet içinde yuvalanmaya başladılar.

Ki bunların bir bölümü zaten eski Cop'tu. Dahası kendisini gizleyen kripto Coplar, etkin konumlara geliyordu. Diğer cemaatlere sızan Coplar da önemli görevlerde kalabiliyordu.

KÖZ grubu olarak bilinen; eski Polis İmam'ı, itirafçı Kemalettin Özdemir'e bağlı kalanların, poliste yeni kadrolaşma çabaları vardı.

Bu sırada katıldığım birkaç TV programında bu konularda uyarılar yaptım. Okuyucular, Yazıcılar, Meşveretçiler, Menzilciler, Nurcular, Nakşibendîler, Milli Damarcılar... gibi onlarca cemaat polise göz dikmişti. Bunlara yol verilmemesi konusunda uyarılarda bulundum. Bazıları ile o tarihe kadar 'çatışmasız' ilişkim bulunan KÖZ grubunu, TV programlarında ve güncellediğim *Fetullah'ın Copları* kitabımın son bölümündeki eklemelerde deşifre ettim. Cemaatler ve KÖZcüler bana çok kızdılar ama uyarılarım yerini buldu. Süleyman Soylu'nun İçişleri Bakanlığı'na gelmesi sonrasında çıkarttığı ilk müdürler kararnamesi ile bu grupların önü büyük ölçüde kesildi.

Bu kararname ile emniyet üst düzey yönetiminde Copların, Cop kalıntılarının, diğer cemaatlerin ve KÖZcülerin önü kesilmiş gibi görünüyor. Ancak fire var. Emniyet içindeki kaynaklarım yüzde 25'lik bir 'kaçak' olduğu yorumunu yaptılar. Eğer 'temizlik' kararlılıkla sürdürülürse, bir sonraki adımda bu oran daha da aşağı çekilebilir.

Ancak yapılan temizlik tam bir hengâme içinde yürütülüyor. Organize bir çalışmadan söz etmek pek mümkün değil. Bylock listesinde çıkanları ya da Bank Asya mudisi olanları görevden almakla yetinilmeyeceğini bilmek gerek. Beyin takımı ya yurt dışına kaçtı ya itirafçı oldu. Asıl yöneticiler, itirafçı olup kurtulurken, alt kademede ve feda edilebilir kişiler soruşturuluyor. Geçmişte suç işlemiş olan birçok isim; görevden alınarak ya da meslekten uzaklaştırılarak 'temizlik' yapıldığı gibi bir yanılgı var. Oysa o kişilerin birçoğunun bu ülke için derin yaralar açan suçları var. Ama bu suçların hesabını soracak bir mekanizma -henüz- işletilemiyor.

Çünkü devletin hafızası çalıştırılamıyor, arşiv bilgileri çıkartılıp işlem yapılamıyor. Bunun temel iki nedeni var:

Birincisi, Çatı İddianamesi'nde açığa çıkan '17-25 öncesine ilişkin soruşturma yapmak istemeyen' siyasi iradenin tavrı. İkincisi ise o suçlara ilişkin bilgi ve belgeleri çalıştıracak hafızanın işletileceği bir sistemle oluşturulmamış olması.

Muhtemel ki siyasi iradenin tavrını değiştirmek pek öyle kolay değil. Ama unutulanları hatırlatmak, hafızayı tazelemek mümkün olabilir. Anımsatılması gereken konular var.

Copları ve Copların izlerini sürerken, bu Cemaat'in neler yaptığını hangi suçların sorumlusu olduğunu görebiliriz. Özellikle operasyonel faaliyeti bulunan polisteki şakirtlerin izini sürünce, bunu daha kolay anlayabiliriz. Örgütün ilk gününden bu yana işlediği suçları görmeye, göstermeye çalışacağız.

Örgütün, ilk derli toplu örgütlendiği ve bu güne kadar hemen tüm operasyonları yönetmek için adeta merkez üssü olarak kullandığı polis örgütlenmesidir. Polisteki örgütlenme biçimi ve tarihçesi iyi bilinmeli. Polisteki yapılanma, İmam değişikliği ile iç çatışma yaşadı. Buna paralel olarak hükümeti ile kavga başladı. Cemaat ile kavgayı başlatan polisin operasyonlarıydı. Öyleyse oraya yakından bakmak gerek.

Hükümet, OHAL kapsamında çıkarttığı 2016 yılı Eylül, Kasım ve Ocak 2017'deki kararnamelerle polis içindeki binlerce ismi meslekten attı. Üst düzey polis müdürlerinden binlerce kişiye zorunlu emeklilik, meslekten çıkartma ve hatta ünvanlarının silinmesi gibi yaptırım uyguladı. Yani **Coplar Kırıldı.**

Büyük çoğunluğu zaten tutuklu ya da kaçak olan bu isimlerin listesi bile ayrı bir kitap olur. Ama o isimlerin büyük çoğunluğu bir liste sıra numarası ile okunup geçilmeyecek kadar önemli. Çünkü onlar bu ülkedeki birçok suçun sorumlusu. Bu konuda savcılara çok iş düşüyor.

Biz devletin arşiv ve hafızasını harekete geçirmek için KHK'lardaki, listelerdeki isimler ile kendi özel belge ve bilgilerimizdeki isimlere daha yakından bakacağız. KHK'larda yer alan isimlerden 500'den fazlasını zaten biz *Fetullah'ın Copları*'nda yazmıştık...

Cuntacılar Yol Verdi

Benim, Polis Koleji'ne girdiğin 1979 yılında; Ankara'nın birçok semtinde Işıkevleri vardı. Adam; devşirmeler, Kafalamalar sinsi sinsi yürüyordu. Ancak mevcut ortam, Cemaat Abileri'nin kolejdeki her öğrenciye ulaşmasını engelliyordu. *Fetullah'ın Copları*'nda buna ilişkin ayrıntılı öykülere yer verdim. 1980 darbesi sonrasında ise iklim değişti. Bu kitabın ilk bölümünde anlattığımız gibi Cunta, Cemaat'e yol verdi, büyümesi için uygun ortam sağladı.

O tarihte, Polis Kolejine atanan ve kolej içindeki örgütlenmenin kemikleşmesini sağlayan, 4 sınıf komiserinden söz etmiştik. Ramazan Akyürek, Kadir Esir, Mustafa Sağlam, Ali Osman Kahya. Bu isimler ilk çakma olmayan, kökten yetişmiş Cop'lar olarak sayılabilir. Kolejde başlayan Cemaat örgütlenmesini kökleştirenlerdi, bunlar.

Kadir Esir, herkese kan kusturan bir zalimdi. Sonra ne olduysa birden masumlaştı, yumuşadı ve öğrencilere adeta bir arkadaş gibi yaklaşmaya başladı. Şimdi meslekten atıldı ve tüm ünvanları alındı. Akyürek, Cemaat'in polisteki genel sekreterliğine kadar çıktı. Mustafa Sağlam, Abiler üstü biri oldu. Okulda zalimliği ile bilinen ve polis içinde hemen hiç kimsenin sempati ile bakmadığı Ali Osman Kahya; en kritik makamlarda, en önemli Cemaat hizmetlerini gerçekleştirdi. Akyürek ve Kahya tutuklu. Sağlam kaçak.

Mümessil Abiler

Kolej'de ve Akademi'de -Ki aynı sistem askeri okullarda da vardır.- her sınıfın bir mümessili, bunların tümünün bağlı olduğu devre mümessili vardı. Son sınıflardan bir kişi de tüm mümessillerin üstünde okul mümessili olarak okul idaresi tarafından atanırdı. Bu komiserlerin Polis Koleji'ne atanması sonrasında; okul mümessilerinin tümü Cemaat'e mensup, Işıkevleri'ne gittiğini ve öğrenci götürdüğünü bildiğimiz kişilerden seçildi.

Bizim devrede Hüsrev Salmaner, Basri Aktepe ve Sabri Dilmaç gibi isimler mümessil olmuşlardı. O tarihte net olarak anlamasak da yıllar sonra açıkça görüyoruz ki mümessiller aslında Cemaat'in Abilik sisteminin Kolej'de aynen uygulamasından başka bir şey değildi. Yani Abiler, Cemaat içindeki konumuna göre mümessiliği paylaşmışlardı.

Cemaat'in Kolej Abisi Mustafa Aydın ise tabii ki Başmümessildi. Aydın, mezun olup Polis Akademisi'ne gidince yerine bir alt devrenin Abisi ve mümessili olan Mustafa Bağrıaçık getirildi.

Kolej sonrası Polis Akademisi örgütlenmesi de tamamlandı. Akademi'den mezun olan; Mustafa Aydın, İbrahim Azcan, Kasım Köken, Necmettin Emre, Ahmet Temel 'Sınıf Komiseri' olarak Akademi'ye atandılar. Bu isimler sınıf komiserliği/amirliği gibi görevlerde bulundular. Bunların yanı sıra Akademi'de Recep Gülte-

Şeytanın İmamları

kin -Öğrenci İşleri Şube Müdürü- Yusuf Özkan -Sınıflar Amiri- Ali Günebatmaz -Üçüncü Sınıflar Amirliği- Yaşar Akbaş -İkinci Sınıflar Amirliği- Ali Yaşar Ayvaz, Muhittin Karakaya, Ömer Osman Açıköz -Sınıflar Amiri- yardımcısı İbrahim Çelik, Kemal Fidan, Şerafettin Vural gibi isimler de bu döneme damga vuran yöneticilerdi.

Cemaat'in en gözde elemanı, Özel Sınıf örgütlenmesini gerçekleştiren isimlerin başında gelen Recep Gültekin gibi ünlü başka isimler de vardı. Disiplin Amiri Hasan Basri Ergül, Latin Alfabesi'nin kabulünün yanlış olduğunu derslerinde anlatan öğretim elemanı Ali Şafak gibi... -Bu kitabın ilerleyen bölümlerinde yeniden değineceğimiz bu isimlerle ilgili *Fetullah'ın Copları*'nda da ayrıntılı bilgiler verdim.-

Özel Sınıf

Özel sınıf konusuna ayrı bir parantez açmak gerek.

1984 yılına kadar Polis Koleji ve Polis Enstitüsü adı altında iki öğrenim kurumu polisin 'Kurmay' sınıfını yetiştiriyordu. Kolejden mezun olanlar, Enstitüye doğrudan geçiş yapıyor, buradan sonra komiser yardımcısı olarak teşkilata katılıyordu.

Bu tarihe kadar zaten Kolej ve Enstitüde Işıkevleri üzerinden örgütlenmesini sürdüren Cemaat, daha fazla insan kaynağına ihtiyaç duyduğu için Polis Akademisi'nin kurulması ve bunun kuruluş yasasında rötuşlarla örgütlenmesini hızlandırdı.

6 Aralık 1984 tarihinde 'Akademi Yasası' çıktı.

15 Haziran 1999 tarih ve B.05.1.EGM.0.60.01.81269 sayılı, Emniyet Genel Müdürlüğü Teftiş Kurulu Başkanlığı'na sunulan ve resmi işleme girip devletin tüm birimlerine gönderilen, altında Polis Başmüfettişleri Ahmet Saraç, Mustafa Maktav ve E. Özgül Ezer'in imzası bulunan raporda bu sızmanın nasıl yapıldığı net bir şekilde anlatılıyor:

"1985/1992 yılları arasında, irticai yapıya sahip kişilerin emniyet teşkilatı içinde yapılanmaya gittikleri ve bu dönem içerisinde önemli yerlerde daire başkanlıkları, eğitim kurumları ve illerde kendi elemanlarını yerleştirerek, uzun vadeli, planlı ve

programlı bir şekilde çalışma içerisinde oldukları herkesçe bilinen bir gerçektir. Belirtilen yıllar arasındaki teşkilat bünyesi içerisinde yapılanmada, eğitim kurumlarına eleman almada, yurtdışına eğitim ve araştırma amacıyla personel gönderilmesinde, rütbe terfilerinde, atamalarda ve diğer konularda kendi yandaşlarına çeşitli menfaatler sağlanmıştır.

Günümüzde emniyet teşkilatında yer alan irticai grupların bazılarının 1990/92 yıllarında Polis Akademisi Başkanlığı'na alınan özel sınıflardan olduğu görülmektedir. Yine yukarıda belirtilen yıllar içerisinde polis koleji ve akademisine alınan öğrencilerin bugün irticai faaliyetler içerisinde yer alan rütbeli elemanlar olarak karşımıza çıkmaktadırlar."

Müfettişlerin sözünü ettiği özel sınıflar, müfettişlerin Cemaat'le bağı olduğunu belirttiği isimler tarafından, Akademi Yasası'na konulan bir madde ile polis teşkilatına sızdı.

Akademi Yasası'nın, 16. maddesinin ilk fıkrasında; *"Emniyet Genel Müdürlüğü'nce tespit edilecek Akademi Kontenjanı, Polis Kolejleri ile lise ve dengi okul mezunları arasında yapılacak yazılı ve sözlü sınavlarda en yüksek puanları alanlarla doldurulur. Kontenjanının en az yüzde 25'i lise ve dengi okul mezunlarına ayrılır."* hükmü, imam hatip mezunları için işletildi.

Aynı maddenin üçüncü fıkrasında yer alan; *"Üniversite mezunlarından Akademiye girmek isteyenler bir yıllık özel eğitime tabii tutulurlar. Bunlardan başarı gösterenler, Akademi mezunlarına tanınan bütün hak ve yetkilerden aynen yararlanırlar."* hükmü ise ilahiyat fakültesi mezunlarının, polisin kurmay sınıfına sızmasını sağladı.

Yasanın çıkmasının ardından 1985 yılından bu yana, her yıl büyük çoğunluğu ilahiyat fakültesi ya da imam hatip kökenli binlerce kişi, polisin rütbeli sınıfı olarak teşkilata katıldı. Sadece 1985 yılında bu özel sınıf öğrencilerinin yüzde 60'ından fazlası imam hatip ve ilahiyat kökenliydi. İlk özel sınıf mezunlar arasında 61 kişinin ilahiyat kökenli olduğu saptandı.

Bu sayının bu kadar yüksek olmasının nedeni; Akademiye giriş sınavlarını yapan birimler ve kurullarda Cemaatçi örgütlenmenin etkin olmasıydı. Buna ilişkin sınav hileleri çeşitli resmi belgelere de yansıdı. *Fetullah'ın Copları*'nda bu sınav hilelerine ilişkin özel bir bölüm -s.94 ve devamı- ayırmıştık.

Özel Sınıf düzenlemesi ile Işıkevleri'nde yetişen ve kemikleşmiş, militan olmuş isimler polisin kurmay sınıfına sızdırıldı. Zaten Polis Koleji de ellerindeydi. Buraların Cemaat'in evi haline geldiğini fark eden AKP iktidarı, Polis Kolejleri'ni kapattı. Çözüm bu mu?

Siz devletin okullarını Cemaat'e, cemaatlere teslim edeceksiniz. Masum çocukları Cemaat'in zehirleyip militanlaştırmasına uygun ortam sağlayacaksınız, sonra "Burada Cop yetişiyor." diye Koleji kapatacaksınız. Olacak şey değil!

Siz bu okulları Cemaat yuvası haline çeviren müdürlerden hesap sormalısınız. Siz, o yasayı çıkartan, polis teşkilatını Cop'larla dolduran İçişleri Bakanı'nı, devletin okullarında militan yetiştiren Milli Eğitim Bakanları'nı, Yurtları Cemaat'in eğitim yuvası haline getiren Kredi Yurtlar Genel Müdürleri'ni, eğitim kurumlarını bataklık haline getiren idarecileri görmeyeceksiniz, okulu kapatıp çözüm bulduğunuzu sanacaksınız, öyle mi?

Hepiniz suçlusunuz... Hâlâ Cemaat'in şakirtleri partilerinizin üyesiyken, oluk oluk devletin örtülü ödeneğini, vergilerini, vakıflar, dernekler üzerinden bu Cemaat'e ve diğer cemaatlere akıtanlardan hesap sormuyorsanız, suçlusunuz!

"Kandırıldık" diyenler; hayır, kanmadınız, birlikte yaptınız. Polis Koleji'ni bataklığa çevirenlerden hesap sorun ve o okulları yeniden açın.

İlk İmam

Devam edelim:

Cunta sonrası ülkenin yönetimi Özal'a devredildiğinde de Cemaat örgütlenme iklimini yitirmedi. Aksine daha da rahat bir ortamda, giderek fütursuzlaşarak polisin eğitim kurumları içine kök saldı. İhtilal ile birlikte Cemaat de Polis İmamı ataması yaptı. O tarihlerde yapılanmanın bugünkü hali tam oturmadığı için; Ankara İmamı ve Valisi -İç Anadolu Bölge İmamı olarak da bilinen isim-; örgütlenmenin ilk büyük adımının atıldığı polisten de sorumluydu. Özal'lı yıllarda yapılanma oturdu ve bu kişi sadece polisten sorumlu İmam oldu.

O isim, ilk kez *Fetullah'ın Copları*'nda adı yazılan Kemalettin Hamit Özdemir'di. 1980 yılında Polis İmamı olarak atanan ve Fetullah Gülen'in 'Ahiret Kardeşi' olan Özdemir, şimdi itirafçı.

Memleketi Siirt Tillo. 13 Nisan 1951 Ankara doğumlu. Babası Said-i Nursi'nin talebelerinden Said Özdemir. Yani bir Nurcu. Kendi söylemiyle; 1961 yılında Gülen ile tanıştı. Yani 10 yaşındayken, Gülen'in talebesi oldu. Örgütün çekirdek kadrosunda -Şura üyeliği- yer aldı. 1968 yılında İzmir İslam Enstitüsü'nde öğrenime başladı. Burada yetişti ve Cemaat'in en büyük şakirtlerinden, İmamlarından biri oldu.

1974 yılında mezun olunca, Gülen O'nu kendi memleketi Erzurum'a gönderdi. İslami İlimler Fakültesi'nde doktora hazırlığı yaptı. 1975 yılında öğretmen oldu. İncirli Lisesi ve Atatürk Anadolu Lisesi'nde din dersi öğretmenliği yaptı. 1995'te Sakarya Üniversitesi'ne doçent yardımcısı olarak atandı. Bu süreçte hep Cemaat'in desteği ile kariyeri yükseldi. Profesör ünvanını da aldı, Fahri Başkonsolosluk titrini de...

Polis İmam'ı Özdemir'in ilk öğrencileri; Polis Koleji ve Akademisi'nin ilk şakirt Abileriydi. Yani Ramazan Akyürek, Ali Osman Kahya, Mustafa Aydın, Kadir Esir, Mustafa Bağrıaçık, Sabri Dilmaç, Recep Güven, Hakan Kırmacı, Mustafa Sağlam...

Polis Akademisi adeta evi gibiydi. Sık sık Akademi'ye gidiyor, öğretim üyeleri ve yöneticilerle ve en sık olarak da Hasan Basri Ergül ve Ali Şafak -Emekli olunca Turgut Özal Üniversitesi'ne geçti.- ile bir araya geliyordu. Akademi'deki örgütlenme, bu örgütlenmenin genişlemesi için atılması gereken adımlarla ilgili çalışmalar yapıyordu. Yukarıda anlattığımız Özel Sınıf Düzenlemesi adıyla bilinen yasal değişikliği de burada planladılar. -Ayrıntılar *Fetullah'ın Copları*, s.193-

Yalancı İmam

Şimdi itirafçı olarak, sorumluluktan kaçmak için olsa gerek, 1992 yılından sonra Polis İmamlığı yapmadığını, Cemaat'ten ayrıldığını ileri süren Özdemir, 1980 yılından 2006-2007 yılına kadar, kısa aralıklar verilse de, Polis İmamı'ydı. -Bazı kaynaklar bu tarihi Cemaat'ten koptuğu ileri sürülen 2010 yılına kadar uzatıyor.- Cemaat'in sık sık yer değiştirme, atama yapma stratejisi olarak Özdemir, bir süre Türk Cumhuriyetleri İmamı, Afrika İmamlığı ve Polis İmamlığını birlikte yürüttü. Sakarya Üniversitesi'nde profesörlüğe kadar yükseldi.

Bir TV programında kendisinin İmamlıktan ayrıldığını ileri sürerek, "Sakarya'da üniversitedeydim." diye gerekçe uydurmaya da kalktı. Oysa haftanın belli günlerinde -Pazartesi Sakarya'ya gidip Çarşamba dönüyordu- Ankara'daydı ve polis şakirtlere operasyon talimatları veriyordu.

Sakarya Üniversitesi'nin ne kadar ünlü olduğunu, bu kitapta ismi geçen birçok İmam'ın bu Üniversite ile bağını da farketmişsinizdir. 15 Temmuz kalkışmasının 1 numaralı ismi olduğu ileri sürülen Adil Öksüz de Sakarya Üniversitesi'nde Kemalettin Özdemir, Suat Yıldırım gibi isimlerin yanında yetişip Molla sınıfına terfi edenlerden biriydi.

Dönelim Polis İmamı Özdemir'e... AKP iktidarı ile Cemaat'in kavgası henüz patlak vermediği bir dönemde, Özdemir Cemaat lideriyle ters düştü. Özdemir, Şura'da da yanyana oturduğu Cemaat'in önde gelen İmamlarından İsmail Büyükçelebi'ye yakındı. Büyükçelebi, Fetullah Gülen'in ölümünden sonra yerine gelecek kişiyi yani ardılını açıklaması isteğinde bulundu. Bu istek Gülen'i kızdırdı. Büyükçelebi ve Kemalettin Özdemir'e tepki gösteren Gülen, Özdemir'i pasifize etmek için Polis İmamlığından uzaklaştırdı. Yerine Hanefi Avcı'nın kitabında deşifre ettiği, kodadı Kozanlı Ömer olan Osman Hilmi Özdil'i atadı.

Kırılsa da sesini pek çıkarmayan, Mütevelli Heyeti içindeki görevini de sürdüren ve bu arada el altından polisteki uzantılarıyla istişaresini yürüten Özdemir, Cemaat yönetimini kızdıracak adımlar attı. Bu süreçte 70 işadamı ile Cemaat'ten koptuğu iddiaları ortaya çıktı. Dahası kendi cemaatini kurmak, Okuyucu-Yazıcı gibi parçalara ayrılan Nurcuları biraraya getirmeye çalışmakla itham edildi. Cemaat'in' Önder Aytaç başta, 'tetikçi' kalemleri bu yeni Nurcu Cemaati siyasilere -Erdoğan'a- bağlamaya çalıştığı suçlamasını da yaptılar. Bir Cemaat yemeğinde zehirlenince, öldürüleceği korkusuyla MİT'e sığındı, itirafçı oldu. Dahası, köprüleri attı ve polis içinde yıllardır biriktirdiği müridlerini yeni İmam'a karşı direnişe geçirdi. İşte biraz sonra anlatacağımız, polis içindeki çatlak yani KOZ-KÖZ kavgası da böyle başladı.

Çatlak

Özdemir uzun yıllar Polis İmamı olarak büyük hizmetlerde bulunmuştu. 2010 yılına kadar içinde kaldığı Mütevelli Heyeti'nin en gözde isimlerinden biriydi. Polisin en kritik birimlerine şakirtleri yerleştiren, organizasyona tümüyle hakim, operasyonlara ilişkin talimatları ve yönlendirmeleri yapan oydu. Üst düzey polisle yakın ilişki içindeydi. Bu süre ve süreçte doğal olarak, yakın dostluklar da kurulmuştu.

Yeni İmam Kozanlı Hilmi göreve geldikten sonra, eski İmam Kemalettin Hocanın çok yakınında olan bazı isimler buna içerledi. Yeni İmam'a bağlılık tam değildi. Kemalettin Hocayla dostluğu olan ve onun koruyup kolladığı bazı isimler, yeni İmam Kozanlı'yı istemiyorlardı. Bu değişikliğin iptal edilmesi için de çaba gösterdiler. İşte çatlak burada başladı. Yani KOZcular ve KÖZcüler oluştu.

KOZcular yeni İmamla birlikte, KÖZcüleri pasifize etme kararı almışlardı. Atamalarda, yeni görevlendirmelerde KÖZcüler dışlanıyor, KOZcular korunuyordu. Bu gelişme KÖZcüleri harekete geçirdi.

CIA Üzerinden KOZ'a KÖZ Operasyonu

Polis İmam'ı Kozanlı Ömer ile MİT İmam'ı Sinan kod isimli Murat Karabulut ABD'ye gittiler. Gümrük kapısında sıradan bir arama gibi aramaya tabi tutuldular. Ama aramada FBI ekibi de vardı ve Kozanlı'nın çantasındaki önemli evrakların kopyası alındı. Cemaat listesinden, devletin en kritik belgelerine kadar önemli kozmik belgeler vardı. Gülen'e götürülen gizli evraklar artık ABD istihbaratının elindeydi. Kozanlı, bu aramayı gizli tuttu. Ama ABD istihbaratı MİT üzerinden Türk Polis istihbaratına bu aramayı ve ele geçen belgelerin dökümünü aktardı. Kozanlı Türkiye'ye dönünce Recep Güven, "Abi sen ne yaptın? Nasıl olur da böyle bir tedbirsizlik yaparsın?' diye sorunca; Kozanlı Ömer kendisine bir operasyon yapıldığını anladı. Bunun üzerine kimin parmağı olduğu araştırıldı.

Kumpaslarla KÖZ'e KOZ Operasyonu

FBI'cıların aramada bulunması noktasından hareket eden KOZcular, yakın zamanda ABD'ye FBI'ın özel davetlisi olarak giden Emin Arslan'a uzandılar. Arslan'ın gerek Gülen'e çıkartılan yeşil kart yenileme sıkıntısı gerekse Kozanlı'nın aranması ile ilgili dahli olduğuna kanaat getirildi. Ancak Arslan'ın yalnız hareket edemeyeceğini düşünen KOZcular, işin arkasında Hanevi Avcı ve ekibi, daha açıkçası eski İmam Kemalettin Özdemir bulunduğu sonucuna vardılar.

Ve karşı atak başladı. Yeni İmam'a yakın duran isimleri sayalım:

Recep Güven, Ali Fuat Yılmazer, Ramazan Akyürek, Ahmet Pek, Cihangir Çelik, Coşkun Çakar, Ayhan Falakalı, Gürsel Aktepe -İstihbarat Dairesi eski Başkan Yardımcısı. 15 Temmuz'da İstihbarat Daire Başkanlığı'na Recep Güven ve Coşkun Çakar ile birlikte baskın yapan isimlerden biri. Baskın sonrasında yakalandı.

Tutuklu. İtirafçı oldu. Özel sınıf.- Oğuz Karakuş -Sahte kriminal raporlar ve montajlı tapeler hazırladı. Özellikle Ergenekon kumpasında bu yöntemle birçok kişinin mahkûm olmasına yol açtı. 15 Temmuz sonrası yakalandı. Polisler kapısına dayandığında bilgisayarını camdan atıp, parçaladı.- Mustafa Çankal -Eğitim işlerinden sorumluydu- Muammer İşbilen kimdi?

-Cemaat'in en kritik üyesidir. Polisin atama işleri ondan sorulurdu. Polisteki şakirtlerin birimlerini Bucak düzenledi.- Hakan Özdöl -Şakirtleri koruyan, Cemaat karşıtı polisleri hukuksuz olarak suçlayan isimdi. Bu yolla binlerce personeli ihraç etti.- Mehmet Tüzel, Fatih İnalkaç, Mehmet Yeşilkaya -TBMM Koruma Müdürlüğü yaptı. Burada siyasetçilerle yakın ilişki kurdu. Üst düzey bürokratları manipüle etme görevi vardı. Birçok soruşturmayı yanlış yönlendirip, suçsuz insanları hapse gönderdi.- Yesari Vural -Şakirt korumalardan sorumluydu. Bunların görevleri sırasında edindiği bilgileri toplar, değerlendirmeye alırdı. Önemli işadamları ve gazetecilerin özel hayatlarını didik didik etti.- Hacı Yusuf Karababa -Poyrazköy dosyası hâkimi Mehmet Karababa'nın kardeşi. Başbakan ve bakanların takibinden de sorumluydu.- Halil İbrahim Yaylagül -Örtülü Ödenek'ten şakirtleri besledi.- Hamza Altıntaş -Kozanlı Ömer'in tüm İstişare Toplantıları'nın vazgeçilmez elemanı. MİT, özel ilgi ve sorumluluk alanıydı.- gibi etkin isimler.

KOZcular, birçok isme yani KÖZcü dediklerine karşı operasyon yapmaya başladılar.

Operasyonu yapan KOZcular belli. Bir kısmını yukarıda saydık. Peki, operasyon yapılanlar kimlerdi?

Doğrudan operasyona uğrayanlar:

İstihbarat Daire Başkanı Sabri Uzun, görevden alındı.

Ahmet İlhan Güler, İstanbul İstihbarat'tan uzaklaştırıldı. KOM Başkanı Emin Arslan'a uyuşturucu baronları ile irtibatlı olduğu suçlaması yapıldı.

Eski Ankara Emniyet Müdürü Orhan Özdemir'e Kayseri Müdürlüğü sırasında ihale işlerine karıştığı suçlaması yöneltildi. Özdemir, Ankara Emniyet Müdürü olduğu sırada ilçe emniyet müdürlerine 3 ayda bir 24 aylık maaş taltifi veriyordu. Ve bu paralardan Cemaat'e Himmet kesiliyordu. Ama Cemaat bu Himmet'ten gelen parayı önemsemeyecek kadar kızgındı.

Eski Sakarya Emniyet Müdürü Faruk Ünsal, polis operasyonunu suçlulara haber vermek suçlamasıyla karşı karşıya kaldı.

Eski İzmir Emniyet Müdürü Celal Uzunkaya ve Genel Müdür Yardımcısı Mustafa Gülcü de bir muhbire yapılan usulsüz ödeme ve maddi çıkar sağlamak gibi suçlamalar yöneltilerek görevden alındılar.

Eski Eskişehir Emniyet Müdürü Hanefi Avcı, 2003 yılından itibaren merkezden uzak tutuluyordu. KOM Daire Başkanlığı'ndan Edirne'ye sonra da Eskişehir'e gönderildi. En sonunda da Devrimci Karargâh Örgütü'ne monte edilip, tutuklandı.

Pasifize edilerek susturulan isimler de vardı. İstihbarat Dairesi Şube Müdürlerinden Sabri Dilmaç bunlardan biriydi. Sarı İmam olarak bilinen Dilmaç, 15 Temmuz sonrası meslekten çıkartıldı. Soruşturmalarda adı geçmiyor ve nerede olduğu da bilinmiyor. Polisin en etkin şakirtlerinden olmasına karşın, tutuklanıp sorgulanmaması birçok kişiyi şaşırttı. KÖZ grubundan ve itirafçı olduğu için peşinin bırakıldığı sanılıyor. Dönemin Çorum İl Emniyet Müdürü Necmettin Emre de bu isimler arasında sayıldı. Emre ile ilgili daha önce bilgi verdik. Fikret Salmaner'in ağabeyi Hüsrev Salmaner önce emekli edildi sonra meslekten atıldı. Hakkında soruşturma var. Ancak Fikret Ağabeyinin akibetine uğramadı, hâlâ aktif görevde. Polis içinde isimleri sıralanan başkaları da var. Murat Çetiner, Ömer Zeren, Eyüp Kınacı gibi isimler...

Bu isimlerden bazıları Cemaat ile ilgisi olmadığını, bazıları koptuğunu, bazıları Okuyucu/Yazıcı grubunda olduğunu, bazıları ise hiçbir gruba mensup olmadığını belirtiyor. Burada kesin olan bir şey var, o da Cop'ların bu isimleri hedef aldığı.

Bu süreci, Polis İmam'ı Kozanlı bizzat yürüttü. Yargı ve polis birlikte çalıştı. Yapılan işlemlerin büyük çoğunluğunda hukuksuzluk olduğu da açık.

İnkâr

Avcı, Uzun ve Arslan KÖZcü oldukları iddialarını inkâr ediyor. 15 Temmuz sonrasında bir TV tartışmasında KOZ-KÖZ çatışmasını ilk kez açıkladığımda ortalık karıştı. Her üç isim de canlı yayına bağlanıp, bana hücum ettiler. Dahası içlerinden bazıları itibarsızlaştırma çabasına girip, hakkımda yalan bile söyledi.

Bu kitabın satır aralarında var. Sabri Uzun'un muhbiri Zeki Güven nerede? Ya Emin Arslan'ın istibarata aldırdığı, koruyup kolladığı Selat Öztürk? Birazdan bilgisini vereceğiz...

Hanefi Avcı daha makul davrandı. Çocuklarını Cemaat okulunda okutmuş, muhafazakâr yapılı olduğu için kendisine KÖZcü yakıştırması yapılabileceğini ancak bunun doğru olmadığını, Kemalettin Özdemir'le bir hukuku olmadığını da söyledi.

Ricacı da Kim

Pekii Avcı'ya soralım?

Hanefi Avcı: 90'lı yılların başında dini bilgilerini genişletmek, Gülen Cemaati'nin de dâhil olduğu Nurculuk ekolünün ayrıntılarını öğrenmek için ders aldı mı? Aldıysa bu dersi kimden aldı? Bu dersi aldığı Hocasına kim ricacı oldu? Hocayı açıklamasın, ricacı olanın ismini açıklasın yeter!

Hanefi Avcı Kozanlı'nın ismini açıkladı. Pekii Avcı, eski İmam'ı yani Kemalettin Özdemir'i bilmiyor muydu? Üstelik ben 1999'da adını açıklamıştım. Neden hiç bu İmam'ı deşifre etmeyi, hakkındaki bilgileri açıklamayı düşünmedi? Bu kadar iyi bir polis, istihbaratı geniş ve güçlü olan ünlü Avcı, Kemalettin Özdemir'i bilmiyor, tanımıyor muydu? Özdemir'in yaptığı kumpaslardan habersiz miydi?

Plakalı Plakasız

Bir de hepsine birden soralım:

Ahmet Pek gibi en radikal şakirt kimin yardımcısıydı? Cemaat'in Recep Güven, Sabri Dilmaç, Coşkun Çakar, Ramazan Akyürek, Cihangir Çelik, Metin Aşık, Ali Fuat Yılmazer gibi militan kadrosunu Polisin karargâhına kimler getirdi, kimler korudu? Sizin dahliniz var mı? Sizin ekibiniz olarak çalışan bu kişilerle Abi-Kardeş ilişkiniz varken, bu Cemaat'in en büyük kumpasları gerçekleşmedi mi?

Avcı'nın kitabıyla ilgili yapılan soruşturmada Kozanlı Ömer ve Cemaat yapılanması ile ilgili teşkilatın önde gelen Emniyet Müdürleri'nin bilgisine başvuruldu. Mülkiye Müffettişleri'nin sorduğu 51 müdürden 48'i Kozanlı Ömer'i tanımıyordu ve Fetullahçı yapılanmadan habersizdi! Sabri Uzun, bu ifadeleri kitabında "şahsiyetsiz" diye nitelendirdi. Haklıydı da ama sormak lazım:

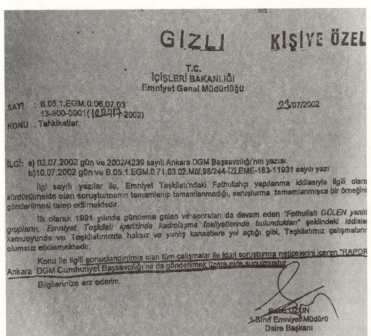

2001'de "Böyle bir yapılanma yoktur. Bu iddialar Teşkilatımızı yıpratmak amaçlıdır." diye yazmak çok mu şahsiyetliydi?

Kemalettin Özdemir'i ve kumpaslarını görmemek, bilmemek mümkün müydü? "Bunların Fetöcü diye motor, şasi numarası, plakası mı var?" diye müfettişlere ifade verenler, Kozanlı'nın plakası mı vardı? 10 yıllık İmam'ı biliyorsun da 26 yıllık İmam'ı nasıl bilmiyorsun?

Bu Cemaat'in en etkili ve güçlü olduğu dönemde en önemli makamlarda oturabilen sizlere; Cemaat neden operasyon yaptı ki?

Kozanlı Ömer'in ABD'de kaptırdığı kozmik belgeleri ele geçiren biri ya da birileri, belgeler karşılığı sadece Polis İmamı'nın değiştirilmesini değil, Türkiye İmamlığı'nı da istediği için Kozanlı Ömer ve ekibi öfkelenmiş olabilir mi? Bu öfkeyle önüne gelene saldırıp, rakip gördüğü herkesi düşman kabul edip, sizlere de bu operasyonları yapmış olabilir mi?

Eksik Belge

Yeni İmam Kozanlı'nın ekibinin (KOZ) arka arkaya yaptığı operasyonlar, polis içinde birçok ismi telaşlandırdı.

Eskişehir Emniyet Müdürü Hanefi Avcı ile Cemaat'in hışmına uğrayan bazı isimler bir toplantı yaptı. Eskişehir'deki bu toplantıda; bu operasyonların arkasındaki isimler belirlendi ve artık savaş yapıldığı sonucuna varıldı. Karşılık verilmesi gerekiyordu. Avcı "Sıra bana geliyor." diyerek, "Henüz benimle ilgili kamuoyuna bir şey vermediler. Hemen bir karşı atak yapayım. Benim hazırlamakta olduğum bir kitap var. Oraya ek olarak bu Cemaat olayını anlatan bir bölüm koyayım. Sizdeki bilgi ve belgeleri bana aktarın." dedi. Bilgi ve belgeler aktarıldı. Avcı kitabına ek bir bölüm yaptı.

Coplar'dan Gülen'e Mektup

Bu sırada Gülen'e de savaşı bitirmesi gerektiği mesajı iletilmiş ama olumlu bir yanıt gelmemişti. En nihayet bir mektup yazıldı. Mektubu kaleme alan Sabri Dilmaç'tı. Şimdi inkâr edecektir ama bu ismi de bana Emin Arslan söyledi. Mektup imzasız ve isimsizdi. Ancak mesajı açıktı. Kozanlı Ömer yani yeni İmam 'işi bilmeyen, acemi, verilen görevi eline yüzüne bulaştıran' biriydi. Ve büyük hatalar yapıyordu. Bu nedenle görevden alınması ve eski İmam'ın yeniden göreve getirilmesi gerektiği mesajı veriliyordu.

Ve bu mektup Avcı'nın kitabında yayımlandı. Ama "O, mektubun tümü değil." diye ilginç bir iddia ortaya atıldı:

Sır Eksik Bölümde

Mektupta yer alan ancak açıklanmayan bölümde, Mustafa Gülcü ile ilgili iddialar olduğu da teşkilat içinde konuşuldu. Şimdi bu iddialara bakalım:

Kendisi Milli Görüşçü ve Erdoğan'la da irtibatlı olarak bilinen Gülcü, İzmir İstihbarat Şube'de, önde gelen Coplardan Ramazan Akyürek'in amiriydi ve Cemaat'in üst kadroları ile de o tarihlerden bu güne yakın ilişkileri vardı. Cemaat'in hışmına uğrayıp görevden uzaklaştırılmıştı.

Neyin Pazarlığı

Halen Emniyet Genel Müdür Yardımcısı olan Gülcü ile Polis İmamı Kozanlı Ömer, Önder Aytaç, dönemin İçişleri Bakanı Abdülkadir Aksu'nun Danışmanı, Önder Aytaç'ın kardeşi Özgür Aytaç bir araya gelip, pazarlık yaptılar. Mektuptaki bilgilere göre; bu anlaşma sonucunda İstihbarat Daire Başkanlığı, KOB Başkanlığı ve Personel Daire Başkanlığı gibi kritik şubeler Cemaat'e bırakılacak, Gülcü ve kendisine yakın bir kaç isim Daire Başkanı, Genel Müdür Yardımcısı olarak kalacaktı. Gülcü kendisi ile birlikte halen Genel Müdür Yardımcısı olan Mehmet Akdeniz, Celal Uzunkaya gibi bazı isimleri korumaya almıştı. Pekii Gülcü'nün elinde Cemaat'le pazarlık yapacak ne tür bir koz vardı ki, Kozanlı pazarlık masasına oturdu?

İddialardan biri; Gülcü'nün Zekeriya Öz'e "Ergenekon Terör Örgütü, silahlı bir terör örgütüdür." diye yazı yazmasının karşılığı olarak hem Cemaat'in kendisine dönük karalama ve suçlamaları duracak, hem de kendisi ve istediği bir kaç isim istedikleri makamda oturabileceklerdi.

Bir başka iddia ise Gülcü'nün elinde Fetullah Gülen ile ilgili, özel hayatına dair gizli ve kritik bazı bilgiler vardı. Gülcü bu bilgilere sahip olduğunu Cemaat mensuplarına duyuruyor ancak açıklamıyordu. Koz olarak tuttuğu bu bilgileri, kendisine yönelik son Cemaat saldırısı üzerine deşifre edebileceği mesajını vermişti. Cemaat'in Polis İmamı, Gülcü'yü elindeki bilgileri açıklaması için pazarlık masasına çağırmıştı.

Aslında bu bilginin kaynağının Uzunkaya olduğu, soruşturma dosyalarının satır aralarında geçiyor. Celal Uzunkaya'ya yönelik KOZ operasyonunun ayrıntılarında, Barış Eser Kod isimli İrfan Erbarıştıran adı var. Bu isim Uzunkaya ile uzun yıllardan bu yana tanışıyordu ve muhbirliğini de yapıyordu. Dosya ayrıntılarında; Erbarıştıran'ın Fetullah Gülen hakkında 'incitici ve olumsuz' bir rapor hazırladığı yer alıyor. Bu rapor Uzunkaya ve Gülcü'nün elindeymiş. Bu nedenle Copların bu operasyonu sırasında, sorguda, "Bana bir şey olursa sorumlusu Gülcü ve Uzunkaya'dır." dedi.

Acaba asıl neden bu rapor mu?

Bu iddiaların hangisinin doğru olduğunu öğrenmek için uzunca bir süre Gülcü ile temas kurmak istedim. Ancak Gülcü, görüşme talebime yanıt dahi vermedi, duymamış, görmemiş gibi davrandı.

Zorunlu Ballı Emeklilik

Hanefi Avcı'nın açıklamadığı pazarlık sonucunda Gülcü ve yakın arkadaşları rahatladılar. Etkin makamlara da oturdular. Ve uzunca bir süre Kozanlı'nın ekibiyle çatışmadan makamlarını koruyabildiler.

17/25 Aralık operasyonları sonrasında Erdoğan, Cemaat'i devletten temizleme kararı alınca ilk el attığı yer polis oldu. Bu süreçte poliste bir 'zorunlu emeklilik' olayı yaşandı. Personel şubeden telefonlarına mesaj gönderilerek 'emekli edildiniz' denildi. Ve yüzlerce polis emekli edildi. Bu durum kamuoyuna "Fetullahçıları temizliyoruz." diye yansıtıldı. Ancak emeklilik ve tayin kararlarının verildiği birimlerin, bu konuda karar alan Kurul üyelerinin Cemaat'in elinde ya da yönlendirmesinde olduğu unutuldu.

2015 yılındaki bu operasyonda 1.700 kişi emekli edildi. Ancak bunların içinde sadece 420 kişi Cop'tu ve bunlar da zaten deşifre olan, gizlenemeyecek noktada duranlardı. Geri kalanlar Atatürkçü, demokrat, ülkücü, devletçi isimlerdi. Kendilerinin neden emekli edildiğini anlayamadılar bile. Cop yaftası yemiş oldukları için çok içerlediler. Ancak 'devletin emri böyle' diye büyük çoğunluğu suskunluğu tercih etti.

Oysa yine bir oyun vardı. Deşifre olan Copların yanına, Coplarla en etkin mücadeleyi yapacak 1.280 kişi eklenip, Hükümete ve Erdoğan'a "Copları temizliyoruz." diye imzalatıp, deşifre olmayan alttan gelen Coplara yer açtılar. Dahası geride bıraktıkları Cop olmayan isimler Cemaat'le mücadele edebilecek yetkinlikteki isimler olmasın diye özenle liste hazırladılar.

Hükümet 'temizlik' yaptığını sanıyordu. Ama Cemaat bunu kullanarak 'kendi temizliğini' yapma fırsatı bulmuş, 1.280 rakip polis müdürünü bir anda saf dışı bırakmıştı. İsmi ve yüzü kirlenmemiş elemanlarına da yer açarak, daha güçlü bir hale geldi. Ayrıca, zorunlu emeklilik aynı zamanda ballı emeklilik oldu. Bu emekli edilenlerin, yaş haddine kadar yüksek maaş almaya devam etmelerini öngören bir düzenleme de çıkartıldı.

Bunun böyle olduğunu polis içinde herkes biliyordu ama kimseye bu durumu anlatmak mümkün değildi. 17-25 sonrası Hükümet ve Erdoğan, Copları ayıklamaya çalışıyordu ama Cop listesi istedikleri bile Cop'tu. Yine de azımsanmayacak bir temizlik yapıldı.

15 Temmuz'un hazırlığı sırasında polisteki uzantılar da kullanıldı. Polis istihbaratının Hükümeti uyarması engellendi.

Coplarla mücadele edecek güçlü, polis teşkilatını ve çalışma yöntemlerini iyi bilen isimler emekli edilmişti. Bu süreçte polisin atama ve terfii kurulunda bulunan en kıdemli isimlerden biri Mustafa Gülcü'ydü ve hâlâ da öyle. O operasyon yapılırken Personel Daire Başkanı, Eyüp Kınacı idi.

Copları temizliyoruz, denilerek emekli edilen ve kendileri de Cemaat mağduru 1.300'e yakın isim, tıpkı TSK'daki kumpas mağdurlarına uygulandığı gibi yeniden göreve çağırılsa belki de bu mücadele daha sağlıklı ve hızlı yapılabilir.

Bu doğrultuda bir çalışma yok. Ancak Jandarma'nın yeniden yapılandırılması ile ilgili çalışma yapan ekibin gündeminde; bu zorunlu emekliliğe tabi tutulan ve Cop olmayan polislerin görevlendirilmesi ile ilgili bir madde var.

Hangi Birini Temizleyeceksin

15 Temmuz sonrasında bizzat dönemin İçişleri Bakanı Efkan Ala, 81 il müdürünün 74'ünün Cop olduğunu açıklamıştı. Gerçekten de bir dönemin il müdürleri listesine baktığımızda dehşete düşüyorduk:

"Emniyet Genel Müdür Yardımcısı Feridun Taşçı, Emniyet Genel Müdür Yardımcısı İsmail Baş, Arşiv ve Dokümantasyon Daire Başkanı Oktay Kılıç, Bilgi Teknolojileri Dairesi Başkanı Erkan Güler, Bilişim Suçlarıyla Mücadele Daire Başkanı Ömer Tekeli, Eğitim Daire Başkanı Metin Varol, Güvenlik Daire Başkanı

Şeytanın İmamları

Bekir Akarsu, Haberleşme Daire Başkanı Sedat Sevim, İdari Mali İşler Daire Başkanı Ayhan Falakalı, Özel Kalem Müdürü Osman Sarı, Pasaport Dairesi Başkanı Coşgun Çakar, Adana Emniyet Müdürü Ahmet Zeki Gürkan, Aksaray Emniyet Müdürü Halis Böğürcü, Ankara Emniyet Müdürü Kadir Ay, Antalya Emniyet Müdürü Mustafa Sağlam, Artvin Emniyet Müdürü Hüsrev Salmaner, Balıkesir Emniyet Müdürü Halil Karataş, Batman Emniyet Müdürü Hasan Ali Okan, Bitlis Emniyet Müdürü Sadettin Akgüç, Bolu Emniyet Müdürü Sabri Durmuşlar, Bursa Emniyet Müdürü Ali Osman Kahya, Çanakkale Emniyet Müdürü Osman Zoroğlu, Denizli Emniyet Müdürü Zeki Bulut, Diyarbakır Emniyet Müdürü Recep Güven, Düzce Emniyet Müdürü Ali Gezer, Edirne Emniyet Müdürü Cemil Ceylan, Elazığ Emniyet Müdürü Ayhan Buran, Erzincan Emniyet Müdürü Mustafa Elaman, Erzurum Emniyet Müdürü Halil Turgut Yıldız, Gaziantep Emniyet Müdürü Ömer Aydın, Hatay Emniyet Müdürü Ragıp Kılıç, Iğdır Emniyet Müdürü İbrahim Karadağ, İzmir Emniyet Müdürü Ali Bilkay, Kahramanmaraş Emniyet Müdürü Metin Âşık, Karabük Emniyet Müdürü Oktay Keskin, Karaman Emniyet Müdürü Lütfü Sönmez, Kastamonu Emniyet Müdürü Sami Uslu, Kayseri Emniyet Müdürü Mustafa AYDIN, Kilis Emniyet Müdürü Mehmet Akpınar, Kocaeli Emniyet Müdürü Hulusi Çelik, Kütahya Emniyet Müdürü Kadir Akbıyık, Malatya Emniyet Müdürü Mustafa Aygün, Manisa Emniyet Müdürü Yunus Çetin, Mardin Emniyet Müdürü Derviş Kara, Mersin Emniyet Müdürü Arif Öksüz, Muş Emniyet Müdürü Muharrem Durmaz, Ordu Emniyet Müdürü Hakan Kırmacı, Sakarya Emniyet Müdürü Mustafa Aktaş, Samsun Emniyet Müdürü İsmail Türkmenli, Siirt Emniyet Müdürü Mutlu Ekizoğlu, Şanlıurfa Emniyet Müdürü Mehmet Likoğlu, Şırnak Emniyet Müdürü Avni Usta, Tekirdağ Emniyet Müdürü Ali Yılmaz, Tokat Emniyet Müdürü Osman Balcı, Trabzon Emniyet Müdürü Ertan Yavaş, Yozgat Emniyet Müdürü Hasan Yılmaz."

Zübeyir Kındıra

Akdeniz-Masarifoğlu

Gülcü'nün korumaya aldığı Mehmet Akdeniz'e de bir göz atalım:

Akdeniz, 1999 soruşturmasına dayalı Gülen ile ilgili açılan DGM'deki davaya "Emniyet'teki Fetullahçı yapılanma iddialarının asılsız ve Emniyet Teşkilatı'nı yıpratma amaçlı olduğu" şeklinde verilen cevabı kendisinin kaleme aldığını dile getirdi.

Ankara 2. Asliye Hukuk Mahkemesi'nin 2008/152, Ankara 14. Asliye Hukuk Mahkemesi'nin 2008/387 sayılı yargılama dosyaları, Ankara Cumhuriyet Başsavcılığı'nın 2008/81854 sayılı hazırlık dosyaları ve İçişleri Bakanlığı Mülkiye Başmüfettişliğinin yapmış olduğu soruşturma dosyalarındaki ifadelerine bakmak yeter. Bu itirafı bu ifadelerinde yer aldı.

Akdeniz, aynı ifadede; Ramazan Akyürek'in liste başı olduğu 57 kişilik listede bulunan istihbaratçıları korudu. Dahası, "Bu istihbaratçıların yapmış olduğu operasyonlar -Ergenekon-Balyoz gibi- sekteye uğratılmak ve operasyonlarda yer alan personeli yıpratmak amacıyla bu kişiler Fetullahçı olarak lanse ediliyor." dedi.

Cop olduğu birçok soruşturmada belirtilen ve son KHK ile meslekten atılan Recep Gültekin'in özel kalem müdürlüğünü de yapan, yakın çalışma ekibinden olan Mehmet Akdeniz hakkında, KHK'larla meslekten ihraç edilen Sabri Dilmaç, Muharrem Durmaz gibi isimlerin korunması gibi eleştiriler de yapıldı. Zorunlu emeklilik ile ilgili düzenlemede de etkisi bulunan Akdeniz'in bu yargılamadaki duruşma bilgilerinde ilginç bir bilgi daha var:

Avukat İlhan Şevki Masarifoğlu, Gülen'in Devlet Güvenlik Mahkemesi'nde vekiliydi. Masarifoğlu, mahkemede Akdeniz'i çok yakın tanıdığını, tatillerini bile birlikte geçirdiklerini söyledi.

İlişkiler ağı ilginç!

Pazarlığın sonu da öyle...

KÖZ DÖNEMİ

Telekulak

Biz yeniden geriye dönüp, Kemalettin Özdemir'in İmamlık dönemine göz atmaya devam edelim:

Özdemir döneminde yapılanma, kritik birimlere yerleşme, sınav ve atama ile ilgili hileler, yasal düzenleme ile yukarıda anlattığımız, 'Özel Sınıf' adı altında şakirtleri polise yerleştirme, yurtdışına gidecek personelin seçimi, Polis Koleji ve Akademisi'ne Cemaatçi öğretmen ve yönetici kadronun atanması dâhil birçok örtülü ya da açık operasyon yapıldı. Daha fazla ayrıntıyı *Fetullah'ın Copları*'nda bulabilirsiniz. Biz bu kitapta örtülü, gizli ve suç teşkil ettiği değerlendirilen bazı operasyonları irdeleyeceğiz.

Türkbank Operasyonu -1998- ilk operasyon denemesiydi. Başarılı oldular ve ANAP Hükümeti yıkıldı. Orada bir bilgi notunun Başbakan'dan gizlenmesi ve gizlice yapılan bir dinleme kaydının servis edilmesiyle; sonuç aldılar. Sabri Uzun yine İstihbarat Daire Başkanı'ydı ve o ünlü bilgi notunun kendisinden de gizlendiğini yıllar sonra açıkladı. Notu gizleyenlerin kendi şubesindeki Coplar olduğunu belirten Uzun'a, elimizde aksi bir kanıt olmadığı için inanmak zorundayız. Ama Mesut Yılmaz buna inanmıyor. Notu, Uzun'un gizlediğini düşünüyor.

Copların ve İmamların, Türkbank olayında, spontane karar alıp uyguladığı görülüyor. Ancak planlanarak, geniş organizasyonla ve Copları koordineli olarak çalıştırarak Cemaat'in yaptığı ilk büyük operasyon 'Telekulak Skandalı' olarak bilinen ve Ankara Emniyet Müdürlüğü'nün devletin üst yönetimini gizlice dinlediğine dair iddiaların ortaya atıldığı kumpastı.

Bu konuyu *Fetullah'ın Copları*'nda -s.266 ve devamı- ayrıntılı ve olayın hemen tüm aktörlerinin kendi söylemleri ile yazdım. Burada özetleyeceğiz ve yeni bilgileri aktaracağız:

Dönemin Ankara Emniyet Müdürü Cevdet Saral, çok önce Mesut Yılmaz'a gidip, Gülen örgütlenmesine ilişkin çalışma yapmak istemiş ancak Yılmaz, dönemin Başbakanı ve koalisyon ortağı Ecevit'in Gülen sempatisini bildiği için Saral'a, "Koalisyonu bozar" diyerek engel olmuştu. Ancak hükümet değiştikten sonra 5 Şubat 1999 tarihinde, Emniyet Genel Müdürülüğü Teftiş Kurulu Başkanlığı talimatıyla Saral, bu soruşturmayı başlatabildi.

Muhbir Coplar

Çalışmanın başında Osman Ak -Şimdi Adana Emniyet Müdürü- Ersan Dalman -emekli- Zafer Aktaş -Şimdi Muş Emniyet Müdürü- vardı.

Kurulan ekibin içinde iki Cemaatçi vardı. Biri Zeki Güven'di. -Güven meslekten atıldı. Firari. İsmini dinleme ve kaset soruşturmalarında da göreceksiniz.- İstihbarat Daire Başkanı Sabri Uzun'un adamıydı. Saral ve ekibini Uzun'a gammazladı. Diğeri Selat Öztürk'tü. Bu isim de Emin Arslan'ın istihbarata bizzat aldırdığı ve Ankara Emniyetine yerleştirdiği bir muhbirdi. Öztürk dem"Cemaat'i soruşturuyorlar." diye Arslan'a muhbirlik yaptı. Selat da ihraç edildi, tutuklu.

Arslan, Saral'ı arayıp bilgi almak istedi. Saral, ketum davrandı hatta soruşturmayı inkâr etti. Arslan da "Yanlış yaparsanız iki elim yakanızda." diye tehdit etti. Uzun da soruşturma ekibindeki 6 ismin tayinini kendi dairesine yaptırdı. Amacı, Saral ve ekibinin çalışmasını durdurmak ve kadrosuna aldığı isimlerin ifadesini alıp, Saral ve ekibine karşı kullanmaktı. Nedense Ankara Emniyeti'nin Cemaat'i soruşturması bu iki Müdürü rahatsız etmişti.

Saral Copları saptamaya çalışırken, Coplar da bunu engellemek için var gücüyle çalışıyordu. Poliste bir savaş başlamıştı. Saral ve ekibini durdurabilmek için önce dönemin Emniyet Müdürü Necati Bilican'ın oğluna dönük, Ankara polisinin bir izleme konusu basına sızdırıldı. Bilican ile Saral'ı karşı karşıya getirmek istediler. Bilican'ın Saral'ı görevden alacağını ve soruşturmanın durdurulacağını düşünüyorlardı.

Bu olamayınca, başta Recep Güven olmak üzere Uzun'a bağlı birimdeki Coplar, Ankara Emniyeti'nin bilgisayarlarına 'Melissa' diye bilinen virüsü bulaştırdılar. Bu olay ortaya çıkınca da Sabri Uzun, "Telekulak'ın izlerini silmek için Saral'ın ekibi kasıtlı virüs bulaştırdı." dedi. Ama şimdi yazdığı kitabında bunun aksini savundu ve uzaktan bilgisayara girip virüs bulaştıranın Cemaat elemanı bir polis olduğunu açıkladı.

Tüm bu engelleme çabası ile yetinilmedi. Ve Hürriyet Gazetesi'ne 'Telekulak Skandalı' diye manşete taşınan, bilgileri sızdırdılar.

Saral ve ekibi Cemaatçileri soruştururken bazı telefonların devletin üst birimlerine yöneldiğini görmüşlerdi. Yani bir Cemaatçi'nin ya da başka bir suçlunun, telefon takibi sırasında o kişi kiminle konuşursa, konuştuğu kişinin telefon bilgisi de kayıtlara giriyordu. Bu teknik olarak zorunlu bir durumdur. Takip edilenler TBMM, Genelkurmay, Başbakanlık, milletvekilleri ile görüşmüş ve bu kişilerin telefonları da kayda girmişti. İşte bu bilgilere ulaşan Sabri Uzun'a bağlı Coplar, "Saral ve ekibi devleti dinliyor." diye dosya hazırladılar. Bu dosya basına servis edildi.

Haber yayınlanınca, ortalık karıştı. O ana kadar Saral'ı koruyan Mesut Yılmaz da çaresiz kaldı. Saral görevden alındı. Ekibi dağıtıldı. Yargılandılar. Saral'ın yerine Kemal İskender getirildi. İskender, Ankara Emniyeti'ni Coplarla doldurdu:

Cihangir Çelik -Cemaat'in en etkili ve kurnaz elemanların-dan ve Recep Güven'in akrabası. Birbirlerinin kızkardeşiyle ev-lidirler. Doğu ve Güneydoğu'da il Emniyet müdürlerinin paralel yapı adına koordinasyonuyla görevliydi. En son Fuhuş İmamı olduğu ortaya atıldı. *Fetullah'ın Copları*'nda özel bir bölümde tanıtıldı.- Metin Aşık -Tehlikeli isimlerden biri daha. *Fetullah'ın Copları*'nda Aşık için de özel bir bölüm var.- Mehmet Tüzel -Bu-radaki hizmetlerinden dolayı Cemaat onu ödüllendirdi. Türkiye genelindeki tüm asayiş şube müdürlüklerindeki teknik büroların kurulması işini yürüttü. Bu yolla asayiş şubeleri de illegal dinle-me yapabilecek duruma geldi.- Ercan Taştekin -Cemaat mensu-bu polislerin, Abla düzeyindeki kişilerin, polislerin sevgilileri ve hatta eşlerinin de yer aldığı cinsel sapıklıklarla dolu bir dizi ola-yın içinde Ercan Taştekin'in de adı geçti. Bu konunun ayrıntıları soruşturma dosyaları hatta gazete manşetlerinde var. Sapıklık da olsa özel hayat konusuna girmek istemediğim için burada daha fazla ayrıntı vermeyeceğim.-

Asılsız Diyordu Şikâyetçi Oldu

Sabri Uzun, şimdi Cemaat'in mağduru olduğunu ileri sürerek kitap yazdı. Oysa o tarihte Copları saptamak için sürdürülen so-ruşturmayı bilerek ya da bilmeyerek engelleyen en etkin isimdi. Dahası Uzun'un, o tarihlerde -2001- kendisine mahkeme tarafın-dan sorulması üzerine, "Teşkilatımızda Gülen yapılanması yok-tur. Bu iddialar polisi yıpratmaya dönük, asılsız iddialardır." diye resmi yanıt verdiğini de anımsatalım.

Emin Arslan da Cemaat mağduru olduğu iddiasında bulunu-yor. Oysa aynı Emin Arslan, bugün Cemaat üyesi olmaktan tutuk-lu muhbiri ve 'evladı gibi sevdiği' Selat Öztürk'ten aldığı bilgiler-le, o günlerde Saral ve ekibinin çalışmalarına sekte vurmak için çabalamış ve Saral'ı tehdit bile etmişti. Daha sonra Genelkurmay Başkanlığı ve devletin diğer üst yönetimine Saral ve ekibinin soruşturmasının 'yalan' olduğu şikâyetinde bulunup, raporlarının dikkate alınmamasını istedi.

Bu bilgiyi de Hanefi Avcı'dan öğrendik. Saral'ın hazırladığı 'Fetullahçı Polisler' listesinde adı bulunan Avcı, bunun doğru olmadığını ileri sürerek mahkemeye gitti. Ancak mahkemeyi kaybetti. Yani mahkeme kararı ile Cemaat bağlantısı, kayıtlara geçti.

Avcı, Cemaat'in kalemşörlerinden Sevilay Yükselir'e verdiği bir röportajda, Emin Arslan ile ilgili yukarıdaki bu bilgiyi açıklayıp, "Cemaat'e bu hizmeti yapan Arslan'ın daha sonra Cemaat tarafından hedef haline getirilmesini anlamadığını..." söylemek istiyordu.

Genelkurmay Başkanlığı'na gidip Cemaat soruşturmasını ve DGM'ye delil sayılan soruşturma raporunun 'yalan' olduğunu söyleyebilen Arslan'ın, Genel Müdürlük içinde bu soruşturmayı engellemek, boşa çıkartmak için neler yapabileceğini tahmin etmek çok da zor değil.

Nitekim başardılar. Saral ve ekibi Cemaat'in bu ilk büyük operasyonu sonucu 'aut' oldu.

Copları polise dolduran, görev yaptıkları dönemde kadrolarının neredeyse tümü Cop olan, o dönemdeki yardımcılarının ve personelininin neredeyse tümü tutuklu ya da firari olan Emin Arslan, Hanefi Avcı ve Sabri Uzun ise 'İn...'.

DGM Kumpası

Saral'ın raporunun delil olarak kullanıldığı, Gülen'in hakkında DGM'de açılan o davanın Savcısı Nuh Mete Yüksel'di. O davanın hemen her aşamasında hile, yanlış yönlendirme, yalan ve iftira dâhil her türlü boşa çıkartma çabasında olan Gülen ve örgütü, ciddi operasyonlarından birini de bu sırada yaptı.

1999 yılına gelindiğinde; Gülen'i yurt dışına kaçmaya mecbur bırakan olaylar yaşanıyordu. Hoca'nın " Kurumları ele geçirin."

talimatının olduğu konuşma kasetleri TV'lerde yayınlandı. Savcı Nuh Mete Yüksel, örgüt hakkındaki soruşturma dosyasını ayırırken, laik düzeni yıkmaya teşebbüs eden örgütün lideri olmaktan, Gülen hakkında iddianame hazırladı ve DGM'de dava görülmeye başlandı.

Bu sırada yukarıda anlattığımız Ankara Emniyeti'nde Fetullahçı Polisler ile ilgili soruşturma da başladı. Askerler, MGK'da Gülen örgütünün üzerine gidilmesi için tazyikte bulunuyordu. Gülen sıkışmıştı ve kaçtı. Gıyabında yargılama devam etti.

2000 yılında dava gündeme oturmuştu. Savcı Yüksel'e bilgiler akıyordu. Bunlar arasında 92 soruşturmasını itiraflarıyla tetikleyen eski Polis Akademisi öğrencisi, polis memuru Rafet Yılmaz, Ceviz Kabuğu Proğramına çıkıp, Hulki Cevizoğlu'na itiraflarda bulunan Eyüp Kayar ve örgütten ayrılmış başka şakirtler vardı. Savcı Bursa'daki sapık Özgen İmamoğlu'nu bulmuş, bu kişinin Gülen örgütü ile ilişkilerini de belgelemeye başlamıştı. Çağdaş Eğitim Vakfı'nın *(ÇEV)* bulduğu ve korumaya aldığı iki eski şakirt vardı. Vakıf, bunların itiraflarını *Hocanın oKulları* adıyla kitaplaştırdı. Bu kitap, Ergün Poyraz'ın kendisi ve kitapları, Necip Hablemitoğlu'nun *Köstebek*'i, *Fetullah'ın Copları*, Savcı'nın elini giderek güçlendiriyordu.

Satılık Tanıklar

Cemaat, Özgen İmamoğlu ve Rafet Yılmaz'ı para karşılığı susturdu. Her ikisi de parayı alıp kayıplara karıştı. Yurtdışına gittikleri sanılıyor.

Rafet Yılmaz ismini ben *Fetullah'ın Copları*'nda yazmıştım. Rafet'in polis müfettişlerine verdiği ifadeler ile 1992 soruşturması başlatılmış ancak o soruşturma da Cemaat tarafından engellenmişti.

Fetullah'ın Copları yayınlandıktan bir süre sonra; DGM'deki dava devam ederken Rafet Yılmaz, TBMM'ye gelerek beni buldu. Kendini tanıttı ve hemen ardından, "Ben çok sıkıntı çektim. Beni polis memuru olarak mezun ettiler ve hâlâ şarkta sürünüyorum. Benim ifadelerimi yazıp, kitap yaptın. Zengin oldun. Ben parasızım. Bana para ver." dedi. Tabi ben bu isteği uygun bir dille reddettim. Kendisini ilk kez gördüğüm ve müfettiş ifadelerini yazdığım birinin gelip para istemesine şaşırmıştım. Zaten, davalardan başka bir karşılığını görmeyen ben, kitaptan para kazanamıyordum ki...

Nedendir bilinmez hiçbir zaman *Fetullah'ın Copları*'nı basmaya cesaret edecek kurumsal bir yayınevi bulamamış, butik diyebileceğimiz yayınevleriyle çalışmak zorunda kalmıştım. O dönem farklıydı. Şimdi herkes Gülen ve Cemaat'in uzmanı olup bu konuda kitap yazmaya başladı ve her yayınevi bu konuda kitap basmak için yarışır oldu. Çünkü artık Gülen aleyhine kitap, para kazandırıyor. Ama o tarihte Gülen aleyhine kitap basmak cesaret istiyordu ve birçok yayınevinde bu cesaret yoktu. Biraz cesur olan butik yayınevleri ile çalışmak zorunda kalmam bu nedenledir. Ve bu tür yayınevlerinden yazarın hakkını alabilmesi ise oldukça meşakkatlidir...

Dönelim konumuza...

İsteğini reddedince, Rafet, bildiği daha pek çok özel şey olduğunu, bunları paylaşmak istediğini söyledi. Rahatsız olmuştum. "Git devlete anlat. Savcının açtığı dava var. Ayrıca bağlı olduğun Kurumun müfettişleri var. Onlara anlat." diye yanıt verdim. Rafet, kendisinin kimseye ulaşamayacağını ancak bildiklerini anlatmak istediğini belirterek; dönemin İçişleri Bakanı Rüştü Kazım Yücelen ve DGM Savcısı Nuh Mete Yüksel'den randevu almak konusunda yardım istedi. Bunu yapabilirdim. Her ikisiyle de randevu aldım. "Git konuş, bildiklerini anlat." diye Meclis'ten uğurladım.

Sonra öğrendim. Bakana gidip, 10 yıl önce müfettişlere verdiği ifadesindeki bilgileri''satmış' ve karşılığında batı illerinden birine tayin istemiş. DGM Savcısına da aynı bilgileri verip, korunma karşılığı tanık olmak istediğini belirtmiş. Savcı Nuh Mete Yüksel, Rafet'in ilk ifadesini kayda geçirip, "Celp göndereceğim.

İster buraya gel istersen ifadeni görev yaptığın ildeki mahkemede ver." diye yolcu etmiş.

Sonrası daha da ilginç:

Duruşmada Rafet'in adı ve ifadeleri gündeme geldi. Gülen'in avukatları şoke olmuşlardı. Rafet'e ifade için celp çıkartıldı. Rafet DGM Savcısına verdiği ifadesini değiştirip, tam tersi ifade verdi. İfadeyi görünce bu kez şoke olma sırası bendeydi. İşin aslını araştırdım. Gülen'in avukatlarının Rafet'in yanına bir çanta dolusu parayla gittiklerini öğrendim.

Rafet'i bulup, yüzüne tükürmek istedim. Ama bir daha ulaşamadım.

Cemaat'in Rafet Yılmaz itirafları sonrasında 1992 yılında müfettiş soruşturmalarına uğraması, davalık olması sürecinde de Kemalettin Özdemir devredeydi. Rafet'in susturulması için devreye girdi. Dahası davanın akamete uğraması için hukukçuları, avukatları devreye soktu. Talat Şalk'ın 92 soruşturmasına takipsizlik kararı vermesi hâlâ akıllarda soru işaretidir. Ve Rafet'in ifadelerini alan, soruşturan Müfettişlerin hepsi sıkıntılı günler geçirdi. Mustafa Maktav hâlâ suskun... Belki birgün konuşmaya karar verir. Bu konunun ayrıntıları, belgeleri *Fetullah'ın Copları*'nda -s.213 ve sonrası- var.

Rüşveti Cop Getirdi

Ergün Poyraz'ı da satın almak istediler.

Bu amaçla Poyraz'ın uzun süre önce tanıştığı ve Cemaat ile bağı olduğunu farketmediği, Hüseyin Aktaş -1. Sınıf Emniyet Müdürü oldu ve 15 Temmuz sonrası meslekten atıldı, tüm ünvanları da elinden alındı.- Poyraz'a teklifte bulundu. O dönem Yabancılar Şube Müdürlüğü yapan Cihangir Çelik -Meslekten atıldı. Tüm ünvanları elinden alındı. Tutuklu.- ile yakın temasta olan Aktaş, müdahillikten çekilmesi için 100 bin, tanıklıktan da çekilmesi için 500 bin dolar teklif etti ve paranın ön ödemesi olan 200 bin doları masanın üzerine koydu. Poyraz, teklifi kabul etmedi. Aktaş, tanıklık etmesi halinde dahi ödemeyi yapacaklarını, sadece davaya katılma talebinde bulunmamasını istedi. Ergün Poyraz, Gülen hakkındaki kararı temyiz etme hakkını ortadan kaldıracak bu teklifi de reddetti. Nitekim 06 Mayıs 2002 tarihinde duruşma günü tanıklık etti ve müdahillikten de çekilmedi. Rüşvet öneren Aktaş, bir daha Poyraz ile karşılaşmadı.

Başkanlığını Gülseven Yaşer'in yaptığı ÇEV'i satın almak da mümkün değildi. Ve ayrıca bu Vakfın günahı büyüktü. Hem davaya delil olacak kişi ve belgeler sağlayan hem de örgütün temel besin kaynağı olan gençleri tarikatların ve cemaatlerin örümcek ağlarından koruyan bir kuruluştu. Fakir çocukları burslu okutuyordu. Cemaat bu tür derneklere ve vakıflara karşı acımasızdır. Kendileri de şahsen Gülen'in yargılandığı davaya katılma talebinde bulunan Türkan Saylan'a ve Gülseven Yaşer'e yönelik hücumun temeli de budur. Yani Cemaat, kendi beslendiği kaynağı kuruttuğuna inandığı, bu tür çocuk ve gençlere hizmet veren, onları koruyup kollayan sivil toplum kuruluşlarını, hele ki laik bir yapıdaysa düşman bilmektedir.

ÇEV'e Özel Kumpas

Cemaat ÇEV için özel bir plan kurguladı:

Öncelikle, arka arkaya gönderilen Cemaat elemanı müfettişler ile derneği çalışamaz noktasına getirdiler. Bunun üzerine Vakıf Başkanı Gülseven Yaşer, dönemin İçişleri Bakanı Saadettin Tantan'a şikâyette bulunup, yardım istedi. Tantan, Vakıf yöneticilerini İstanbul Emniyeti'ne gönderdi. Görüşme sırasında Terör Şubede görevli Başkomiser Bayram Özbek de, görüşme kendi şubesinde olmamasına karşın, çeşitli bahaneler ile odaya sık sık gelip gitti.

Aradan bir süre geçtikten sonra Vakfa gelen Özbek, kendisini Alevi, Cemaat karşıtı biri ve Hayri Canöz adıyla tanıtıp "Bizim teşkilatı ele geçirdiler. Size yardım etmeye geldim." diye irtibata geçti, güven kazandı. Bir süre sonra "Sizin burs verdiğiniz öğrenciler arasında sakıncalı olanlar var mı acaba? Burs listesini verin bir kontrol edeyim. Sakıncalıları size bildireyim." diyerek burs verilen öğrencilerin listesini aldı. İki ismi işaretleyip, "Bunlar PKK'lı, bursu kesin." dedi. Vakıf Başkanı Yaşer de bursu kesti ve bunu Özbek'e bildirdi.

O sırada Özbek tüm konuşmaları gizlice kayda alıyordu. Bu kayıtlar montajlandı. Örneğin, "Sizin bildirdiğiniz o iki PKK'lıya bursu kestik." cümlesindeki ilk iki kelimeyi atarak montaj yaptı. Yaşer'in tüm telefonları ve maillleri de Coplar tarafından izlemedeydi. Sahte mailler, düzmece mesajlar, kırpılmış konuşmalar yanyana getiriliyor ve kurgu hazırlanıyordu.

6 Mayıs 2002'de DGM'de Gülen hakkında görülen davada, Ergün Poyraz tanık olarak dinlenecek, katılma talebi incelenecek ve Gülseven Yaşer'in tanık olarak dinlenip dinlenmeyeceğine karar verilecekti. 4 Mayıs 2002 günü saat 23.00'da Işık TV'de bir program yayınlandı. Bayram Özbek tarafından montajlanmış kasetler yayınlandı ve Vakıf, Yaşer, Poyraz aleyhine yorumlar yapıldı. Vakıf, PKK ile irtibatlı gibi gösterildi. Bu yayın Cemaat'e bağlı diğer kanallarda ve yayın organlarında da haber konusu yapıldı.

Bayram Özbek Cemaat'in kasetçisi ve algı yönetiminde rol alan önemli bir isimdir. Film ve Cemaat'in TV'lerinde yayınlanan dizilerde algı yönetimi için senaryolar da kaleme aldı. Özbek yıllar sonra, Tahşiye Operasyonu'nda gözaltına alındı ve hakkında iddianame hazırlandı. Evinde yapılan aramada çok sayıda dinleme ve gizli çekim kasetler bulundu. Yargılanıyor. Ancak ÇEV'e koyduğu Nuh Mete Yüksel kaseti ile ilgili, o tarihte emrinde çalışan bir polis memurunu günah keçisi yapıp kurtuldu.

Şeytanın İmamları

Bu TV programı ve montaj kasetler, 6 Mayıs günü duruşmaya Yargı İmamlarından Abdülkadir Aksoy -Çatı İddianamesinde Gülen'in sekreteryasında görev yapan yakın isimlerden biri olduğu bildirildi ve bu dosyadan tutuklu.- tarafından getirildi. Gülen'in avukatı Aksoy, Poyraz'ın tanıklığının geçerli olmadığını söyleyerek katılma isteğinin reddini talep etti ve Yaşer'in dinlenmemesi gerektiğini belirterek, davanın seyrini etkiledi.

Gülseven Yaşer daha sonra İmamlar tarafından Ergenekon soruşturmasına dâhil edildi. Hakkında yakalama kararı alındı. Yıllarca yurt dışında yaşamak zorunda kalan Yaşer ve Vakfın yoksul çocuklara dönük eğitim çalışmaları da sekteye uğratıldı.

Savcıya KÖZ Tuzağı

Tanıklar birer birer devreden çıkartılıyordu. *Fetullah'ın Copları*'nın 'intikam için' yazılmış, abartılı hatta yalan ifadelerle dolu olduğu iddiasında bulundular. Ergün Poyraz'ın tanıklığını ÇEV ile ilişkisi üzerinden boşa çıkartmaya, hatta PKK bağlantılı gibi göstermek için sahte bilgiler gönderdiler. Eski şakirtleri parayla satın alıp, susturdular.

ÇEV'e yapılan karalama kampanyasına rağmen davada etkisi devam ediyordu. Cemaat buna önlem almak için işi daha da ileri taşıdı. Üstelik bir de ÇEV'e inanan Savcı vardı. Nuh Mete Yüksel'e de bir tuzak kurdular. Tuzağın kaset servis boyutunu sevk ve idare edenler arasında yine Bayram Özbek vardı. Kaset tuzağının uygulanması ise Ankara'daki Coplar ve yargı içindeki İmamlar aracılığıyla oldu.

Operasyonun uygulama bölümündeki Copların başında Samih Teymur, Mustafa Çil ve Maksut Karal vardı. Kumpas kararını veren örgütün tepesi, kararı uygulamaya sokan Abdulkadir Aksoy, Harun Tokak, Mustafa Yeşil'di. Uygulayıcıları koordine eden ise Polis İmamı Kemalettin Hoca ve yardımcıları ise Recep Gültekin ve Ahmet Öztürk'tü.

Özdemir'in olaydaki rolü, dava dosyalarına da giren "Benim sadece Emniyet'le ilgilendiğimi sanıyorlar ama ben bu sıralar sadece Nuh Mete Yüksel konusuyla ilgileniyorum. Bu görevi bizzat hocaefendi verdi." sözü ile net olarak anlaşılabilir.

Çatı Davasında tanık olan ve İlhan İşbilen ile Kemalettin Özdemir'i yakından tanıyan Bülent Çanakçı'nın ifadesi de şöyle:

"Kemalettin Özdemir, Fetullah Gülen'e açılan davayı takiple görevlendirildi. Davanın sonuçsuz kalması için soruşturmada görev alan hâkim-savcı ve bütün memurlar tehdit şantaj ve rüşvetle satın alınmaya çalışıldı. Önce başarılı olunamadı. Daha sonra Nuh Mete Yüksel'e kumpas kuruldu. Kemalettin Özdemir kurulan kumpası bana anlattı. Hizmet evinde kalan bir kızı ev Abisi ikna etti. Emniyet, kamera ve düzenek yerleştirip gizli çekim yaptı. Bunun neden yapıldığını sorduğumda, 'Kız cinsel ilişkiye istekli idi, Fetullah hocayı kurtarmanın başka çaresi kalmamıştı.' dedi."

Örgütün en üst düzey Abilerinden Alaeddin Kaya'nın itiraflarında da kanıtlar var:

"Yüksel'i itibarsızlaştırma amacıyla kumarhaneler kralı Sudi Özkan'ın avukatına ait Ankara'da yerini bilmediğim bir mekânda bir kadınla uygusuz haldeyken bir çekim gerçekleşmiştir. O gün Gülen Cemaati'nin Emniyet İmamı olarak bilinen Kemalettin Özdemir bana olayı samimi bir şekilde şöyle anlattı:

"Bahse konu evde bulunan televizyon cihazının aynısı dışarıda temin edildi. Ve içine çekim yapabilecek özellikler taşıyacak tarzda teçhizat yerleştirildi. Televizyonlar takas edildi. Kapı açıldığında cihazın kayda gireceği şeklinde sistem kuruldu."

Sohbetçiler Darbeci Oldu

Bu Kemalettin Özdemir, itirafçı olup, devlete; MİT'e örgütün çözülmesi için bilgiler verdiğini ileri sürüyor. Dahası katıldığı bir TV programında kendisinin hiçbir operasyona katılmadığını iddia

edebiliyor. Ben o canlı yayına telefonla bağlanıp, "Yalan söylü-
yorsun, yalan." diye bağırmak zorunda kaldım.

Kendisinin sadece polis öğrencileri ile "masum dini sohbet-
lerde bulunduğunu" başka bir rolü olmadığını belirterek, sohbet
ettiği kişilerin isimlerini de "Ramazan Akyürek, Ali Osman Kahya,
Mustafa Sağlam gibi isimlerdi..." diye saydı. Bunlar tutuklu, firari.
Ve bu ülkede en büyük suçları işlediler. Nasıl masum sohbet bu!

Aynı programda KÖZ diye bir grup kurmadığını, böyle bir
yapılanma olmadığını da ileri sürdü. Bu eski İmam'a en yakın
isimlerden biri olan Murat Çetiner, 15 Temmuz sonrasında da
Bakırköy İlçe Emniyet Müdürü olarak görevini sürdürmeye de-
vam ediyordu. Bir diğer yakını da Ömer Zeren'di. Bu iki isim KÖZ
grubunu derleyip toplama ve yönetmede Kemalettin Özdemir'in
eli kolu, sekreteryası gibi hareket ediyorlardı.

Hâlâ Gülen'e bağlı

Çatı Davası tanığı, yukarıda adını verdiğimiz Bülent Çanak-
çı'nın ifadelerinde benim iddiamı destekleyecek çok açık bilgiler
var. Bakalım:

"Cemaat'ten ayrıldığını söyleyen kişiler gerçekte ayrılmadı.
Cemaat büyüdüğü için görev yerleri değiştirilen ve çeşitli sebep-
lerle oluşan küskünler grubunu kontrol altında tutmak için bu
kişiler, Cemaat'ten ayrılmış gibi gösterildi. Bunların çevresinde
toplanmaları sağlandı. -KÖZ'ü işaret ediyor.- Çeşitli yerlere atama
yaptırmak için Cemaat'ten değilmiş gibi görüntü verildi. Devletin
çeşitli birimlerini kontrol etmeye çalışıyorlar. Kemalettin Özde-
mir de bu gruptan. Fetullah Gülen'e hâlâ çok sıkı bağlı.

Cemaat'in üst düzey görevlerini yürüten kişiler, dış istihba-
ratların yetiştirdiği kişilerdir, bu güçlerin kontrolü altındadırlar...

Kozanlı geldikten sonra bazıları 'Kozanlı çok iyi değil, Özde-
mir'in yanında olalım' falan diyorlardı. Tahmin ediyorum Özde-

mir 2010'a kadar ayrılmadı. Hatta tahmin ediyorum, emniyet içinde halen ona tabi arkadaşlar vardır.

Kemalettin Özdemir, çok titiz ve gizli davranır. Önemli kimselerle doğrudan bağlantı kurmaz. Yanına gelen kişilerin telefonlarından arayıp irtibat kurar. Kemalettin Özdemir, emniyetteki bütün işlerin emrini veren tek yetkiliydi. Bütün işlerden haberi vardı. Cemaat'e mensup kişilerin bütün bilgilerini bilir. Daha sonra asker, MİT, hâkim-savcılar gibi devletin hassas kurumlarının yöneticisi haline geldi. Fetullah Gülen'e karşı sorumludur. Doğrudan onunla görüşürdü. Bir süre sonra Kemalettin Özdemir hizmetten düşürüldü. Emniyet, hava, deniz, kara kuvvetleri, MİT gibi kuruluşların çalışanlarının yüzde 70'i Kemalettin Özdemir'e bağlıydı. Rütbeli emniyet içerisinde yüzde 80'i ondan talimat alırdı."

-muş Gibi Yapıyor

Kemalettin Özdemir en başından bu yana 'Muş gibi yapıyor.' yani her şeyi yalan. "Örgütten ayrıldım." diyor. Yalan. "Ben hiçbir işe bulaşmadım." diyor, yalan. "Devlete bilgi veriyorum." diyor. Bu da yalan ve verdiği bilgiler yönlendirme amaçlı. "KÖZ yok." diyor, yalan...

Cemaat'in çözüleceği, Gülen'in zaten çok yaşlandığı ve akıl sağlığının da yerinde olmadığı düşüncesiyle, yakın tarihte örgütün lidersiz kalıp tümüyle dağılacağı hesabı var. Bu takdirde yeni oluşumlar meydana gelecek. Bunun önderliğini yapmayı planlanlayan Kemalettin ve ona bağlı isimlerin yeni bir güç odağı olmak için hazırda beklediği gelen bilgiler arasında. Dahası bekletenler de var. Yani bu tür bir güç odağını kullanmak için bu oluşumu kenarda bekletip, zamanı gelince kullanmak isteyenler var.

Kemalettin o nedenle; kendisini masum, sadece dini bilgiler veren, sohbet erbabı, Cemaat'in kirli işlerine bulaşmamış biri olarak göstermeye çalışıyor. O nedenle kendisini kirleteceğini düşündüğü hiç bir bilgiyi açıklamıyor. Kendisine bağlı olanları inkâr ediyor. Oysa polis ve MİT içinde önemli bir gücü var hâlâ.

Ayrıldım demesine karşın, aslında Polis İmamlığı'ndan ayrılmamak için her şeyi yaptı. Olmadı. Afrika İmamı yaptılar, yetinmedi. 2010 yılında KÖZ'ü kurmak için harekete geçti. İtirafçı da olmuştu. Yani MİT'in kontrolündeyken KÖZ'ü kurmak için çalışıyordu. Şimdi nasıl yorumlanmalı bu. Dahası, 2013 yılında bile Gülen ile irtibatı görülüyor. Gülen kendisine Adil Öksüz ile bir kitap göndermişti. Öksüz'ün Sakarya Üniversitesi'nde takdim ettiği bu kitapta, Gülen kendi eliyle aynen şu notu yazmıştı:

"Vicdanımda çok eskilere dayanan fakat eskimeyen, kardeşliğini canlı tuttuğum, mübarek bir şecerenin mübarek meyvesi Kemalettin Özdemir Bey, latife-i Rabbaniyenin sesi olarak kabul edecekleri ümidiyle. Elli senedir hep olduğu yerde duran: Pürkusur M. Fetullah Gülen."

Mahrem

Bir ilginç konu daha var:

Fetullah Gülen 15 Temmuz öncesinde de sonrasında da video olarak da yayınlanan, bir açıklamasında, "Biz onu uyardık. O aşiftenin yanına gitmemesi için uyardık." dedi. Bu sözü kime söylediği uzunca süre tartışıldı. Sonunda Nazlı Ilıcak dâhil birkaç gazeteci bu sözün Kemalettin Özdemir'e yönelik olduğunu ileri sürdüler.

Bu doğruysa Gülen daha son günlere kadar Kemalettin Özdemir ile bağını kopartmamış demektir.

Burada ilginç bir nokta daha var. Gülen, bir insanın özel hayatını, kiminle buluşacağını bile anında haber alıp, uyaracak kadar istihbarata hakim demektir.

Ki bunun böyle olduğunu biliyoruz ve şaşırmıyoruz. Erdoğan da "Mahremimize kadar girdiler." demedi mi?

Operasyoncu Coplar

Mahreme girme işinin ilk mimarı olan Kemalettin Özdemir'in; Nuh Mete Yüksel'in Mahremine girmesine ilişkin operasyonunu anlatmaya devam edelim:

Yüksel'e yönelik bu operasyonda Özdemir'e yardımcı olan isimlerden Recep Gültekin, polisin içindeki en ilginç isimlerden biriydi. Copların polis içine yuvalanmasının en kritik hamlesinde de rol almış ve teşkilat içinde liyakata uymayan şekilde yükselmişti. Özel Sınıf düzenlemesinin de mimarlarındandı. Özel Sınıf Yasası çıktığında, İçişleri Bakanı tabii ki Abdulkadir Aksu'ydu. Polis İmamı da Kemalettin Özdemir. Recep Gültekin ile birlikte düzenlemeyi hayata geçiren bir diğer isim de Muharrem Tozçöken'di.

Coplar listesinde Tozçöken gibi Gültekin'in de adı vardı. 15 Haziran 1999 tarih ve B.05.I.EGM.0.06.01.(126) 58 esas sayılı müfettiş raporunda da adı ve faaliyetleri sıralanıyordu. Bu raporda; Recep Gültekin, Muharrem Tozçöken, İsmet Toprak, Adem Türer ve İbrahim Azcan'ın 'bir zincirin halkaları gibi' irticai faaliyetler yürüttükleri ifade ediliyordu.

Gültekin için raporda, "Fetullah Gülen'in faal elemanı ve Akademi'deki beynidir." yorumu da yapıldı. -Bu isimler ve Özel Sınıf düzenlemesi ile ilgili *Fetullah'ın Copları* s.193 ve sonrasında ayrıntılı bilgiler mevcut- Muharrem Tozçöken'den daha önce söz etmiştik. Ramazan Akyürek'in Trabzon'da yardımcılığını da yapan İbrahim Azcan, kendini unutturmaya çalışıyor.

**b) Polis Akademisinde görev yaptığı dönemle ilgi-
li olarak :**

1- Polis Akademisi Başkanı : Namaza düşkün, cu-
mayı kaçırmayan, fikri yapısı itibariyle dine düş-
kün, o tip insanlarla çok samimi olduğunu, belir-
tilen dönemde Muharrem TOZÇÖKEN ile direk
ilişki içinde olduğunu, Muharrem TOZÇÖKEN
zamanında kendi aralarında yaptıkları yapılanma
da yer aldığını ve zincirin halkaları gibi birbirleri-
ni tamamladıkları ve Nakşibendi tarikatından
olup,öğrencileride etkileme çabası içinde olduğunu
ve bunlara görevi süresince mani olmaya
çalıştığını beyan etmiştir.

2- Başkan Yardımcısı : Muharrem TOZÇÖKEN'
in Genel Müdür Yardımcısı olması ile kendi fikrin
deki kişileri teşkilatın her tarafına dağıttığını, bun
ların yandaşları doğrultusunda toplanıp, resmi
araçla cumaya gittiklerini duyduğunu, İsmet TOP
RAK, İhsan ERDEM paralelinde kişilerle irtibatlı
olduğunu, bunların kendi yandaşları ile görüştük-
lerini, Abdülkadir AKSU Bakan iken irtibat-
lı olduğunu, Nakşibendi tarikatından olduğunu
zannettiğini beyan etmiştir.

3- Akademideki Mesai Arkadaşları : Recep GÜL
TEKİN'in Akademide görevli İsmet TOPRAK,
Adem TÜRER ve İbrahim AZCAN ile birlikte ay-
nı gruptan oldukları ve birlikte hareket ederek
çalışma yaptıklarını beyan etmiştir.

4- Akademi Öğrencisi : Recep GÜLTEKİN'in Fe-
tullah Hoca'nın faal elemanı olup, Akademideki
beyni olduğunu belirtmiştir.

**B- Daire Başkan Yardımcısı Fettah ÜNSAL ile
ilgili olarak :**
**a) Yabancılar Daire Başkanlığında çalıştığı dö
nemde :**
1) Daire Başkanı : Beraber çalıştığı dönemde irt
cai tutum ve davranışının olmadığını, ancak Per
nel Dairesinde göreve başladıktan sonra belirtil
grup içerisinde yer aldığı belirtmiştir.

Operasyonu anlatmaya devam edelim.

Önce bir uydurma örgüt ve tehdit ortaya atıldı. O tarihte An-
kara Terör Şube'de görevli Samih Teymur Savcı'ya gidip, "Hayati
tehlikedesiniz, koruma verelim" dedi. Verilen koruma Cop'tu.
Koruma aracılığıyla Yüksel'in her adımı takibe alındı. Dinleme ve
izleme yapıldı. İzleme bilgilerini Maksut Karal, derledi.

Maksut Karal da, 1992 soruşturmasında adı Coplar listesine giren ve Fatih Koleji'nden sonra Akademi'ye Cemaat'in yerleştirdiği özel sınıflardan biriydi. Müfettiş raporlarında da *Fetullah'ın Copları'*nda da adı açıkça yazıldı. Bu bilgiye rağmen Erdoğan, Başbakanlığı döneminde Karal'ı Koruma Müdürlüğü'ne getirdi. Cemaat, Karal aracılığıyla yıllarca, Erdoğan'ın her adımını yakından izledi.

Alaeddin Kaya'nın anlattığı Sudi Özkan'ın bürosundaki kayıt, yapılan kayıtlardan sadece biriydi. Yüksel defalarca kayda alındı. Kadınlardan birinin Cemaat şakirdesi olduğu ve Gülen'in "Savcıyla yatarsan cennete gideceksin" sözleriyle ikna edildiği iddianamelere de yansıdı. Dahası dönemin DGM Başsavcısının özel kaleminden bir bayanla kaseti olduğu, ayrıca bir avukat bayanla ayrı bir kasetin kaydedildiği de söylendi.

Kasetteki bayan aslında operasyonu yapan Coplar için tanıdıktı. Ankara Terör Şube'de görevli A. isimli bir polisin kız arkadaşının kızkardeşiydi. Dinleme ve izleme sırasında bu tespit edilince ilk kumpas önerisi A'ya yapıldı. Yüklü miktarda para teklif edildi. Ancak A, bu öneriyi geri çevirdi.

Hüseyin Aktaş'ın, Cihangir Çelik aracılığıyla Yabancılar Şube'ye gelip, hukuki sorunları olan yabancı uyruklu kadınları yüklü para karşılığı komploya ikna ettikleri de iddialar arasında.

Fuhuş İmamı

Ankara'daki davada tanıklar Cihangir Çelik hakkında, "Fuhuş İmamı" yorumu yaptıklarında hiç şaşırmadım. İddiaya göre Cemaat'in kontrolünde fuhuş yapan binlerce kadın var. Bu kadınlar, hedefe konulan bürokrat ve siyasilere gönderiliyor. Sonra bu kadınlar ile hedef şahıs arasındaki ilişki gizlice kayda alınıyor. Bu yolla Cemaat'in yüzlerce binlerce işadamını tuzağa düşürdüğü ve yüklü miktarda 'Fuhuş Himmeti' topladığı ileri sürüldü. Bu kadınların sorumlusunun da Cihangir Çelik olduğu kaydedildi. Cihangir, devremdir. Hakkında *Fetullah'ın Copları*'nda -s.153- ayrıntılı bilgi var.

Sonuçta Cemaat istediği kayıtları ele geçirdi. Nuh Mete Yüksel daha sonra bunların montaj olduğunu söyledi. Ama kriminal inceleme raporu tam tersiydi.

Yüksel'in bu bilişim konularında uzmanlığı olduğu söylenemez. Ankara Emniyeti'nin bilgisayarlarına yüklenen Melissa Virüsü işini de çözememişti. Şimdilerde kasetçi oldukları için yargılanan Coplardan birinin de savunma avukatlığını yapıyor. Yani kendisine tuzak kuranların yetiştirdiği bir kaset tuzakçısını kurtarmaya çalışıyor.

Savcı Yüksel'in kayıtlarının günışığına çıkartılması da operasyonun ikinci önemli adımıydı. Sahte bir ihbar ile ÇEV'de Terör Şube arama yaptı. Arama sırasında, Savcı Yüksel'in gizli çekim CD'sinin Vakfın kasasında bulunduğu ileri sürüldü.

Skandal basına yansıtılıp, ortalık toz-duman haline getirildi. Kasetin basına servis edilmesini de Gazeteci ve Yazarlar Vakfı temsilcisi olan Mustafa Yeşil yaptı. Sonuçta hem Savcı, hem ÇEV hem de dava boşa çıkartıldı.

Bu operasyon Cemaat için büyük başarıydı. Ancak Nuh Mete Yüksel davadan uzaklaştırılsa da henüz dava bitmemişti. Yıllarca sürdü.-Tüm ayrıntılarını *Fetullah'ın Copları*'nda bulabilirsiniz.-

Gülen'in avukatı Aksoy, Emniyet Genel Müdürlüğü'ne 24.02.2006 tarihinde müracaat ederek **"Fetullah Gülen Terör Örgütü"** diye bir yapılanmanın olup olmadığına dair yazılı yanıt verilmesini talep etti. Genel Müdür adına Ramazan Er tarafından verilen 03.03.2006 tarihli yanıtta: **"Fetullah Gülen'in 3713 sayılı Terörle Mücadele Kanunu kapsamında bir fiilinin bulunmadığı"** bildirildi. Aksoy bu yazıyı, Savcı Şemsettin Özcan'ın örgüt hakkındaki takipsizlik kararını ve 3713 sayılı Terörle Mücadele Kanunu'ndaki değişikliği gerekçe göstererek; Gülen hakkında **"beraat"** kararı verilmesi için Özel Yetkili Ankara 11'inci Ağır Ceza Mahkemesi'ne 07.03.2006 tarihinde başvuruda bulundu.

Zübeyir Kındıra

Kaderin garip bir tesadüfü olarak, Cumhuriyet Gazetesi'ne ilk bombanın atıldığı 05.05.2006 tarihinde, Orhan Karadeniz'in Başkanlığındaki Mahkeme, Gülen hakkında **"beraat kararı"** verdi. Bu kararı, müdahillikten çekilmediği için Ergün Poyraz ile Savcı Salim Demirci temyiz etti. Poyraz, Ergenekon Kumpasına dâhil edilip, yıllarca Silivri'de tutuklu kaldı. Gülen dosyasını temyiz eden Savcı Salim Demirci de kumpaslardan nasibini aldı ve yargıyı ele geçirdiklerinde özel yetkileri elinden alındı.

Temyizler üzerine Yargıtay Cumhuriyet Savcısı Erkan Buyruk, düzenlediği Tebliğname'de Gülen'in fiillerinin **"cürüm işlemek için teşekkül meydana getirmek ve bu teşekkülü yönetmek"** suçunu oluşturduğunu bildirdi. Ancak **Başkanlığını Mahmut Acar'ın yaptığı Yargıtay 9'uncu Ceza Dairesi, Gülen'in beraat kararını onadı.** Böylece AKP iktidarı döneminde, bu davanın Gülen'in lehine sonuçlanması sağlandı ve kirli ittifak kök saldı.

Bu süreçte Gülen, emniyet ile yargının elele çalışmasının önemini de kavradı. Sonraki yıllarda bu yöntemini geliştirdi. Öğrendiği bir şey daha oldu:

Kasetçilik...

KOZ DÖNEMİ

Yatak Odalarındaki Coplar

Nuh Mete Yüksel döneminde henüz, emniyet de ve dolayısıyla Cemaat de kaset kumpaslarını çok gelişmiş aletlerle yapamıyordu. Evlere kamera yerleştirilmesi işi çok yaygın değildi. Ancak bu durum KOZ'un işbaşına gelmesi ve İstihbaratın Dinleme Merkezinin, TEKOP'un devreye sokulması ile oldukça ileri boyuta taşındı.

Açılımı Teknik Operasyon Şube Müdürlüğü olan TEKOP, Emniyet İstihbaratı'nın en önemli ve sıkı güvenlik önlemleri ile korunan birimidir. Yukarıda öyküsünü anlattığımız Basri Aktepe, Cemaat'in dinleme ve kaset olaylarını başlattığı yıllarda bu birimin başındaydı. Ve o tarihlerde henüz İmam değişikliği yapılmamıştı. Kemalettin Özdemir işbaşındaydı. TEKOP'un ilk ekibini ve ekipmanlarını Basri Aktepe kurdu. Aktepe 2005 yılında kurulan Telekomünikasyon İletişim Başkanlığı'na *(TİB)* giderken bu birimdeki elemanlarından bazılarını yanında götürdü. TİB'in Başkanı, Ankara Savcısı iken bu göreve getirilen Fethi Şimşek'ti, Aktepe de yardımcısı. Ama TİB'in asıl sahibi, Erdoğan destekli Aktepe'ydi. Aktepe ile ilgili ayrıntılı bilgileri yukarıda anlattık.

Dinleme ve kaset işlerini İstihbarat Dairesi ile TEKOP birlikte yürütüyordu. Dinleme yapılması için izin alınırken TEKOP'un

Şube Müdürü imzası olması zorunludur. Dinleme ve kaset operasyonu yapacak ekipleri koordine eden elbette önceleri Kemalettin Özdemir sonra Kozanlı Ömer'di. Karar veren ve oyunu kurgulayan İmamdı. Yllar içerisinde birçok isim gelip geçse de kaset ve dinleme kumpaslarının en yoğun olduğu yıllarda istihbarat ve TEKOP'ta tepede oturan ilginç ve tanıdık isimler vardı.

Sicilinde Cop Yazıyordu Ama

İmam ve Abilerin koordinasyonu ve talimatıyla yüzlerce kaset ve binlerce dinleme gerçekleştirildi. Etkin ve aktif isimlere bakınca; Ali Fuat Yılmazer, Coşkun Çakar, Ramazan Akyürek, Recep Güven, Ayhan Falakalı, Basri Aktepe ve Cihangir Çelik'i saymak mümkün.

Ramazan Akyürek, eski İstihbarat Daire Başkanı. Ali Fuat Yılmazer ile aynı kumpasların içindeydi. Ve aynı suçlamalardan dolayı tutuklu olarak yargılanıyor. Ama Akyürek, Cemaat'in İmam kadrosundan üst sıralarda yer alan bir isim olarak hemen her kumpasın içinde var.

Fetullah'ın Copları'nda hakkında bilgiler verdik. Biraz daha ayrıntı verelim:

40 yıldır faaliyetteki Cemaat'in ilk şakirtlerinden biri. Adı DGM belgelerine, emniyet müfettişlerinin hazırladığı Fetullahçı Polisler listesine, Dink ve Santoro cinayetlerine, Ergenekon ve Balyoz gibi davaların organize edilmesine kadar hemen her alanda geçti. 15 Temmuz sonrası hem Bylock hem Bank Asya Mudisi olarak da soruşturma konusu yapıldı.

Polis Koleji ve Akademisi'ndeyken Işıkevleri'ne giden ilk isimlerden oldu. Özellikle evlendikten sonra, Cemaat ile bağını keskinleştirdi. Önce eğitim kurumlarında sınıf komiseri olarak görev yaptı. Polis Koleji öğrencilerinin Işıkevleri'ne taşınmasında 'Abilik' görevini üstlendi. Cemaat'in güvendiği isimlerden biri haline geldi.

Şeytanın İmamları

ANAP, ANASOL iktidarları sırasında kariyerinde yükselmeler başladı. İstanbul'da görev yaparken, Cemaat ile bağı tespit edildi. Sicil Amiri ve dönemin Valisi Erol Çakır, sicil notuna Akyürek'in tüm geleceğini şekillendirecek ünlü notu düştü. Daha önce bahsettiğimiz not aynen şöyle:

"Emniyetteki hizipleşme içinde-irticai akımlara *(Fetullah)* yakın. Dikkat edilmelidir."

Akyürek, bu nota rağmen teşkilat içinde önemli birimlerde görev yapmaya devam etti ve devre arkadaşlarının birçoğundan önce il müdürlüğüne getirildi. Trabzon İl Emniyet Müdürü oldu. Anasol-M ve ANAP iktidarları dönemiydi.

Akyürek'in Trabzon İl Müdürlüğü sırasında; Rahip Sontoro Cinayeti, Mc Donold's'ın bombalanması gibi ilginç olaylar yaşandı. Daha sonra Dink Cinayeti'nin baş aktörleri bu sırada Akyürek tarafından istihbarat elemanı olarak işe alındı. Akyürek, Erhan

Tuncel'den aldığı Dink'e suikast yapılacağına dair istihbaratı değerlendirme noktasındaydı. Bu bilgiyi İstanbul ve Ankara ile paylaştığını da ileri sürdü.

İki Bomba Arası Başkanlık

2006 yılının bahar ayları Türkiye ve Akyürek için oldukça ilginç geçti. Bugünlerde yaşadığımız bu kaosun tohumları daha o günlerde ekildi. 5 Mayıs 2006 tarihinde Cumhuriyet Gazetesi'ne el bombası atıldı. 5 gün sonra ikincisi atılmadan 2 gün önce, 8 Mayıs günü Ramazan Akyürek'in İstihbarat Daire Başkanlığı'na tayini çıktı. Bu tayinden 3 gün sonra Cumhuriyet'e yeniden saldırıldı. 1 hafta sonra da Danıştay saldırısı gerçekleşti. Bir süre sonra Zirve Yayınevi olayı yaşanacaktı. Akyürek'in tayini apar topar çıktı. Yerine gelen müdüre devir teslim töreni bile yapacak zamanı yoktu. Hızlıca Polis İstihbaratı'nın başına geçti. Danıştay saldırısı ile ilgili Başbakan'a verdiği ilk bilginin ardından Erdoğan, "Bekleyin ardından neler çıkacak, neler." şeklinde açıklama yaptı.

Ve böyle kritik, krizin tırmandığı günlerde Akyürek, Polis İstihbaratı'nın başına oturdu. Önündeki evraklardan birisi de kendisinin Trabzon'dayken, **"Dink'e suikast yapılacak."** şeklindeki bilgi notuydu. Ama kendi yazdığı notun gereğini yapmadı. 1 yıl geçmeden 19 Ocak 2007'de Dink Suikastı gerçekleşti. Failler ve azmettiriciler olarak tutuklananların neredeyse tümü Akyürek ile bağlantılarını ortaya serdi. 17 Nisan 2007 Zirve Katliamı ile de Akyürek'in istihbarat koltuğu sallanmaya başladı.

Kumpaslara Hız Verdi

Ama bu arada Sabri Uzun'un reddettiği Ergenekon, Balyoz, Kafes, Zir Vadisi, İrtica ile Mücadele Eylem Planı, İnternet Andıcı gibi olay ve davalar arka arkaya geldi. Bu kumpasların yaşandığı dönemde, Akyürek de İstanbul İstihbaratındaki Ali Fuat Yılmazer de polisin en etkili birimlerinde görevdeydi.

Hrant Dink Cinayeti ile ilgili ağır suçlamalara muhatap olan bu ikili ile ilgili soruşturma izni verilmedi. O tarihte Cemaat ile Hükümet arasında bir gerginlik yoktu ve soruşturma da yapılamadı. Ancak Avrupa İnsan Hakları Mahkemesi'ne yapılan başvurunun sonucu, Akyürek için yeni bir sayfanın açılmasına neden oldu. Mahkeme 'hak ihlâli' kararı verdi ve aynı günlerde Cumhurbaşkanı Abdullah Gül'ün talimatıyla yapılan Devlet Denetleme Kurulu raporu da yayınlandı. Kamuoyu baskısı da eklenince Yılmazer ve Akyürek görevinden oldu.

Ancak Akyürek Teftiş Kurulu'na atandı. Ta ki 17 Aralık Operasyonu yapılıncaya kadar... Cemaat ile Hükümet kavgasının hemen ertesinde görevden alınan Ramazan Akyürek, İdare Mahkemesi'ne dava açtı. Yargı İmamı bölümünde anlattık, İdare Mahkemeleri'nin neredeyse tümünde Cemaat'in hâkimleri vardı. Ve hafta içinde mahkeme göreve iade kararı verdi.

Ancak Erdoğan kararlıydı. Akyürek tutuklandı. Hâlâ yargılanıyor.

Kasetçilere devam edelim:

Ali Fuat Yılmazer: Eski İstanbul İstihbarat Şube Müdürü. Hrant Dink cinayeti, yasadışı dinleme, sahte suikast kumpası ve Gülen örgütü üyeliğinden tutuklu. Ergenekon'dan Balyoz'a kadar uzanan hemen tüm kumpasların başrolünde yer aldı. Hükümet ile kavga sonrası bağımsız milletvekili adayı da oldu.

Ömer Altıparmak: Eski İstihbarat Daire Başkanı. Tutuklu ve aynı suçlardan yargılanıyor. İstihbarat Başkanı iken tüm illegal dinlemelere imza attı. Polisin kayıp dinleme cihazları Altıparmak zamanında kayboldu. Yerini o biliyordur.

Erol Demirhan: Eski İstanbul İstihbarat Şube Müdürü. Tutuklu ve aynı suçlamalarla yargılanıyor.

Ertan Aslan: Bu isim özellikle Ankara merkezli kaset kumpasları ile birlikte anılıyor. Baykal ve MHP'lilerin kaset olaylarında perde arkasındaki beyin olarak anılan Aslan, tutuklu ve yargılanıyor. 15 Temmuz'a kadar Ankara İstihbaratı'nda görevde kalan Aslan'ın anlatacakları ile kaset kumpasları tümüyle aydınlatılabilir. Hakkında bu yönde istiharat bilgisi olmasına karşın, 17-25 Aralık sonrasında da görevde kalan Aslan'ın neden ve kimler tarafından korunduğu muamma. Elinde çok özel kayıtlardan oluşan bir arşiv olduğu da iddialar arasında.

Firari olanlar: Eski İstihbarat Daire Başkan Yardımcısı Ayhan Falakalı, Eski İstihbarat Daire Başkan Yardımcısı Recep Güven, Eski Ankara İstihbarat Şube Müdürü Muharrem Durmaz, Eski İstihbarat Daire Başkanlığı Teknik Şube Müdürü Yunus Yazar, Eski Ankara İstihbarat Şube Müdür Yardımcısı Zeki Güven -99 soruşturması sırasında Sabri Uzun'a Saral ve ekibini gammazlayan isim- Eski İzmir İstihbarat Şube Müdürü Ramazan Karakayalı, Eski İstihbarat Daire Başkan Yardımcısı Coşkun Çakar, Eski İstihbarat Daire Başkanlığı Teknik Şube Müdürü Ali Özdoğan.

Ankara Cumhuriyet Başsavcılığı'nın yaptığı soruşturma dosyasına giren bu isimlerin alt kadrolarında da ilginç isimler var. Kaset kumpaslarının hayata geçmesi için çalışan yani sahaya inen ekibi yönlendiren Ali Özdoğan ve yardımcısı Sedat Zavar ile eski İstihbarat Daire Başkanlığı L4 Büro Amiri Komiseri Enes Çiğci ve eski İstihbarat Daire Başkanlığı L11 Bürosu polislerinden İlker Usta'ydı.

Kasetçi-Böcekçi

Bu 4 isim, kaset kumpaslarının en aktif isimleriydi. Komiser Enes Çiğci ODTÜ Elektrik- Elektronik Mühendisliği mezunuydu. Dinleme cihazları, elektrik devreleri ve bunların gizlice yerleştirilip çalıştırılması konularında uzman olduğu için özel olarak polis teşkilatına alındı. Dinleme ve izlemeler ile ilgili özel cihazları Danimarka'da bulup, satın alıp, getiren kişi Çiğci'ydi. Para, Örtülü Ödenek'tendi. Zavar ve Çiğci, İlker Usta ve Müdürleri Ali Özdağan kaçaktı. Sedat Zavar ile İlker Usta, Romanya'da yakalandılar ve suçluların iadesi antlaşması çerçevesinde Türkiye'ye getirildiler. Bu kişiler aynı zamanda Başbakan'ın evine ve ofisine böcek yerleştiren kişilerdi.

Gizli çekim yapan kasetçi memurlar da dosyada sıralandı. Dahası bu memurların ödül olarak komiser yardımcısı rütbesi aldıkları da kayıtlara geçti. Evlere çilingir vasıtasıyla giren ve kamera yerleştiren ekipte; Abdül Köksal, Ahmet Kabaağaç, Bekir Tezol, Erhan Sazil, İsmail Mehdi Temiz, İzzet Yılmaz, Mehmet Koçak, Okan Aytekin, Osman Karakuzu, Ömer Demir, Selçuk Küçükaslan, Selim Yaslıbaş, Sinan Altıparmak, Şaban Albayrak, Şemsettin Dündar, Şerif Yiğit ve Türkay Aydın vardı.

Merkezden Abilerinin talimatıyla ülkenin her yerinde yasadışı dinleme ve kaset kumpası gerçekleştiren ekipte yer alanlar bu kadarla sınırlı değil. Hemen her ilin istihbarat birimlerinde kadrolaşan Cemaat'in yüzlerce şakirti, bu yasadışı olaylara katıldı.

Kasetler

Yeni İmam Kozanlı Ömer'in, operasyon birimi olarak çalışan bu isimler; Ergenekon, Balyoz gibi askere dönük kumpaslar sırasında hedefe konulan herkese dair dinleme, montajlanmış ses kaseti üretme, dinleme bilgilerine göre sahte belge üretme gibi birçok suçun müsebbidirler. Bu süreçte eski Ege Ordu Komutanı emekli Orgeneral Hurşit Tolon örneğinde olduğu gibi kamuoyu oluşturma ve kumpasları haklı göstermeye dönük dinleme tapeleri yaydılar. Arka arkaya çıkan generallerin ses kayıtları kamuoyu oluşturmanın temel aracı olarak kullanıldı. Cemaat'in hedefe koyduğu işadamları da bu dinleme ve kaset kumpaslarının kurbanı oldu. Birçoğu gizli kayıtlarının deşifre olmaması için Cemaat'e yüklü miktarda bağış yaptı.

Ancak asıl hedef siyasetin dizaynı oldu. Bu amaçla hemen tüm önemli siyasi isimler, dinleme ve gizli çekim için hedef yapıldı. CHP lideri Deniz Baykal bunların en ünlüsüdür. Baykal'ın özel hayatına ilişkin görüntüler, Mayıs 2010'da servis edildi. Baykal, istifa etmek zorunda kaldı. Buna ilişkin bilgilere, *Kemal* kitabımın giriş bölümünde yer verdim. Baykal kasetin mimarlarını merak ediyorsa; Ramazan Akyürek, Recep Güven ve Yunus Yazar'ın peşini bırakmasın. Yukarıda saydığımız kasetçilerin isimlerini bir kenara not edip, takip etsin. Tabii bu önerim MHP'liler için de geçerli.

MHP kurmayları ve milletvekili adaylarıyla ilgili kasetler de MHP'yi seçim öncesi yıpratmak için kullanıldı. 12 Haziran 2011 seçimlerine 3 hafta kala MHP Başkanlık Divanı'nın çoğu Genel Başkan Yardımcısı konumunda olan dokuz üyesi ile ilgili özel yaşantılarına ait kasetler servis edildi. Hepsi seçilebilecek yerden adaydılar. Hem partideki görevlerinden istifa ettiler hem adaylıktan çekildiler.

Bu kaset olayları ile ilgili Başsavcılığın yaptığı soruşturmada ismi geçen şüphelilerden çoğu kaçak. Yakalananların sorgu ve yargılanmaları devam ediyor. Ancak izlerini silip gittikleri için olayların tümünün çözülmesi o kadar kolay olmayacak.

Ben Sildim

Bu dinleme ve gizli kamera kayıtları ile ilgili olarak 17-25 Aralık sonrasında soruşturma yapan ve iz sürmeye kalkan Polis Müfettişleri, HTS kayıtları ve LOG bilgilerinin silinmiş olduğunu gördüler. Polis Başmüfettişi Zafer Aktaş, Ramazan Akyürek'i sorguladı. Aktaş, "Log kayıtlarını sen mi sildin?" diye sordu. İnkâr bekliyordu. Ancak Akyürek sanki yaptığı normal, yasaya uygun bir işlemmiş gibi, gayet sakin ve kendine güvenen bir tavırla, "Evet. Ben sildim. Silinmesi için emri ben verdim." dedi.

Şimdi yapılan soruşturmalarda silinmiş bu kayıtların izi aranıyor. Elbette zor da olsa, dolaylı bir şekilde iz sürülebiliyor. Ancak, birçok olay karanlıkta kaldı ve kalacak. Cemaat'in ne kadar insanı dinleyip, izleyip, kayıt altına aldığını bulmak zor ve uzun bir süreç. Dahası bu kayıtların arşivlendiği ve gizli bir yerde depolandığı da gelen bilgiler arasında. Kimbilir önümüzdeki süreçte bu arşivden neler ortaya dökülecek?

Nasıl Yaptılar

Basitçe anlatalım.

TEKOP'ta herkes dinleniyor. Dahası TİB üzerinden, istihbaratın kendi düzeneğinden, kaybolan cihazlarla Cemaat'in gizli üssünden de dinleme yapılabiliyor. Dinlemeler İmamlara rapor ediliyor. Buradaki bilgileri İmamlar Heyeti değerlendiriyor ve operasyon yapılacak kişiler varsa talimat veriliyor. Bu operasyon emri doğrudan Gülen'den geliyor.

Hedefe konulan kişi ya da kişiler yakın izleme ve dinlemeye alınıyor. Örneğin Baykal ve MHP milletvekilleri olaylarında olduğu gibi; iki kişinin telefonu takibe alınıyor. Buluştukları yer tespit ediliyor. Sonra baz istasyonlarındaki sinyaller izlenerek mekanın boş olduğu bir zamanda ekipler harekete geçiriliyor. Çilingir vasıtasıyla ev açılıyor. Eve kameralar yerleştirilip gidiliyor. Hedef kişilerin takibi devam ediyor. Kişiler mekâna gelince de eve yakın bir noktaya yerleşen araç içindeki cihazla kayıt yapılıyor. Daha sonra kayıt, yine çilingir yardımıyla mekâna girilip alınıyor.

Bu tür yasa dışı dinleme ve görüntü alma yöntemleri ile ilgili Sabri Uzun *İn* isimli kitabında –s.106- Hanefi Avcı da *Haliçte Yaşayan Simonlar* isimli kitabında ayrıntılı bilgiler verdiler. Uzman olan onlar, o kaynaklardan okuyabilirsiniz...

Biz kendi alanımıza dönelim...

Kumpaslar Kralı Kozanlı

Kaset ve gizli dinleme işi eski Polis İmamı Kemalettin Özdemir zamanında başladı. Ancak zirveye ulaşması, yerine atanan Kozanlı Ömer döneminde oldu. Kozanlı'nın polis içinde yayılan, "Onlarca yılda yapılacak işi birkaç yılda gerçekleştirdik." sözünü akılda tutarak, bu yeni İmamı tanıyalım:

Adana Kozan doğumlu olduğu için 'Kozanlı Ömer' lakabıyla bilinen Osman Hilmi Özdil, Kemalettin Özdemir'in yerine 2006 yılında göreve getirildi

Nüfus kayıtlarına göre 5 Aralık 1968 Adana Kozan doğumlu alan Osman Hilmi Özdil, Kozan'ın Mahmutlu Mahallesi nüfusuna kayıtlı. Evli ve 4 çocuk babası Kozanlı, Polis İmamlığı'na atanınca kendisinin doğru bir seçim olduğunu kanıtlamak istercesine atak ve gözükara bir tavır sergiledi. Polis İmamlığı'na İstanbul'da Mahrem Hizmetler İmamı iken atandı. İkemetgâhını Ankara'ya taşımadı. Ama haftanın belirli günlerini Ankara'da Emniyet Genel Müdürlüğü'nde geçirdi. Buraya giriş çıkışının kılıfı da vardı. Sigortacı olan Kozanlı, polisin araçlarının sigorta işini almıştı.

Kozanlı Ömer adı, teşkilat içinde bilinmesine karşın, kamuoyuna uzun süre yansımadı. 'Kozanlı' adını ilk kez Hanefi Avcı açıkladı. Ucu kendisine dokunduktan sonra, Kozanlı ve yaptıklarını ifşa etmek için harekete geçmiş olsa da Hanefi Avcı'nın hakkını vermek gerek.

Avcı, Kozanlı tartışmasını tırmandırdı ve Kozanlı soruşturma konusu oldu. Ancak Gülen'in başka dosyalarından da takipsizlik kararı veren Ankara Cumhuriyet Savcısı Şemsettin Özcan; Kozanlı ile ilgili kovuşturmaya gerek olmadığı kararını verdi. Deşifre oldu ama Cemaat-Hükümet kavgası başlayıncaya kadar dokunulmadı. Kavga başlayınca yurtdışına kaçtı.

Polis merkezli yapılan yasa dışı dinlemelerin, kasetlerin, düzmece raporların hepsinin arkasında o var. Ergenekon operasyonlarından itibaren; Balyoz, KCK ve Oslo süreciyle ilgili operasyon başta, her kumpasta karar ve talimat veren, polis ve yargıyı birlikte çalıştırmak için koordine eden tüm Cemaat kumpaslarının perde arkasındaki kişiydi, Kozanlı. Pensilvanya'dan aldığı talimatlar doğrultusunda polis içindeki şakirtler eliyle bu kumpasları yürüttü.

Var Mı Yok Mu

Kozanlı Ömer'in varlığını deşifre eden Hanefi Avcı mahkemelik oldu. Teşfiş Kurulu soruşturma yaptı. Yargıda dava konusu...

Polisin en üst düzey isimlerine; "Kozanlı kim? Poliste, Cemaat yapılanması var mı?" diye soruldu. 51 emniyet müdüründen sadece üçü "var" dedi. Gerisi, "duymamış, görmemiş ve böyle bir yapılanma olduğuna inanmıyormuş...". Hepsi yalan söylüyordu elbette. İçlerinden birçoğu 15 Temmuz sonrası Cop olduğu için tutuklandı, meslekten atıldı, firari. Ama Cop olmayanlar da vardı. Onların hiçbiri "Cemaat var, Kozanlı'yı tanıyoruz, İmam'dır." diyemedi. Bu kadar büyük korku salmıştı, Coplar.

Elbette ve haklı olarak Avcı öfkeliydi. Sabri Uzun, *İn* isimli daha sonra yazdığı kitabında bu emniyet müdürlerine yönelik olarak, "Şaysiyetsizce yanıt verdiler." diye tepki gösterdi.

Kesinlikle katılıyorum.

Koca bir yapılanma, her şeyi bilinen bir İmam, nasıl gizlenebilir? Nasıl inkâr edilir? Hepsi biliyor ama inkâr ediyorlar. Gerçeği nasıl bu kadar çarpıtabilirler, ben de anlamakta zorlanıyorum.

Şimdi Kemalettin Özdemir'in 2010 yılından itibaren Cemaat içinden birileri ile yeni bir yapılanma içinde olduğunun inkâr edilmesini de anlamakta zorlanıyorum.

MİT kontrollü bir yapılanma olduğunu, devletin de bu yapılanmaya yol verdiğini, Cemaat'i bölüp-parçalamak-zayıflatmak amacıyla bu yapılanmaya gidildiği nasıl görülmez? Cemaat'in tetikçilerinin eski İmam'a bu nedenle öfkeli yazılar yazdığı, eskiden bu yana **Fetullah Terör Örgütü** üyesi olduğu net bir şekilde bilinen bazı isimlerin, bugün bu nedenle korunduğu bilinmiyor mu?

Ama yine gizleme, yine inkâr...

Bilmeyerek bu yapıya bulaşmış olanları da anlamıyorum. Cop değilsiniz, KÖZ yapılanması ile ilginiz yok. Sadece Gülen teröristlerinin zülmüne karşı teşkilat içerisindeki dostlarınızla kader birliği yapıyorsunuz diyelim. Ama siz de uyanın artık!

Milli Damar

Bakın Hanefi Avcı, uyuyanları uyandırmak için çabalıyor. Bu amaçla Kozanlı'yı deşifre ettiği gibi Milli Damar'ı da deşifre etti.

Avcı, Avukatı Fidel Okan aracılığıyla savcılığa başvurdu. KÖZ'ün uydurma olduğunu aslında yeni yapılanmanın Milli Damar olduğunu söyledi.

Milli Damar isimli bu yeni oluşumun, sadece polisi değil tıpkı Fetö gibi tüm kurumları ele geçirmek için yapılandığını, KÖZ uydurmasının da bu kişiler tarafından, hedef şaşırtmak için ortaya atıldığını söyledi. Kapalı zarf içinde örgüt yöneticilerinin isimlerini de verdi.

İsim listesine baktığımızda bu örgütün; A Haber'i adeta üs olarak seçtiği, Cumhurbaşkanlığı'na kadar sızdığı, polisin önemli birimlerinde var olduğu görülüyor. Avcı'nın söylediği isimlerin bir kısmı bu kitapta da geçiyor.

Milli Damar, KOZ, KÖZ, Fetö, Nurcu, Menzilci, Okuyucu, Yazıcı...

Ortalığa bakar mısınız? Ülke cemaatlerin oyun alanı haline geldi.

Polis, asli işini bırakıp kendi içine ve devlette yuvalanan Cemaat şakirtlerini bulmak, ortaya çıkartmak için uğraşıyor. MİT, ulusal güvenlik görevlerini bir kenara bırakmış, cemaatleri parçalamak, kontrol altına almak, saldırılarını püskürtmekle mesai harcıyor. Yargı, KOZ, KÖZ, Milli Damar var mı yok mu, bulmaya çabalıyor. Tabii o da kendi içindeki Cemaatçilerden yakayı bir sıyırsa, belki de gerçeği ortaya çıkartıp, adaleti sağlayacak... Devletin en üst makamları ise ülkenin refahı için mesai harcamak yerine, bir zamanlar ortaklık yaptıkları yoldaşlarının iadesini sağlayıp, hesap sorabilmek derdinde.

Halk fakr-ü zaruret içinde ama bu oyunu izleyerek, gün geçiriyor.

Ve biz de bu kirli suda yüzmek zorunda kalıyoruz...

Kumpaslar Dönemi

Meslektaşlarının inkâr ettiği ama Hanefi Avcı'nın varlığını ortaya çıkartmak için çabaladığı Kozanlı'nın İmamlığı döneminde Coplar, arka arkaya operasyonlar düzenledi. Türkiye hergün yeni bir sürprizle ve duyanların şaşkınlığa düştüğü olaylarla güne başlıyordu. Biz o tarihte de 'Bunlar suç işliyorlar, kumpas yapıyorlar.' diyorduk. Ama hükümet ve yandaşlarınca bu tür sesler duyulmuyordu. Dahası bu muhalif sesler susturulmak için her türlü hukuksuzluk ve baskı yapılıyordu.

Cemaat'in şakirtleri ise bu dönemde ağır suç işlediler. Cemaat kendisine karşı olan herkese dönük operasyon yapabiliyordu. Yargıyı ve adli soruşturmaları istediği gibi yönlendiriyor, kullanıyordu. Devletin tüm gücü elindeydi. Kasıtlı ve haksız, hukuka aykırı işlemlerle, haksız yere kasten başlatılan ve hukuk sitemi dışına çıkılarak yürütülen adli soruşturmalarda, İlker Başbuğ'a kadar uzanan çok sayıda kişiyi suçlu, terör örgütü üyesi gibi gösterdi.

Coplar tarafından yasadışı dinlemelerle sağlanan bilgiler, örgütün çıkarı doğrultusunda cömertçe kullanıldı. Cemaat, usulsüz dinleme tutanakları ve tapeleri medyadaki uzantıları aracılığıyla kullanıp, muhalif gördüğü herkesi itibarsızlaştırma yoluna gitti. Birçok kişiyi tutuklattı, makamından etti. Suçlu diyerek birçok masum insanı özgürlüğünden etti, yıllarca hapis yatırdı. İntiharlar ve hastalık sonucu ölümlerle, birçok insanın ölümüne de yol açtı.

Hemen hemen tüm Ergenekon ile bağlı soruşturma ve davalarda sahte delil üretti. Ev ve ofislere sahte belgeler, CD, flash-bellekler, hatta silah ve bomba yerleştirip sonra da aramada bulunmuş gibi evrak düzenledi. Orduyu ele geçirmek için sahte delillerle darbe soruşturmaları açtı, bunun sonucu binlerce Türk Subayı'nın itibarıyla oynadı. Makamından ve özlük haklarından ettiği bu subayların yerine kendi şakirtlerini doldurdu.

Ergenekon, Balyoz, Askeri Casusluk, İMEP gibi operasyonlar bu dönemde yapıldı. İlker Başbuğ'un tutuklanmasına kadar uzanan süreç; Kozanlı Ömer ve şakirtlerinin özel operasyonlarıydı. Bu süreçte yer alan Copların isimleri artık iddianamelerde de açık açık yer alıyor. Bu isimlerden etkin istihbaratçı olanları hatırlatalım:

Recep Güven, Coşkun Çakar, Hüseyin Özbilgin, Ayhan Falakalı, Tamer Özbek, Ahmet Koçak, Yunus Yazar, Sadetin Akgüç, Ahmet Ümit Seçgin, Sadık Akpınarlı, Ali Ağıllı, Emre Baykal, İbrahim Tuka, Lokman Kırcılı, Sedat Zavar, Hami Güney, Enes Çiğci, İlker Usta, Ali Özdoğan, Okan Aytekin, Ahmet Koçak, Ali Arslantaş, Özgür Türker, Erol Doğan, Salih Keskinkılıç, Teymur Çirak, Hasan Ali Okan, Muharrem Durmaz, Veli Özdemir, Tamer Bülent Demirel, Alpaslan Çalışkan, Basri Aktepe, Hasan Hüseyin Gerçek ve daha fazlası...

Kumpasın İzleri

Cemaat, askere operasyon yapmak için aslında Kemalettin Özdemir'in İmamlığı döneminde kurguya başladı. Ancak tamamlamak yeni İmam Kozanlı'ya kaldı. Bu kumpasların ilk adımı Ergenekon'du. Ve bu Ergenekon kumpası daha 2001 yılında kurgulandı. O tarihte el bombasının pimi çekildi.

İlk adım Gülen'in eski özel kalem çalışanı, STV kameramanı Tuncay Güney'in piyasaya sürülmesiydi. Güney her yere girip çıkan, ajan gibi çalışan biriydi. Veli Küçük'le de bağlantılıydı, Fetullah Gülen örgütüyle de...

Bir çalıntı araba suçlamasıyla İstanbul Asayiş Büro tarafından gözaltına alınmıştı. Sonra İstanbul KOM Müdürlüğü'ne "Siz sorgulayın, bu adam garip şeyler söylüyor." diye getirildi. 2 Mart 2001. KOM Müdürü Adil Serdar Saçan, İstihbarat Teknik Sorumlusu Sami Uslu, Başkomiser Hakan Ünsal Yalçın ve Serdar Güldalı'nın -daha sonra MİT'e gizli çekim kasetleri ve belgeleri gönderen- Cop olduklarına dair bilgiye sahipti. Ekibine "Dikkatli olun." dedi.

Yardımcısı Ahmet İhtiyaroğlu sorguya katıldı ve sonra gelip, "Müdürüm bu işte bir tuhaflık var. Bu adam bilmesi mümkün olmayan şeyler anlatıyor. Evinde belgeler olduğunu filan söylüyor." dedi. Evinde arama yapıldı. 7 koli doküman alındı. Aslında bunlar basında yer alan bilgilerin derlemesi olan kupürler, yazışmalardı. Öyle gizli, önemi büyük belge yoktu. Zaten anlattıkları içinde "Kuzey Irak'a 3 ton silah kaçırdık." gibi fiziken mümkün olmayan, yalan olduğu açık bilgiler de vardı.

Saçan ve ekibi olayın bir kurgu, Cemaat'in bir operasyonu olduğu kanaatine vardı. Ancak Cemaat'in hedefini anlayamadı.

DGM Başsavcısı Aykut Cengiz Engin'e dosya sunuldu. Savcı da "Bunlar saçmalık. İzin vereyim ama devlete bir komplo kuruluyor, dikkatli olun." Dedi. Ama soruşturma iznini de verdi. Bu İstihbarat'taki Cemaat elemanlarının ilk eşiği aşmasına yol açtı. Çünkü İstihbarat'ın soruşturma izni alması o tarihte yasal olarak mümkün değildi. Saçan'a bu izni aldırmış oldular.

Bu arada Güney, kaçak otomobil suçlamasıyla adliyeye sevkedildi. Bir gün sonra da serbest kaldı. Daha sonra Susurluk vakasında adı geçen ve kimliği Abdullah Çatlı'da çıkan Mehmet Özbay yardımıyla yurtdışına kaçtı.

Uzun Suskunluk

Saçan'ın şubesi tüm evrakları ve dosyayı İstihbarat'a gönderdi. İstihbarat bu bilgileri Ankara'ya gönderdi. Sonrası için İstihbarat Daire Başkanlığı'nın devreye girmesi gerekiyordu. Bunun için Recep Güven Daire Başkanı Sabri Uzun'a "Bir operasyon yapalım." önerisi ile gitti. Uzun, bilgilerin yetersiz olduğunu, çalışmanın daha da delillendirilmesi gerektiğini belirterek, işlemin başlatılmasına izin vermedi. Uzun'un ikinci kez Daire Başkanı olduğu zaman da aynı öneri yine geldi. Uzun yine onay vermedi.

Uzun, Güven'in önerdiği soruşturmanın TSK'da nasıl bir deprem yaratacağını gördüğü için korkuyordu. O dönemde aynı dairede görev yapan ve Cemaat örgütlenmesinden şikâyetçi olduğu için ayrılan, benim ve Recep Güven'in de devre arkadaşı olan bir isim, Uzun'u şöyle anlattı:

"Sabri Başkan; Recep Güven, Basri Aktepe, Sabri Dilmaç gibi isimlerle çok sıkı fıkıydı. Onların getirdiği birçok öneriyi dinler, bizim önerilerimizi dinlemeden reddederdi. Birçok konuda sıkıntı olacağı gerekçesiyle uyarı yapmıştık ama bizi değil Recepleri dinlediği için çok sıkıntı oldu. Daireyi Cemaatçilerin yuvası yaptı. Sonucunda da bu noktaya gelindi."

Recep Güven'in Ergenekon Operasyonu ile ilgili önerisinin kumpas olduğunu da biliyordu. Kendisi görevden alınıp, Ramazan Akyürek o makama oturunca Ergenekon ve Askere yönelik diğer operasyonlar arka arkaya geldi.

Önceden bilmiyorsa bile Ergenekon operasyonu yapıldığı gün, kumpasın farkına varmış olmalı. Ama yıllarca bu konuda ağzını açmadı, kumpas olduğuna dair özel bilgisini devletle paylaşmadı. Ne zaman ki Cemaat KOZ-KÖZ kavgasına tutuşup, kendisi ve yakın olduğu Hanefi Avcı, Emin Arslan gibi isimlere operasyon yapmaya başladı. O zaman konuşmaya başladı. Bildiklerini kitap yapması ise ancak Cemaat ile Hükümet kavgaya tutuşunca oldu.

Pimi Çekip Beklediler

Dönelim Kumpas kurgusunun ayrıntılarına:

Soruşturmayı yürütmesi gereken İstanbul İstihbarat'tan 1 yıl boyunca ses çıkmadı. Aslında İstanbul İstihbarat Şubesi, Saçan'a Güney'i göndermeden 1 gün önce, zaten sorgulama yapıp, bilgilere ulaşmıştı. Saçan'ın şubesi üzerinden olayı resmileştirip, dosyayı toparladılar ve MİT'e de bilgi verdiler. Böylece iddialar MİT kayıtlarına da girmiş oldu. Güney'in evine o belgeleri İstihbarat'taki Copların bizzat kendilerinin koyduğu da iddialar arasında.

Ortada bir sıkıntı daha vardı. Saçan ve ekibi Tuncay Güney'e Fetullah Gülen'i de sormuş, dosyaya Gülen'in ismini de eklemişlerdi. Coplar, bu bölümü daha sonra temizlediler.

Saçan 1 yıl sonra İstihbarata gelişmeleri sordu. Bir gelişme olmadığını söylediler. Bunun üzerine Başsavcı'ya gitti ve 2002 yılında dosya kapandı. Bu tarihten sonra Saçan da hedef oldu. Hakkındaki suçlamalar sırasında; 2003 yılında 'El Kaide bomba imalathanesi' sahte ihbarıyla, Saçan'ın bir arkadaşının işyerinde arama yaptılar. Ve Güney'in evinde bulunan belge ve bilgilerin kopyalarını buldular. Bu belgeler Fatih Adliyesi adli emanetine konuldu. Bu operasyonu yapan Organize Müdürü Ayhan Buran, Şammaz Demirtaş ve Terör Müdürü Halil Karataş'tı. KHK ile Cop oldukları için meslekten atıldılar. Benim de devrem olan Ayhan ve Halil sınıf arkadaşıydılar.

Artık devletin her biriminde bilgiler kayıt altına alınmıştı.

Ama zemin henüz hazır değildi.

2007 yılına kadar, yani yeni İmam Kozanlı Ömer işbaşı yapıncaya kadar, beklendi.

Özel Yetkili Mahkemeler ve Savcılar düzenlemesi hayata geçirildi. Savcı Zekeriya Öz 2007 yılında düğmeye bastı. Polisteki uzantıları İstihbarat Daire Başkanı Ramazan Akyürek ve ona bağlı Recep Güven, Ali Fuat Yılmazer, Mutlu Ekizoğlu -Copların İstihbarat'ta yuvalanmasında en etkili isimlerden biri. Ahmet Pek ile yakın- Hulusi Çelik, Tufan Ergüder -Meslekten atıldı ancak hâlâ serbest dolaştığı, İstanbul Barosu'nda stajyerlik eğitimi aldığı, zaman zaman ABD'ye gidip geldiği ileri sürüldü.- Ahmet Pek -Kozanlı Ömer'in genel sekreteriydi. Vali olduktan sonra yerini Akyürek'e bıraktı. Başbakan, bakanlar ve tüm bürokratları yasa dışı dinleme emrini veren kişi. Cemaat şakirtlerine yer açmak için rakip müdürleri tasfiye operasyonlarını yürüttü. Bilişim Suçları Mücadele Daire Başkanlığı'nı kurdurarak tüm illegal bilişim raporlarını burada inceletirdi. Özel sınıf. Cemaat'in en tehlikeli şakirdi.- Sami Uslu ve saydığımız diğer istihbaratçılar, Öz'ün her istediğini yapacak isimlerdi. Adli emanetten dosya alındı ve Öz, soruşturmaya başladı.

Kumpas Torbası

Sonrası adeta gayya kuyusu gibi...

22 Temmuz seçimlerinden hemen sonra 27 Temmuz 2007'de Ergün Poyraz'ı aldılar. "Sarı öküz" alınmış ama ses çıkartan olmamıştı. Artık atış serbestti. Veli Küçük'ten Doğu Perinçek ve İşçi Partisi'ne, Şener Eruygur, Hurşit Tolon ve Tunçer Kılınç'tan avukatlara, gazetecilere, yazarlara uzanan bir dizi operasyon arka arkaya geldi. Cumhuriyet mitinglerini düzenleyen Tuncay Özkan'dan, Cumhuriyet Gazetesi'ndeki hissesini istedikleri Gürbüz Çapan'a kadar herkes hedefteydi artık. "Himmet yap seni listeden çıkartalım." dedikleri Bedrettin Dalan'dan, Çetin Doğan'a kadar, rakip olarak gördükleri herkesi, hedefe koydular. Pervasızca operasyonlar yaptılar. Elbette siyasi iktidarla kolkola.

Ergenekon örgütü bir torba oldu. Her türlü iddia, sahte belge, düzmece rapor, imzasız-isimsiz ihbar mektupları, montajlanmış cd'ler, ses ve görüntü kayıtları bu torba içinde harmanlanıyordu.

TSK'ya dönük operasyonların temel hedefi; laik, Cumhuriyete bağlı kadroların tasfiye edilmesi ve yerine hazırlanan Cemaatçi yapının oturtulmasıydı. AKP iktidarının asker vesayetini kırma isteği, bu yöndeki operasyonların rahatlıkla yapılmasını sağladı. Siyasi destekle Genelkurmay Başkanı **'terörist'** olarak tutuklanıp, cezaevine konuldu. Kadrolar tasfiye edildi. Ve 15 Temmuz'da darbe girişiminde bulunacak isimler, TSK'nın karargâhını ele geçirdiler.

Ergenekon bağlantılı olarak yürütülen ve Cemaat'in dahli olan olaylar şöyle sıralanabilir:

Şemdinli İddianamesi, Balyoz, Poyrazköy, Zir Vadisi, İrtica ile Mücadele Eylem Planı Davası, Casusluk ve Fuhuş Davaları, Eski Genelkurmay Başkanı İlker Başbuğ'un tutuklanması, Bülent Arınç'a suikast yalanı ile başlatılan Kozmik Oda kumpası...

Cemaat'in karışıklık çıkarmak, gündemi ve ortamı kontrol etmek, yarattığı kaostan yararlanarak; kendi gizli isteklerini gerçekleştirmek için kullandığı olaylar ise şunlar:

Van Yüzüncü Yıl Üniversitesi soruşturması, Trabzon'daki Rahip Sontoro Cinayeti, Cumhuriyet Gazetesi'ne bombalar atılması, Dink Cinayeti, Necip Hablemitoğlu Cinayeti, Danıştay Saldırısı, Zirve Kitapevi saldırısı, Oda TV davası, Özel Harekât Daire Başkanı Behçet Oktay Cinayeti...

Yukarıda anlattığımız, Hanefi Avcı ve arkadaşlarına dönük soruşturma ve davalar, Cemaat'in kendi iç sorunlarını çözmek için yaptığı operasyonlardı. Arşiv oluşturmak amaçlı, Başbakan Erdoğan'ın ofisine böcek konulması gibi birçok yasadışı operasyonu da gerçekleştirdiler. İlhan Cihaner olayı ve davası, Şike gibi menfaat sağlamaya dönük operasyonlar da var. Dahası bu bilinen popüler davaların yanı sıra kamuoyunun gündemine bile gelmeyen, işadamlarına dönük yüzlerce baskı ve tehdit olayları da yaşandı.

2010 yılına kadar Cemaat ile AKP ortak, Erdoğan ile Gülen de yoldaştı. Bu tarihten sonra Cemaat gücü tekeline almak istedi. Her taşın altındaydı ve rant paylaşımında da bencildi. Erdoğan zaman zaman Cemaat'i engellemeye başlayınca zaten bu olasılığa hazırlıklı olan Cemaat düğmeye bastı. Erdoğan'ı yola getirme operasyonları yapıldı. Bunların başında 7 Şubat olayı gelir.

Erdoğan'a Büyük Tuzak

Erdoğan tam da dediği gibi bu örgüt tarafından kandırıldı. Sadece kandırılmadı, kullanıldı. Ancak güç kavgası başlayınca, 'Uzun'un devre dışı kalması için oyun, kumpas, hile, dinleme, suikast girişimi dâhil, her türlü yol denendi. Bunların en başında gelen; evine ve ofisine böcek konulmasıydı.

Böceği koyanlar, TEKOP içindeki kaset kumpasını da yapan özel bir ekipti. Böcek suçlaması ile açılan soruşturmada 13 Cop yargılanıyor. Bunlardan dönemin, Emniyet Genel Müdürlüğü İstihbarat Daire Başkanlığı Teknik Şube Müdürü Ali Özdoğan, dönemin Başbakanlık Koruma Dairesi Başkanlığı Güvenlik Sistemleri Büro Amiri Emniyet Amiri Serhat Demir ve dönemin İstihbarat Daire Başkanlığı Teknik Şube Müdürlüğü'nde görevli Komiser Yardımcısı Enes Çiğci hâlâ kaçak. O tarihte İstihbarat Daire Başkanlığı Teknik Şube Müdür Yardımcısı olan Sedat Zavar ve şube çalışanı polis memuru İlker Usta'nın daha önce Romanya'da yakalanarak Türkiye'ye getirildiğini yineleyelim.

KoruMa

Şimdi de o Copların, böcek kumpasını anlatalım:

Erdoğan'ın evinin krokisini, sahte bir operasyon sırasında bir teröristin üzerinden bulunmuş gibi gösterdiler. Erdoğan, koruma ekibini Cemaat'e teslim etmek zorunda kaldı. O tarihte göreve getirilen, isimleri Coplar arasında geçen bazı polislerin, hâlâ Erdoğan'ın korumasında olduğu biliniyor. Karısının 'Abla' olduğu iddia edilen Ramazan Bal, hâlâ Erdoğan'ın koruma müdürlüğünü yapıyor. Ya biat var, ya da...

Bal'ın Başbakanlık Korumaya atanmasının arkasında Yusuf Karababa var. Bu isim itirafçı eski Copların oluşturduğu listede, Cemaatçi diye sayıldı. Öyle midir değil midir, soruşturmalar sonunda ortaya çıkacak ama Erdoğan'ın Coplarla başı hep sıkıntıda oldu. Basri Aktepe'den Maksut Karal'a kadar en yakınına sokulanlar, güvendikleri bile sıkıntılı. 15 Temmuz gecesi ile ilgili de bir anektot anlatalım:

Helikopter

Eski Özel Harekât Daire Başkanı Cemil Tonbul, darbe girişimi olduğunda Antalya İl Emniyet Müdürüydü. 16 Temmuz'da Erdoğan'ın Antalya'da programı vardı. Darbe girişimi olmasa Marmaris'ten Antalya'ya geçecekti.

Antalya programı öncesinde Cumuhurbaşkanlığı korumasındaki öncü ekip, Antalya'ya gidip, hazırlık ve güvenlik önlemlerini yerinde kontrol ediyorlardı. Darbe girişimi haber alınınca bu ekip, Tonbul'dan Marmaris'e acil ulaşmak için helikopter talebinde bulundular. Tonbul helikopteri vermedi. Korumalar adeta yalvardı ama Tonbul'u ikna edemediler. O helikopter orada beklerken, korumalar karayoluyla Marmaris'e geçtiler.

Şimdi bu not, Erdoğan'ın önünde duruyor. Ve kapısındaki Ramazan Bal'ın da Tonbul'u korumak gibi bir derdi olduğu fısıldanıyor.

Böceği Buldu Yükseldi

Dönelim konuya, yeni koruma olarak getirilen bu Coplar, Erdoğan'ın her adımını izliyor, korumalardan sorumlu İmam Lütfullah Güney'e aktarıyorlardı. Bilgiler derlenip, Polis İmamı'na bilgi ulaştırılıyordu. Polis İmamı Kozanlı da tüm bilgileri kurmay ekibiyle değerlendirip, operasyon planlıyordu. Ve TEKOP'taki illegal dinleme ve kaset ekibi devreye sokuldu. Erdoğan dinlemeye alındı.

Bu dinlemelerde yer alan bazı bilgiler açığa çıktı. Erdoğan'ın Remzi Gür ile yaptığı telefon görüşmesi ilk işaretti. Erdoğan, Coplar'dan şüphelenmedi. "Derin devletin bazı unsurları hâlâ etkin, Ergenekoncular dinliyor." dedi. Ameliyat olacağı bilgisi sadece birkaç kişi tarafından biliniyordu. Bu bilginin açığa çıkması üzerine dinlendiğine kesin olarak kanaat getirdi, kontrol istedi. O zaman Coplar yine devreye girdi. MİT'te kendisine alan açmakla uğraşan TEKOP'un eski patronu, Basri Aktepe geldi ve eliyle koymuş gibi buldu, böcekleri. Erdoğan'ın güvenini bir kez daha kazandı. MİT içindeki konumunu daha da yukarı taşıdı.

Bu konuda açılan soruşturma uzunca bir süre hedef şaşırtmalarla gitti. Sorumlular çok sonra bulunacaktı.

Ameliyat

Bu arada Erdoğan'ın ameliyatı öncesinde Hakan Fidan çok özel bir istihbarat edindi. Erdoğan'ın gireceği bu ameliyattan sağ çıkmaması için Cemaat'in her türlü girişimi yürütmekte olduğu öğrenildi. Erdoğan'ın ameliyat yeri ve ekibi değiştirildi. Geniş güvenlik önlemleri alındı. Erdoğan kurtuldu.

Ancak ameliyat öncesi örgütün büyük bir kumpası daha devreye soktuğunu öğrendi. MİT Müsteşarı ve yardımcıları Özel Yetkili Mahkemeye, Oslo görüşmeleri gerekçe gösterilerek, ifadeye çağrılmıştı. Erdoğan, ameliyata girmeden önce Fidan'a bu çağrıya uymamasını söyledi. Kriz atlatıldı.

Erdoğan yıllardır göremediği Cemaat'in gerçek yüzünü, narkozun etkisindeyken görmüş gibi, uyanınca Cemaat'e karşı savaşı başlattı.

Dershaneleri kapatacağı mesajı bile yetti. Cemaat de kılıcını çekti.

İlk atak gezi olayları ile geldi. Erdoğan'a yönelik toplumsal muhalefeti körükleyen bir taktik izledi Cemaat. Gezi Parkını, yeşili, ağacı korumak isteyen gençlere dönük polis müdahalesinin sertliği Erdoğan ve hükümete yönelik toplumsal öfkenin büyümesine neden oldu.

Tartışmasız ki, Hükümet ve Erdoğan bu konularda iyi sınav vermedi. Ama olayların büyütülmesinin perde arkasında Cemaat mensuplarının rolü büyüktü. Müdahalenin sertliğini Coplar belirledi. Ölümleri Coplar organize etti. Belediye çalışanları içindeki şakirtlerin de dahli vardı.

Evine gitmek isteyen ve protestolarla ilgisi olmayan vatandaşların polis zoruyla protesto alanına sürülmesinden, basit müdahaleyle önlenecek olayların bilerek sert ve ölümlere yol açacak şekle büründürülmesine kadar birçok örnek var.

17-25

Gezi ile ilk atışı yapan Cemaat, 17-25 Aralık operasyonları ile Erdoğan'ı ağır yaraladı. Öncelikle belirtelim; 17-25 Aralık Operasyonu'ndaki bilgiler doğruydu. Yolsuzluk vardı. Bana göre; Cemaat'te ortaktı. Yapılan işlemlerin tümünden haberdardı ve içindeydi. Sonra kendi elemanlarını bir talimatla geri çekti, dosyaya girmelerini engelledi. Ve Copları operasyon için sahaya sürdü.

Hedefteki dört Bakanı ve çocuklarını uzun süredir takip edip, dinliyorlardı. Reza Zarraf, Muammer Güler, Egemen Bağış, Erdoğan Bayraktar ve Zafer Çağlayan'a ait her türlü bilgiyi topladılar. Çocuklarından, özel kalem müdürlerine, danışmanlarında alışveriş listelerine kadar her şey ellerindeydi. 17 Aralık 2013 günü İstanbul'da bakanların çocukları, Halkbank Genel Müdürü ve iş adamlarının da içinde olduğu toplam 89 kişi gözaltına alındı. Basındaki uzantılarını da harekete geçiren Cemaat, tapeleri, görüntüleri, belge ve ayakkabı kutusu fotoğraflarını ortaya saçtı. Yargıdaki uzantılarıyla da 26 kişiyi tutuklattı.

Erdoğan çok korktu. Ama geri adım atmadı. Coplara dönük operasyona başladı. İstanbul polisi darmadağın edildi. Coplar da ellerindeki bilgileri kopyalayıp kaçırdılar. Şubelerdeki yasadışı bilgi ve belgeleri imha ettiler. Bu operasyonun sorumlusu olarak görülen 67 kişi hâlâ İstanbul 14. Ağır Ceza Mahkemesinde 2016/304 esas sayılı dosya ile yargılanıyor. O isimler yukarıda sayılan Coplar'dı.

O tarihten sonra Cemaat ile Hükümeti barıştırma teşebbüsünde bulunuldu. Fehmi Koru, Alaeddin Kaya ile birlikte ABD'ye gönderildi. Ama 25 Aralık günü Cemaat Bilal Erdoğan'a yönelince köprüler atıldı. Geri dönüş olanağı kalmadı.

Kendisini ve oğlu Bilal Erdoğan'ı da kapsayan 25 Aralık operasyonu yapıldı. Şu ünlü, "Anlamadım baba- sıfırla oğlum." konuşmasıyla bilinen operasyondu bu. Erdoğan direndi ve sorumlu gördüklerini adeta biçti. Bu operasyonun sorumlusu olarak halen İstanbul 13'üncü Ağır Ceza Mahkemesi'nin 2015/366 esas sayılı dosyası üzerinden 69 kişinin yargılanması devam ediyor. Yargılanan Coplar, aynı Coplar'dı.

15 Temmuz sonrası çıkartılan KHK'larla meslekten ihraç edilen, 3 bin polis listesindeki isimlerdi onlar. Ve hemen tüm kumpaslarda rol alan Coplar'dı...

Kavga Kızıştı

17-25 sonrası Erdoğan'ı durdurmak artık mümkün değildi. Cemaat'e karşı bitirme operasyonu başlattı. Ancak süreç yavaştı ve büyük sorunları vardı. Cemaat'i temizlemek için yine Cemaat'i kullanmak zorundaydı. Çünkü ortaklık döneminde; '**Devleti, Cemaat'e teslim etmişti.**'. Kadrolar teröristlerin elindeydi, yasal düzenlemeler de terör örgütünün lehine.

Önce "Ne istediniz de vermedik?" diye sitem ettiği Cemaat'e, "Çete" dedi. Ve çeteyi temizlemek için hergün bir adım attı. Ancak gerek devlet kadrolarında gerekse yakın çevresinde ve siyasi kadrolarında bulunan Cemaat'e bağlı isimler, Erdoğan'ın 'Temizlik Operasyonu'na' taş koyuyordu. Açık ya da gizli engellemelerin yanı sıra en yakınında duran Basri Aktepe gibi şakirtlerin gerçek yüzünü de bilemiyordu. Yeni atamalar yapıyordu ama yine şakirtleri en kritik görevlere atadığının bile farkında değildi.

Balçığı Temizlemek

50 yıldır devletin her yerine sızan ve adeta bir balçık gibi heryere bulaşan Cemaat'i temizlemek o kadar da kolay değildi.

Erdoğan 2002 yılından bu yana devletin hemen her birimine şakirtleri atamıştı. Bu isimlere yer açmak için laik bürokratları görevden uzaklaştırmıştı. O bürokratlar, idari mahkemelere dava açarak yeniden görevlerine döndükleri için, yasal düzenleme ile o yolu da tıkamıştı.

12 Eylül 2010 Anayasa Referandumu sonrasında, yeni oluşturulan HSYK tarafından Yargıtay ile Danıştay'ın yeni üyeleri belirlendiği gibi, Adalet Bakanlığı tarafından da hâkim ve savcı sınavı yapıldı. Şaibeli olduğu iddialarına rağmen, bu sınav sonucunda kazananlar yeni kadrolarına atandı. Tabii ki tümü Cemaatçiydi. Yeni atanan üyeler, hükümet ve Cemaat baskısıyla eski üyeleri pasifize etti. Bu tarihten sonra idare mahkemelerine gelen 'göreve iade' istemli tüm davalar Hükümet'in ve daha çok Cemaat'in istediği biçimde sonuçlandırıldı. Böylelikle, AKP iktidarı öncesindeki kadrolar tasfiye edilip, devletin neredeyse tüm birimlerine şakirtlerin getirilmesi sağlandı.

17 Aralık sonrasında Erdoğan, başta emniyet olmak üzere devlet içindeki bu Cemaat kadrolarını temizlemek için operasyon başlattı. Arka arkaya toplu görevden almalar gerçekleşti. Ancak bu isimlerin hemen tümü idari mahkemelere dava açıp, göreve iade isteminde bulundu. Bu davalar, AKP ve Cemaat'in elbirliği ile yapısını değiştirdikleri ve şakirtlerle doldurdukları bu idare mahkemelerinde görüldü. Ramazan Akyürek örneğinde olduğu

gibi çoğu geri dönmeye başladı. Yürütmeyi durdurma ve göreve iade kararları arka arkaya geldi. Erdoğan'ın görevden aldığı Cemaat'in şakirtleri idare mahkemelerindeki Erdoğan'ın atadığı Cemaatçi üyelerin onayıyla geri dönmeye başladı.

Kendi yaptığı düzenleme ayağına dolaşmıştı ama Erdoğan da Danıştay Kanunu'nu değiştirdi.

Bu arada Erdoğan'ın Meclis kadrosu da hareketlendi. Ertuğrul Günay, Erdal Kalkan, Haluk Özdalga, Hakan Şükür, İdris Bal istifa etti. Arkası da gelecek gibi görünüyordu. Vecdi Gönül, Cemil Çiçek, Bülent Arınç, Hüseyin Çelik, Fatma Şahin başta birçok ismin partiden kopacağı konuşuluyordu. Dahası Ankara ve İstanbul Belediye Başkanları Kadir Topbaş ve Melih Gökçek'in 'duruma göre evrileceği' de kulislerde dile getiriliyordu. Ama Erdoğan istifalara karşı da direnmeye devam edeceğini gösterdi. Grubunu kontrole aldı. Zaten sonraki seçimde de yeni listesini çok dikkatli belirledi.

Özel Yetkili Mahkemeler'i kapattı. Zırhlı araç verdiği Savcı başta, hemen tüm yargıyı kontrole almak, şakirt gördüklerini soruşturma kapsamına almak için HSYK'ya el attı. Adalet Bakanı Sadullah Ergin'i değiştirdi. Yukarıda anlattık; Yargıtay tümüyle terör örgütüne teslim edilmişti. Önce HSYK'nın yapısını değiştirip, Cemaat'in etkisini kırdı. Sonra, zor da olsa Yargıtay'ı kontrolüne aldı.

Ve Copları unutması mümkün değildi. İçişleri Bakanlığı'nı Efkan Ala'ya teslim etti. Copları temizleyecekti ama polisi kime teslim edecekti? Nurcular ile Gülen Cemaati kavgalıydı. Nurcular kimin Cop olduğunu da iyi biliyorlardı. Bu düşünceyle Nurculara yol verildi.

Poliste ciddi bir temizlik operasyonuna başladı. Bu kitapta 'Zorunlu, Ballı Emeklilik' bölümünde anlattığımız operasyon için düğmeye basıldı. Kararname ile Cop olduğundan emin olduğu müdürleri görevden aldı. Birçok polis için soruşturma ve dava süreci bu tarihte başladı. Yeni emniyet müdürleri atadı. Ama bunların da Cop olduğunu, 15 Temmuz sonrası anladı. Çünkü Nurcu diye bildikleri de Cop'tu.

Cemaatlere Sızın

Erdoğan'ın hamlesini gören Gülen, Cop'lara gizlilik talimatları gönderdi. Birçok uyarının arasında en ilginci, "Diğer cemaatlere sızın." şeklindeydi. Zaten uzun süredir hemen tüm cemaatlere, Alevi Derneklerine, Masonlar dâhil neredeyse tüm sivil toplum kuruluşlarına sızma; bir taktik olarak uygulanıyordu. Bu tür kanaat merkezlerinin kontrol altında tutulması için yapılıyordu, bu sızma. Ama şimdi bu taktik daha da önemli hale geldi. Özellikle cemaatlere sızarak, iz kaybettirilmesi talimatı çıktı.

Copların bir kısmı kabuk değiştirdi. Ya da öyle göründü. Gülen Cemaati'nin yaptıklarından rahatsızlık duymuş görüntüsü ve söylemleri ile diğer cemaatlere yaklaştılar. En fazla yakın oldukları cemaat de Nurculardı. Çünkü köken olarak Gülen Cemaati de Nurculuk'tan doğmuştu. Literatürleri aynıydı. Said-i Nursi'nin Risalelerini biliyorlardı. Bu cemaate sızma kolay oldu. Coplar, "Abi biz sonuçta risaleye bağlıyız, bir kusur ettiysek de yine gelip risalelerin öğretisine bağlı kalırız. Meydanı Alevi-Komünistlere bırakmayalım." diyerek Nurculardan destek aldılar ve birçoğu tasfiye edilmekten kurtulup, Nurcu kisvesiyle emniyet içinde barınmaya devam ettiler. Geçmişleri itibariyle aynı evlerde aynı dersleri aldıkları için kişisel tanışıklıkları da vardı.

İyi Çocuk

Örneğin şimdi, Eskişehir Emniyet Müdürü olan Engin Dinç ile tutuklu Gürsel Aktepe aynı evde yetişmişlerdi. Dinç, 15 Temmuz sonrası bu aynı evde yetiştiği dostunu korumak için, Genel Müdür Celâlettin Lekesiz'in yaptığı bir toplantıda, "Gürsel iyi çocuktur." diye ağzından kaçırıverdi. Yukarıda anlattık. Gürsel Aktepe, darbe girişimi sırasında İstihbarat Daire Başkanlığı'nı basan ekipteydi ve yakalanıp, tutuklanmıştı. Lekesiz, kaşını kaldırıp Dinç'e baktı. Salon buz gibi olmuştu. Dinç, sözlerinin nereye gittiğini anladı ve "Ben fikri olarak değil, kişilik olarak iyi demek istedim." gibi bir manevra yaparak, Lekesiz'in hışmından kurtuldu. Ama bu sözler unutulmadı.

Erdoğan ve kurmayları da bu sızma operasyonunu çözemediler. Bu nedenle birçok Cop, 7 Şubat'tan ve hatta 17-25 Aralık'tan da sonra yerini koruyabildi. Bunlardan bazıları daha etkin birimlere bile atandı. Gülen, elemanlarını bu cemaatlere sızdırarak, bir taşla iki kuş birden vurdu. Hem bu cemaatleri takibe, kontrole almaya başladı hem de deşifre olan elamanlarını gizledi.

Dinledikleri Dergâha Yüz Sürdüler

Nurcuların yanı sıra Menzilciler de polis içinde yer kapmaya çalışıyordu. Metin Aşık, Muharrem Bucak ve Halit Turgut Yıldız, bir yandan Mencilzileri takibe, dinlemeye aldılar ve bir yandan da gidip toplantılarına katıldılar. İrtibat kurup sık sık Menzil Dergâhına giden bu üç isim, bir süre sonra dergâh müridi olarak, Menzil Şeyhi'nin güvenini kazandılar. Ancak bu süre içinde Menzilcileri dinlemeyi ve teknik takipte tutmayı da bırakmadılar

Ancak Menzilciler poliste çok fazla etkin olamadı, tutunamadı. Ağırlık Nurcuların elindeydi ve hâlâ etkinlikleri sürüyor. Ve içlerinde çok sayıda kripto Cop var.

Erdoğan'ın temizlik mücadelesi böylesine bir ortamda sürdü. Valilikler, kaymakamlıklar, Maliye, vergi müfettişleri, icracı bakanlıklar içinde yer alan kritik birimlerdeki makamlar, iş dünyası, devletten büyük ihale alan şirketler de Erdoğan'ın radarına girdi. Erdoğan, medya sektöründe de Cemaat'e bağlı ya da Cemaat'in değirmenine su taşıyan birçok ismin 'üstünü çizdi'. Maliye, Çevre ve Milli Eğitim Bakanlıklarında ve TRT'de de temizliğe girişti. Fakat ayıklama yapmak hiç de o kadar kolay değildi.

Efkan Ala başkanlığında; tüm bakanlıklar, polis ve devletin diğer kurumlarındaki 'çete' mensuplarını devlet yönetiminden uzaklaştırmak için özel bir birim kurdu. Tek tek isimler belirlenip ardı ardına görevden alma, pasif görevlere kaydırma gibi yöntemlerle temizlik yapmaya çalıştı.

Verdiklerini Almak

Başbakan Erdoğan, Cemaat'e verdiklerini birer birer geri almak istiyordu. Ve bunu yapmak için şu adımları attı:

Bakanlıkların kritik birimlerine yerleştirilen şakirtleri birer birer görevlerinden aldı. Bu operasyonda ilk büyük temizlik polis içinde yapıldı. Şube müdürlüklerinin ardından Emniyet Genel Müdürlüğü üst yönetiminde, daire başkanlıkları düzeyinde genel bir değişikliğe gidildi. Ardından il emniyet müdürlüklerine sıra geldi.

TRT, Maliye Bakanlığı, Çevre Bakanlığı, Milli Eğitim Bakanlığı ve Sağlık Bakanlığı'nda geniş çaplı operasyon yapıldı.

HSYK, Danıştay ve Yargıtay'daki Cemaat'e bağlı isimler yasal düzenlemelere uygun olarak, bu kadrolardan uzaklaştırıldı.

Özel bir yasal düzenleme ile Vakıflara ait olan ve Fetullah Terör Örgütü'ne verilen taşınmazları geri almaya dönük adım attı. Vakıflara ait birçok taşınmaz, başta öğrenci yurdu olmak üzere çeşitli amaçla kullanılması için Cemaat'e verilmişti.

Dershanelerin kapatılması kararı netleşti.

TSK içerisinde Cemaat'e bağlı bazı komutanların devre dışı bırakılması talimatını verdi.

Dışişleri Bakanlığı'nın yurt dışı elçiliklere gönderdiği ve Cemaat'in okulları ve temsilcilikleri ile yakın ilişki içinde olmalarına dönük talimatta da değişiklik yapıldı. Yurt dışındaki okullardaki Cemaat mensuplarının, resmi kanallardan uzak tutulması emri verildi.

Cemaat ve lideri Fetullah Gülen'in, 1999-2000 yıllarında yaşadığı ceza kovuşturmalarının sona ermesi için bazı yasal değişiklikler yapılmış ve Gülen'in yurda dönmesinin önünde hiçbir yasal engel bırakılmamıştı. Erdoğan, Meclis Grubundan o düzenlemelerin iptalini istedi.

Cemaat'e yakın iş dünyasını da unutmayan Erdoğan, Koza için verilen altın arama izinlerinin iptali için düğmeye bastı.

Cemaat'in medyası da hedefe kondu. TRT'deki Cemaat elemanları için temizlik başlatıldı.

Ergenekon ve Balyoz gibi davalarda TSK'ya karşı Cemaat'in istediği operasyonlara destek veren Erdoğan, yeniden yargılama ile bu alanda Cemaat'in etkisini kırmak için harekete geçti.

Kürt politikasında Cemaat'in isteklerini devre dışı bırakacak politikaları devreye soktu.

TCK'da **'Bakan yiyen madde'** olarak bilinen ve Fetullah Terör Örgütü'nün zorlamasıyla devre dışı bırakılan **'silahsız terör örgütü'** ibaresinin düzenleme kapsamına alınması kararı da alındı.

Cemaat Boş Durmadı

Erdoğan bunları yaparken Cemaat boş durmadı. Yine gizli dinlemeler yapıyor, Türkiye'yi teröre destek veren ülke konumunda gösterecek Davutoğlu, Fidan, Erdoğan gibi üst düzey yönetimin konuşmalarını servis ediyordu. Kriptolu telefonları bile dinleyen Cemaat'in bu tavrı, Erdoğan'ı şaşırtıyordu. Ancak şaşıracak bir durum yoktu. O telefonlar Tübitak'tan gelmeydi ve Tübitak'ı Cemaat şakirti ile dolduran da kendisiydi.

Bu dönemde İHH Vakfı'nın Kilis'teki bürosunda yapılan arama, Selam Tevhid Davası, Taşhiye Davası, MİT Tırlarında arama yapılması gibi olaylarla Erdoğan köşeye sıkıştırılmak istendi. Medya ve basın gücünü de sonuna kadar kullandı. Dahası 'içerideki kulakları' ile birçok bilgiye ulaşan örgüt önlem alıyor, taktik değiştiriyor ya da o bilgileri Erdoğan aleyhine basın yoluyla kullanıyordu.

Bu sırada Erdoğan'ı rahatlatan önemli bir gelişme oldu. Can borcu olduğunu düşündüğü MİT Müsteşarı Fidan'ın Erdoğan'a bir müjdesi vardı. Cemaat'in iç haberleşme sistemi Bylock tespit edilmiş, sunucusu satın alınmış ve çökertilmişti. Cemaat üyelerinin listesi de kontakları da ele geçirilmişti. Polis de, Bank Asya üzerinden bir liste bulmuştu. Erdoğan'ın Bank Asya'ya dönük el koyma operasyonu yapacağı sinyalini alan Gülen tüm müritlerine bu bankaya hesap açmaları, para yatırmaları için talimat göndermişti. Ve bu talimat sonrası bu bankaya mudi olanlar belirlendi. Bu kişiler potansiyel Cemaat üyesi olarak listelendi. Sadece polis üyesi 4 binden fazla isim saptanmıştı. Erdoğan, Gülen'in inine girmeye çalışıyordu. Gülen'in daha büyük bir hamlesi vardı.

Ve 15 Temmuz süreci böyle başladı. O süreci yukarıda anlattık.

SON SÖZ

Anlatamadığımız, anlatmadığımız daha yüzlerce bilgi var elbette. *Fetullah'ın Copları*'nın önsözünde "Bu yazdıklarım devede kulak, tüm yönleriyle anlatmak mümkün değil." demiştim. Gerçekten de bu balçık gibi örgütü tanımlamak, tüm yönleriyle anlatabilmek, hele ki bir kitapla oldukça zor. Tek bir iddianame, isim listeleri olmamasına karşın, yüzlerce sayfa tutuyor. KHK'deki Coplar'ın listesi tek başına bu kitaptan daha çok sayfa tutuyor. İhraç edilen, sadece 1'inci sınıf emniyet müdürü sayısı bile 442... Herşeyi bu sayfalara sığdırıp yazamasak da, bu örgütün anlaşılabilir olması için gereken resmi çizmeye çalıştık. Tıpkı, *Fetullah'ın Copları*'nı yazarken amaçladığımız gibi devlet yetkililerinin uyarıları dikkate almasını istiyoruz. Ama yaşananlardan dolayı bu konuda çok da umutlu değilim.

TBMM Darbeleri Araştırma Komisyonu'na çağırılacaklar listesindeydim ama sonra AKP'li üyeler beni dinlemek istemediler, çağırmadılar.

17 yıl önce de bu zihniyetler; dinlemek, anlamak istememişlerdi, sonra "Sen haklıymışsın." dediler.

Şimdi de dinleselerdi eğer; yukarıda yazdıklarımı ve bu bilgilerin devletin arşivindeki adreslerini anlatacaktım onlara.

Neyse buradan okusunlar.

Bir 17 yıl daha yaşarsak, yeniden görüşürüz. O zaman da yine pişmanlık içinde, **"Kandırıldık"** diye yakınmamaları için yukarıda yazdıklarımı ve şimdi yazacaklarımı dikkatle okusunlar.

Cemaatlere teslim olmayın. Bu ülke evrensel hukuk ilkeleri ve tam demokrasi ile güçlü ve kalıcı olabilir.

Kişisel beklentileriniz ve siyasi hırslarınız için ülkeyi ateşe atmayın.

MİT ya da devletin başka birimleri tarafından kontrol edildiğine güvenerek, bu terör örütü içinden kopanlarla iş yapmayın. Onlara güvenmeyin. Unutmayın ki, Fetö içinden çıkanlar birgün yine kılıç çekeceklerdir.

Eski Ankara Emniyet Müdürü Cevdet Saral anlattı:

"Rahmetli generallerden Reşat Turgut bir gün, Gülen ile ilgili hazırladığımız 1999 raporunu kastederek 'Saral, sizin o rapor bizim çok işimize yaradı.' dedi. 'Bizi mahveden rapor sizin nasıl işinize yaradı?' diye sorunca, 'O raporunuz olmasa, bu Ecevit bize Fetullah'ın Cumhurbaşkanlığı'nı dayatacaktı.' dedi. İlkokul mezunu bile olmayan birinin nasıl cumhurbaşkanlığı olacağını soracaktım vazgeçtim. Çünkü yurtdışında bu kadar eğitim kurumu ve üniversitesi olan birinin diploma sorunu olmayacağını ve o tür bir engelin Türkiye gibi bir ülkede kolaylıkla aşılacağını zaten biliyordum. Ki bunun olabileceği daha ileriki yıllarda kanıtlandı. Cemaat mensuplarının 2000 yılında 'Herkes bize selam duracak.' sözlerini de anımsadım. Gerçekten de herkesin selam duracağı makam Başkomutanlık makamıydı ve az kalsın bu makam darbe kalkışmasından, terör örgütü olduğunun anlaşılmasından 16 yıl önce Gülen'in eline geçecekti..."

15 Temmuz başarılı olsaydı, belki de Gülen Türkiye'ye gelip koltuğa oturacaktı.

Dahası ihtilal sonrasının Başbakan adayı olarak belirledikleri Şeref Ali Tekalan gibi, Şura'sında yer alan Mollalar hazır bekliyor. Daha 3-5 sene öncesine kadar bu Şura'da oturan ve bu örgütün kumpaslarını organize eden kişi ve ona bağlı kişilerle devlet yönetilmez. Onların aklıyla ancak tuzağa çekilirsiniz.

Şeytanın İmamları

Tuzaklara kolay düşen, çabuk kandırılan yöneticilere sahibiz. Yine sinsi bir tuzak var. Yine düşebilirler.

Başkanlık sisteminin ucu tehlikeli olacak kadar açık. Kötü niyet varsa; bu yetkilerle saltanat da, halifelik de bölünme de çıkar, bu sistemde.

Başkanlık koltuğunda Terör Örgütü Lideri ilan ettiğiniz Fetullah'ı ya da ona benzer bir teröristi görmek istemiyorsanız, dikkat edin!

Zübeyir Kındıra
5 Şubat 2017- Ankara